掬星

星を掬う

町田苑香

王蘊潔・譯

目錄

1

廢棄麵包的絕望

——芳野小姐，恭喜妳。我們會支付五萬圓購買妳的回憶。

聽到對方用開朗的聲音說的這句話，我一時語塞。

「非常感謝妳響應本節目的企劃，投稿參加比賽。妳的回憶順利得獎，獲得本次企劃的第二名。」

電話彼端的人——他剛才自我介紹說姓野瀨，不顧我的反應，滔滔不絕地說道：

「我想妳可能知道，這是我們的第四次企劃，而且這次聽眾的反應最熱烈，收到了很多感想。」

想讓你的回憶成為焦點嗎？你的回憶將在社群網站進行票選，贏得前幾名，你的回憶將成為本節目的珍藏，並獲得獎金。

這是我每週收聽的廣播節目推出的企劃。之前我都一直是聽眾，從來不曾有過想要投稿參加的想法，但是這次心血來潮，第一次寫電子郵件參加比賽。

「是喔，太高興了。」

我用沒有起伏的聲音喃喃回應，抬頭看著天花板。我緩緩吸氣，然後再吐出來。

兩個星期前，我已經經歷過感情的起伏。當我聽到節目主持人朗讀我寫的文章時，嚇得臉色發白，忍不住尖叫，覺得自己闖下大禍。怎麼可以到處宣揚這種根本不可以被外人知道的回憶？但是，即使我急得像熱鍋上的螞蟻，即使我想要請節目刪除，然而那段日子的記憶都已經傳遍天下。我的回憶不再只屬於我一個人，而是成為和他人共同擁有的內容之一，已經不在我的掌控範圍內。既然這樣，有這樣的結果並不意外。

「這次主題的『暑假』了無新意，節目收到各種回憶，但是在所有的回憶中，妳的回憶有一種異樣的力量。不瞞妳說，我很希望妳得到第一名。當我看完妳寄來的電子郵件，腦海中一直想著當時還是小學一年級的妳。」

野瀨語氣激動地說到這裡，突然打住，然後壓低音量，問道：

「後來怎麼樣？那次離別之後，後續的發展如何？」

我突然回想起遙遠的記憶。我坐上爸爸的車，媽媽目不轉睛地注視著我。「一會兒見。」我揮著手說，媽媽也緩緩舉起一隻手。如果我當時說，我要坐媽媽的車子，是否可以改變什麼？

「沒有什麼發展。如同我在電子郵件中所寫的，我媽媽離開了。那天之後，我沒有再見過她，聽說她活得很自由自在。」

我又吐出一口氣，就好像抽菸時吐煙一樣，輕輕噘起嘴唇，只不過我從來沒有抽過菸。我在吐氣的時候想，沒想到我這麼平靜。好像是有人借用我的嘴來說出這句話。

「那太好了。」野瀨笑笑，「那我就放心了。我知道我說這種話很失禮，但是我一直很擔心，妳母親是不是走上絕路。」

「不可能有這種事。我記得爸爸在一年之後，去找我媽媽談離婚的事，聽說我媽媽活力十足，盡情享受第二人生，活得很開心，這種人怎麼可能走上絕路？」

我並不是直接聽爸爸說的，而是偷聽到爸爸向祖母抱怨這件事。

『她濃妝豔抹，穿著低俗的衣服，簡直就像變了一個人。面對她的時候，我渾身都不自在，但她倒是滿不在乎。』

爸爸不悅地說，祖父憤慨地說：

『你要叫她付贍養費和孩子的教育費，你應該有叫她不要再和千鶴見面吧。只要我雙眼還沒閉上，絕對不會讓她見到千鶴。』

我躲在暗處，等待爸爸的回答。爸爸停頓一下，憂鬱地嘆氣。

『她說原本就不打算見面。』

祖母發出好像青蛙被踩到般的聲音。

『她還說什麼她的人生屬於她自己。』

『這句話是什麼意思！簡直就像在說是我們剝奪了她的自由！』

我聽著祖母激動的聲音，當場癱坐在地上。原本媽媽根本不把我放在心上。那天用那樣的方式離別後，她完全沒有跟我解釋，所以我一直以為其中有什麼複雜的隱情。原本還以為一定出了什麼事，很希望一旦問題解決之後，她會回來，或是來接我。

但是，我的願望恐怕無法實現。媽媽已經接受和我斷絕關係這件事。媽媽拋棄了我。

「這樣啊，但是太不可思議了，妳媽媽為什麼在離家前的最後一個月，帶妳四處旅行呢？」

「我不知道，我聽大人說，她可能是因為親生母親去世太受打擊的關係。別人說她們母女就像是同卵雙胞胎母女。」

那年暑假的一年前，我的外祖母——也就是媽媽的媽媽生病去世了。媽媽和外婆感情很好，認識我媽媽的人都說，是不是因為這件事的關係。雖然有人擔心媽媽會想不開，可能想一死了之，但是既然媽媽很享受她的第二人生，那就搞不懂她離開的理由了。

關於她一度帶我一起離開那件事，祖母說：『只是心血來潮帶妳出門。因為她很膽小，雖然想離家出走，但很害怕一個人離開，就想帶妳一起走，但最後她自顧不暇，根本沒辦法照顧妳。我自認是一個好婆婆，從來沒有讓她吃過苦，她到底和我們家有什麼仇！』

「請問妳母親目前還好嗎？」

「不知道，應該過得很逍遙自在吧。」

我不知道媽媽是不是和芳野家有什麼仇，但是不知道她得知前夫家目前的狀況後，會作何感想。

媽媽離開的幾年後，憨厚老實的爸爸病倒了。祖母花費家裡所有的財產讓爸爸接受昂貴的治療，但仍然無濟於事，爸爸在我讀高中時去世。我和祖母兩人在勉強留下的房子內，節衣縮食勤儉過日子。祖母自尊心很強，總是很在意周圍人憐憫的眼神以淚洗面。『那個女人毀了芳野家，我們的不幸都是那個女人造成的。我恨死她，對她恨之入骨。』祖母在我高中畢業那一年的夏天，帶著對媽媽的憎恨離開人世。

「這樣啊。」野瀨掃興地說，「妳聽起來好冷漠。之前看妳寄來的電子郵件，還覺得妳很希望見到媽媽。」

「……怎麼可能有這種事？現實就是如此，更何況再怎麼說，也已經是二十年前的事了。」

「現實就是如此嗎？」野瀨嘀咕著，似乎不太能接受，但隨即轉換心情，打起精神說：「好，我們來談正事！芳野小姐妳得到第二名，我們會寄五萬圓獎金和本節目的貼紙給妳。和妳確認一下，電子郵件上妳留的姓名和住址正確嗎？」

掛上電話後，我發出嘆息。我已經很久沒有像這樣好好和別人談話，最近只有和上班的工廠警衛打招呼而已。

沒想到我得到第二名，有五萬圓。

太好了。原本手上的錢怎麼都湊不出下個月要支付的各種費用，我掐指計算著要支付的各種費用，暗自鬆一口氣。總算能夠打平。但是，如果得到第一名，就有十萬圓。當初我就是被十萬圓吸引，才會投稿參加。

「反正是意外之財，聊勝於無。」

有人願意出五萬圓買下，那不是很好嗎？我嘀咕著，突然害怕起來。

這樣真的好嗎？我並非只是把自己的回憶公諸於世，還為這份我一直埋藏在內心，已經和我這個人完全同化的回憶標了價。但是，我的回憶不如別人，被認為只值五萬圓。那段日子只有五萬圓的價值，只有五張紙鈔。這樣真的好嗎？

我忍不住拿起手機，找出通話紀錄，打算回撥給剛才打電話給我的野瀨，幸好在最後關頭忍住了。現在打電話給他有什麼用？要說我決定放棄第二名嗎？這麼做有什麼意義？我的回憶已經被排了名、標了價。

最重要的是，我缺錢。我要去哪裡籌不足的五萬圓？

我把手機緩緩放回桌上。桌上有一個鐵絲編的小籃子，裡面放著個別包裝的草莓牛奶糖。我從小就很喜歡吃這種糖果，這也是我目前生活中唯一快樂的事。一天最多只能吃五顆。我拿起了今天的第二顆糖果，拆開了包裝，把三角形的糖果放進嘴裡，用甜味包住沒有說出口的話，一起吞下去。當我專心感受甜味，努力平息感情的起伏時，視野突然被淚水濡濕。熟悉卻又無法產生親近感的簡陋房間變得模糊起來。

「我撐不下去了。」

我的聲音發抖。我不能再逃避，必須正視始終不願面對的現實。賣回憶的錢可以讓我下個月勉強過日子，但是，以後該怎麼辦？他一定會再出現，搶走我的錢。

一想起彌一的臉，嘴裡的糖果就變成苦味。幾年前離婚的前夫——野野原彌一——只要一缺錢，就會上門找我，搶走所有的錢。即使是我準備付房租，或是吃飯的錢，他都照拿不誤。如果錢太少，他還會對我大吼大叫，叫我趕快去籌錢。三個星期前，他打開我的冰箱吃吃喝喝之後，搶走了我剛領薪水的一半。我央求他，說我沒錢沒辦法生活，結果就被他甩了耳光。『當初妳非離婚不可，我就同意了。現在我拿妳這麼一點錢，妳到底有什麼好不滿的？』他打我耳光時完全沒有手下留情，我的臉都被他打得變了形，那一陣子出門只能戴上口罩。

我想逃離彌一，但是，我已經沒有錢，也沒有力氣逃了。去年，我用拚老命藏起來的存款連夜搬家，但我不知道他用了什麼方法，不出半個月，就找到我的下落。那天，我準備出門買菜時，發現彌一站在家門口，看著我，露出了得意的笑容。以前曾經覺得可愛的虎牙閃著凶光，我當時以為自己會沒命，但幸好活了下來。

但是，他執拗地毆打我，我被他打得鼻青臉腫。他低頭看著我把胃裡的東西都吐出來，耀武揚威地對我說：『妳要記住這次的痛，不管妳逃走幾次都一樣。我已經決定，絕對不會允許我身邊的人未經我的許可就離開我，絕對不准妳離開我。如果妳想逃，就想一想這次的痛，不要再做無謂的掙扎。』

我在高中畢業後，進入一家中古車行工作，認識了比我大七歲的彌一。我在中古車行當事務員，他是車行內持續保持業績第一名的業務員。他有著不輸給偶像的外貌，接待客人時，身段很柔軟，很多女人都喜歡他，甚至有人非要向他買車。大家都說他遲早會成為店長，但他總是一笑置之。『我可不打算一直留在這種小公司，我以後要幹一番大事業。』從我開始和他交往的時候，他就一直把這句話掛在嘴上。

他工作能力很強，很有上進心。個性開朗，很受歡迎。和個性消極負面，不擅長和別人打交道的我完全相反，他在我眼中太迷人了。起初我完全無法理解，他為什麼會喜歡我，選擇和我交往。

『因為妳個性低調，感覺願意成為男人背後的女人，默默支持男人，我一直很喜歡賢內助這三個字，雖然我知道這種論調很像是昭和時代的男人說的話，但我就是很喜歡這樣的女生。』

當他紅著臉，靦腆地這麼說時，我內心產生淡淡的感動。在高中畢業之前，我的聯絡簿上都一直出現『要努力表達自己的意見』這句話，老師總是稱讚勇於表達想法的同學，但我還是無法像那些同學那樣。我一直以為，一定不會有人注意到像我這樣的人，我這輩子恐怕不會出頭天，沒想到有人把我的缺點視為優點。

有生以來的第一次戀愛——雖然我不瞭解別人的情況——很順利。彌一是一個出色的情人，他很想結婚，再加上我唯一的家人祖母去世後，我變得無依無靠，覺得很孤獨，於是我們很快就結了婚。周圍人都對我們的閃婚大吃一驚。

不光是我，彌一和家人的緣分也不深。彌一討厭鋪張，所以我們沒有舉辦婚禮，只有登記而已，但我完全沒有任何不滿。只要有人真心愛我，而且會陪伴我一輩子，這樣就夠幸福了。

但是，我的幸福並沒有持續太久。

我要幹一番大事業。為了能夠完成他的大事業，彌一開始嘗試各種生意。在他用存款投資股票和炒外匯時，情況還不算太糟。雖然賺不到錢，但因為規模很小，沒有虧太多錢，而且他還有身為上班族的薪水可領，生活並沒有太大的問題。

但是，他後來在居酒屋認識了一個奇怪的男人，在那個男人的慫恿下，辭去工作，自從說要自己創業之後，情況就一落千丈。最初開了一家爬蟲類寵物專賣店。據說是因為很多藝人開始養爬行動物，他就根據這種不可靠的消息開店，只不過苦苦等待的熱潮始終沒有出現，他又缺乏專業知識，整天發生各種問題。花大錢購入的動物還沒有賣出去就死了，還因為溫度調節失當，導致超過一半的爬行動物都凍死。這種經營方式當然不可能成功，爬蟲類寵物專賣店不到一年就倒閉，只留下高額的借款。

但是，彌一根本不以為意，笑著說只要做新的生意，很快就可以還錢。於是他開了一家餐廳，說什麼加盟連鎖餐廳不太會失敗，還說自己最懂得和客人打交道，但是開的那家家庭餐廳兩年就結束營業。不知道是因為地點不佳，還是員工教育出問題，雖然剛開張時有不少客人，但之後生意就逐漸下滑。兩年的經營稱不上順利，非但無法償還之前開爬蟲類寵物專賣店時的借款，債務反而越來越多。債務的金額後來已經膨脹到讓人看了會昏倒的程度。但是，彌一又一笑置之，拍著我的肩膀說：『等著看下一次，下一次。這次我事先沒有好好做功課，接下來我打算在網路上賣飾品。』我看著他開朗的笑容，有點搞不清楚自己曾經愛過的男人在想什麼。

彌一向來認為自己『有出色的才華，一定可以成功』，而且他盲信這種沒有輪廓、像幻影一樣的自我形象，我當時也對這種幻影信以為真，只不過我終於清醒了。雖然他一直認為自己遲早會成功，但他不可能成功，中古車行的王牌業務員就是他的顛峰。

債務早就超過能夠償還的金額，之前做會計工作的我只能四處向人低頭籌錢，彌一應該看到我身心俱疲，整個人瘦了一大圈的模樣。當他第二次生意失敗時，根本沒有人願意再借錢給我們。

不要再追尋不可能實現的夢想了，我們要節衣縮食過日子，在還錢的同時，腳踏實地生活。我努力勸他，但是彌一聽了之後，臉色大變說：

『妳覺得自己有資格對我頂嘴嗎？』

彌一露出從來沒見過的可怕表情，一把抓住我的胸口咆哮著。

當我回過神，發現上班時間快到了。我剝了一顆糖放進嘴裡，又在口袋裡放了兩顆糖後起身。來到鏡子前用手梳梳頭髮，走出公寓。我騎上腳踏車，前往三十分鐘路程的工廠。縮了水的積雨雲被夕陽染成了橘色，聒噪的蟬鳴一直緊跟著我。三個穿著棒球制服，騎著腳踏車的男生有說有笑地超越了我。我踩著腳踏車的踏板，輕輕笑了笑，生鏽的鍊條發出吱吱嘎嘎的聲音。

我是個笨女人。雖然明知道不能這樣下去，必須想辦法解決，但最後還是無法採取任何行動，一直重蹈覆轍。嘴裡說著「怎麼辦？怎麼辦？」但仍然每天騎著腳踏車去工廠上班，直到生活徹底被摧毀。

說到底，我和彌一差不多，都是腦筋不清楚的人。

✧

接到電話的一個星期後，我收到了出售記憶的錢。電台還特地把錢裝在禮金袋內，附上獎狀。看到獎狀上用很有獨特風格的字寫著「感謝你精采的夏日回憶」，我不禁冷笑一聲。把五萬圓抽出來後，順手把禮金袋和獎狀都丟進垃圾桶。

我把五萬圓折起來，塞進袖珍面紙袋中，然後藏在皮包底部，出門準備去上班。

我之所以會在麵包工廠上夜班，只是因為那裡薪水比較高，而且可以無限量吃麵包。只要在麵包工廠上班，就不必擔心吃的問題。我每天都提早去工廠，把放在休息室內成堆的麵包當晚餐。休息時間和下班時，再啃幾個麵包，下班時帶一個回家當午餐。一開始還會挑不同口味的甜麵包和鹹麵包，但兩個月之後，就不想再吃了，目前都只吃形狀類似於美式熱狗麵包，可以夾餡料的可培麵包。

這幾個月，被彌一搶走很多錢，我幾乎沒錢吃飯。自從彌一上次來過後，我沒有吃過除了工廠的麵包以外的任何食物，如果我沒有在這裡上班，不知道會怎麼樣。我靠著已經分不清是好吃還是難吃的可培麵包活下來。

一到工廠，我立刻走向更衣室。每個在這裡上班的工人都有一個可以上鎖的置物櫃，我打開置物櫃的鎖，從皮包裡拿出面紙袋，把五萬圓塞進置物櫃深處的化妝包。化妝包裡面是錢。一旦放在家裡，就會被彌一發現，所以我就藏在這裡。我用毛巾蓋住化妝包，然後再把上下班帶的皮包壓在上面，才終於放了心。這下子就不會被搶走了。

我嘆著氣，換工作服時，有人拍拍我的背。我大吃一驚轉過頭，看到個子矮小、圓臉，看起來很親切的女人——川村主任站在那裡。

「芳野小姐，辛苦了。」

「啊，主任辛苦了。」

川村是在這個工廠工作了三十二年的資深員工，在結婚生子後，仍然持續在這裡工作。她比廠長更瞭解工作上的大小事。

川村主任垂著兩道八字眉對我說：「妳可以來事務室一下嗎？」

白天上班的事務員都已經下班了，事務室內沒有其他人。川村主任示意我坐在空椅子上，然後在我對面坐下，神情嚴肅。

「請問、我做錯了什麼嗎？」

我從不遲到、曠職，自認工作態度也很認真。在工作上沒有犯過什麼大錯，真的要挑剔，恐怕只有帶麵包回家這件事。但並不是只有我這麼做而已，和我一起工作的俊希還會帶麵包給同住的留學生朋友吃。川村主任猶豫一下後開口。

「其實，是關於預支薪水的事。」

我聽不懂她在說什麼，微微歪著頭。到底是怎麼回事？川村主任看到我一臉納悶，發出「啊啊」聲，摸著太陽穴，嘆了一口氣。

「妳果然不知道這件事。」

「不知道哪件事？」我問。

川村主任說，今天白天，事務室接到一通電話。

「那個人說他是芳野千鶴的丈夫，要預支太太的薪水。」

耳朵深處響起巨大的水聲。難道這就是所謂的「嚇得面如土色，渾身的血都流向腳底」的聲音嗎？

「剛好是我接到的電話，妳不是單身嗎？所以我問對方，是不是搞錯了。他回答說，他是妳的前夫，但你們住在一起。因為急需要用錢，但是妳不好意思向公司開口，所以他出面打了這通電話，他說話的語氣很真誠。」

川村主任皺起眉頭。

絕對沒錯，就是彌一。他可以用花言巧語矇騙別人。

「錢！妳把錢交給他了嗎！？」

我忍不住追問川村主任。我驚恐萬狀，心跳加速，覺得地面好像消失了。

雖然我不記得曾經告訴彌一，但這家公司在薪水方面給予員工很大的方便。我不知道日班的情況，夜班組有很多人都是領日薪或是週薪。難道彌一是從什麼地方打聽到這個消息嗎？如果我的薪水被他預支走，我再怎麼藏錢都失去意義。

「我想應該就是我的前夫，他很能言善道，請問……」

川村主任握住我顫抖的手，像麵團一樣又白又軟的手握住我的手。她微笑著對我說：

「妳不用擔心。我鄭重拒絕了，說薪水只能交給本人，而且無法臨時預支薪水。其實以前曾經發生過類似的情況，那一次，事務員把錢交給對方，當時鬧得雞飛狗跳。」

聽到川村主任這麼說，我鬆了一口氣，忍不住說：「太好了。」

沒想到川村主任說：

「這種情況應該稱不上好，既然他會未經妳的同意，就來公司預支薪水，我不認為他會輕易放棄。」

我無言以對。川村主任說得沒錯，彌一會直接來家裡搶錢，只是不會是今天，而是延到發薪日而已。我低下頭，川村主任發出了和剛才不同的嘆息聲。

「私生活的問題真的很頭痛，妳有沒有可以討論這種事的朋友？」

如果我有這樣的朋友，早就和朋友商量對策了。我搖搖頭。

「這樣啊，那可真傷腦筋啊。」

川村主任無意識地摸著項鍊。據說這條鏤空的心形項鍊是她女兒送給她工作三十年的紀念禮物，她總是說，每次覺得有壓力時，只要摸著這條項鍊，就覺得女兒在支持她。

「啊，對了，那妳的父母呢？如果他們還健在……」

「他們都死了。」

別人問的時候，我總是這麼回答。對我來說，媽媽和死了沒什麼兩樣。

「而且，我沒有親戚。」

川村主任聽到我的補充，深深皺起眉頭，無意識地緩緩嘀咕著：「真可憐。」我見狀後起身。

「對不起，給主任添麻煩了，這件事請妳不必費心。」

我鞠躬後走出事務室。川村主任叫著我的名字，我回頭看向她，她嘴巴張了好幾次，似乎正在尋找適當的表達方式。我曾經看過她這種表情，之前我拆除工廠卸貨門旁的鳥巢時，她也是同樣的表情。用掃帚把鳥巢打落時，發現裡面有好幾個鳥蛋，而且每個鳥蛋都打破了。當時，她站在遠處看著我不顧母鳥，揮動掃帚拆除的狀況，嘴裡嘀咕著和剛才同樣的話。

「我討厭聽到『可憐』這兩個字。」

我脫口而出。

「啊？」川村主任打住。

「這句話就和用摺紙折的千羽鶴一樣，無法發揮任何作用。」

之前曾經多次發生別人為了自我滿足，向我表達根本無法發揮任何作用的善意。明明是對方一廂情願，還要我感謝對方，簡直莫名其妙。我已經受夠了，所以明知道不需要說這種話，但還是脫口而出。

川村主任像黑豆般富有光澤的眼睛眨了幾下，然後驚訝地瞪大了眼睛，接著漲紅了臉。

「我告辭了。」

這次她並沒有叫住我。

和川村主任說話時，已經過了上班時間，於是我急忙前往自己的崗位，戴著白色帽子和口罩的俊希停下手，用眼神問我怎麼了。平時都是我先到，他可能好奇我為什麼現在才來。我告訴他，剛才主任找我。他點點頭，又開始繼續工作。

我的工作是用推車把裝滿剛出爐吐司的麵包箱推去冷卻區。別小看吐司，推著好幾十斤重的推車來來回回是體力活，而且剛出爐的麵包散發出的熱氣總是讓人全身大汗淋漓，麵包的香氣也很強烈。一到夏天，蒸騰的熱氣簡直就像在三溫暖，明明是在室內工作，但每年都有人中暑昏倒。起初我有點擔心無法勝任這裡的工作，現在已經完全適應了，甚至可以在工作的時候想心事。

我把麵包箱搬上搬下時，思考著彌一的事。彌一絕對會來搶走我的錢。既然他已經打電話來公司，想必他已經走投無路，所以很可能到時候會搶走我所有的錢。我不止一次告訴他，我的生活已經捉襟見肘，但彌一認為我在緊要關頭，還是有辦法張羅到錢，問題是根本不可能有這種事。

彌一到底什麼時候才會放手？現在回想起來，當初答應他的離婚條件是敗筆。我會償還你兩次生意失敗欠下的所有債務——當初之所以能夠做到，是因為我賣掉手上唯一的財產——芳野家的房子。當時我一心只想逃離他的暴力，而且沒有人可以商量，於是就獨斷獨行，做出這樣的決定，早知道不應該這麼衝動。

如果祖母還活著，事情會不一樣嗎？不，她一定會整天數落我，說是因為我繼承了那個女人的基因。祖母在晚年時，只要對我不滿，就會怪罪到媽媽頭上。『那個女人真是混蛋，她就這樣丟下孩子一走了之，連一句道歉都沒有。千鶴，妳身上有一半是那個女人的基因。』

「啊！」

我的手一滑，麵包箱差一點掉在地上。雖然我慌忙站穩，但兩斤吐司還是掉在地上。我把麵包箱放回推車，慌忙撿起地上的麵包。即使隔著橡膠手套，剛出爐的麵包還是很燙，我尖叫一聲，鬆開麵包。

「妳在幹嘛？掉在地上就不要撿了啊。」

剛好在附近的俊希一臉無奈。「對不起。」我在道歉的同時，摸著被燙到而發麻的手。視野模糊，但並不是因為熱氣的關係。

我很努力工作。身體不舒服也好，天氣很差也好，我都不眠不休地工作。我節省餐費，已經很久沒有買化妝品。每天吃幾顆糖果，是我唯一的奢侈，我不知道還要如何撐下去。

「芳野小姐，妳身體不舒服嗎？」

我回過神時，發現自己癱坐在地上，淚水撲簌簌地流下。不知道是不是俊希去叫人，晚班的負責人岡崎走過來，叫我今天先回去休息。「我要上班，我需要錢。」雖然我知道很丟人現眼，但還是說了這句話。「妳還有年假，如果怕被扣錢，請年假就好了。」岡崎平時總是黏著年輕女工——最近總是黏著中國留學生馮小姐，很不耐煩地說道。

「今天工作人數夠，沒有問題，而且妳在這裡哭哭啼啼很礙事，妳回去吧。」

我幾乎算是被岡崎趕出了工作區。

回到空無一人的更衣室換好衣服，經過休息室時瞥了一眼，發現裡面沒有人。目前是上班時間，距離休息還有一個小時左右，當然不可能有人。我看到麵包箱裡放滿了給員工吃的麵包，甚至還有很少看到的熱狗麵包。加了酸酸甜甜的番茄醬、芥末醬和粗絞肉香腸，口味傳統，是工廠最受歡迎的品項，聽說用微波爐加熱後會更加美味。我這麼想的時候，肚子發出很大的聲音。對了，我原本打算在上班之前吃麵包，結果川村主任找我，沒來得及吃。

「今天都沒時間吃。」

我嘀咕時，肚子又叫了一聲，似乎在抗議。我輕輕摸著餓扁的肚子。

「咦？芳野小姐？妳還沒回去嗎？」

聽到岡崎的驚呼，我猛然回過神。岡崎錯愕地看著我。他只會對喜歡的女工露出笑容，在我面前總是板著臉，此刻難得有些慌張。

「啊？妳、妳在做什麼？」他就連說話的聲音也很緊張。

做什麼？我剛才做了什麼嗎？我一時搞不清楚自己的狀況，無論如何，要先回答，我這才發現自己嘴裡塞滿麵包。

我為什麼會在這裡吃麵包？我急忙咀嚼著嘴裡的麵包，然後打量周圍，心臟劇烈跳動。沒有打開電源的電視螢幕上，出現一個像餓鬼般的女人。身上穿著鬆垮垮的T恤，和皺巴巴的牛仔褲，右手拿著還沒吃完的熱狗麵包，左手拿著巧克力甜甜圈，只有嘴巴像饞鬼一樣咀嚼著。

「呃，那個、我是不是、該當作沒看到？」

岡崎抓抓頭，移開視線。「不好意思啊。」聽到岡崎慌張的說話聲，我的視線仍然無法從電視螢幕上移開。綁成馬尾的頭髮已經很長了，而且很凌亂，眼睛骨碌碌轉動的樣子很卑賤。餓鬼——我忍不住皺起了眉頭。

妳在幹什麼？

我丟掉兩隻手抓著的麵包，逃也似地衝出休息室。穿越員工出入門，跑去腳踏車停車場。我把皮包塞進在二手商店花了三千圓買來、油漆已經剝落的腳踏車籃子裡，離開了工廠。

帶著一絲夏日氣息的溫熱夜風拂過臉頰，T恤黏在冒汗的皮膚上。我用盡全身的力氣騎著腳踏車，放聲大哭。我這個人到底多無恥，竟然趁休息室沒有人，就拚命吃麵包。那不是正常人的行為。我怎麼會變成這樣？

我用力踩著腳踏車，踩著踏板的腳踩空，前輪發出巨大的金屬聲音驟然停下。我努力保持平衡，但還是整個人都摔出去。我滾落在地面時，想起腳踏車的鍊條之前就有點問題。我記得俊希曾經提醒我，最好去腳踏車行修理一下，但我捨不得花錢請人修理，一拖再拖。

我整個人摔在車道上，那時沒有車輛經過。我全身疼痛，心裡期待有車子經過，不管是夜晚趕路的大貨車，或是超速的機車都好。雖然有點對不起司機，但只要能夠終結我的人生就好，我就可以告別這個不中用的自己。但是，即使我在馬路上躺成了大字，仍然沒有車子經過。我怔怔地看著天空，發現像散落串珠般的星星，在天空中閃爍著夢幻的光芒。

忘了什麼時候，我也曾經和另一個人像這樣仰望天空。啊，對了，是媽媽。那年夏天，我們躺在某個公園的草皮上仰望天空。夜空太美，我很擔心自己稍不留神，就會墜向天空。我分不清天和地，用力抓著草皮上還很短的草，努力讓自己留在地面。我痛苦地回想起自己當年的純真，這些年來，我越來越世故，星空在我的眼中，已經變得黯淡了。

「妳沒事吧？」

突然聽到有人問我，接著傳來了腳步聲。轉頭一看，一個身穿運動服的老伯跑過來。他的脖子上掛著毛巾，可能正在慢跑。他拿下塞在耳朵裡的耳機，大聲問我：

「妳怎麼了？要不要叫救護車？！」

「啊，我、我沒事。不好意思，剛才從腳踏車上摔下來。」

看到老伯慌忙的樣子，我急忙坐起來，渾身的疼痛讓我緊緊皺眉。

「腳踏車？」老伯打量周圍，然後幫我扶起了倒在人行道那一側的腳踏車。

「啊啊，原來是鍊子掉了。」

我總算起身，撿起掉在車道上的皮包。老伯似乎開始幫我檢查腳踏車，東摸西摸，不顧鐵鏽和機油把他的手弄髒，持續檢查著。

「對、對不起！那個、它原本就有點問題。」

「是啊，鍊子快斷了。妳今天就別再騎了，推著回家比較好。」

老伯掛在脖子上的耳機傳來輕快的旋律。音樂結束後，傳來一個熟悉的女主持人聲音。那是我經常聽的廣播節目。

「好，搞定了。」

老伯起身，將腳踏車把手交到我的手上，然後皺著眉頭。

「妳要小心一點，女生不要這麼晚還在外面逗留。這裡沒什麼人，搞不好會有奇怪的人出沒。明天要記得去醫院，妳臉上的傷很嚴重。」

「不好意思，謝謝你。」

我一次又一次鞠躬道謝，老伯終於笑笑，然後又跑著離開了。

目送身穿運動服的背影消失在黑夜中，我把皮包放進已經嚴重變形的籃子內，準備推車回家，但立刻停下腳步，拿出手機。打開收音機應用程式，挑了一個節目，立刻聽到剛才老伯耳機中傳來的女主持人聲音。

『各位聽眾，讓你們久等了，接下來就為各位公布很受歡迎的企劃「購買你的回憶」第四屆比賽的結果！這次的主題吸引了很多聽眾投稿，也有許多美好的故事。我每週都會看到很多回憶，有些感人肺腑，有些讓人捧腹大笑，讓我樂在其中。接下來我們將在公布名次的同時，請各位再聽一次得獎的回憶。』

今天似乎是公布比賽結果的日子。這個節目的播出時間剛好是工廠的休息時間，所以我每天都不會忘記聽節目。

我把手機放在皮包上，推著腳踏車走在回家的路上。路燈稀少的縣道上只有我一個人，夜風帶來了別人的回憶，那些溫馨的回憶，到底會去何方。

「獲得亞軍的回憶是……！」主持人故弄玄虛地說完這句開場白，報上我隨便取的名字。變形的腳踏車把手輕輕發出嘎吱的聲音。

小學一年級的暑假。我和媽媽一起旅行了一個月。媽媽的愛車——紅色車子的後車座放了毛巾被和換洗衣服，還有我喜歡的繪本和暑假作業，我們就出發上路了。我問媽媽，我們要去哪裡。媽媽對我說，妳先說一個想去的地方，只要去了那裡，就會知道下一個想去的地方。

我們先去了海水浴場，為了要好好保養一下被海水浴曬黑的皮膚，於是接著去溫泉。我們好像在玩聯想遊戲，又好像在尋找目的地，那是一次愉快的旅行。在旅行期間，個性文靜，很少情緒化的媽媽經常放聲大笑，也會不時生氣、哭泣。在我的印象中，媽媽以前是深藍色，而且只有這一種顏色，沒想到她竟然具備了豐富的色彩。我和五彩繽紛的媽媽一起挑戰了很多第一次做的事。我們在河邊烤肉，在海邊泡露天溫泉。一下子住進令我瞠目的高級飯店，有時候又看著雨中的大海，睡在車上。媽媽生日的那一天，我們找了一個有煙火大會的地方，在巨大的煙火下為媽媽慶生。為了避免被煙火的巨大聲響淹沒，媽媽張大嘴巴大喊著：「祝我生日快樂！」我幾乎可以看到她喉嚨深處，她的笑容很動人。那次的旅行就像是嘉年華會，每天都令人期待，但是，這種如夢似幻、燦爛美好的日子突然結束了。

暑假即將結束的某天早上，爸爸和祖母突然出現在我和媽媽住宿的飯店。他們母子氣勢洶洶地責怪媽媽，我這才知道，原來媽媽未經爸爸和奶奶的許可，就帶我出門旅行。

從飯店回家時，我坐上了爸爸和祖母的車子。祖母一直握著我的手不放。而媽媽只有一個人。我不由得擔心，但是媽媽對我說，她會跟在我們的車子後面，叫我不必擔心，叫我坐爸爸的車子。我覺得媽媽當時的臉上甚至連藍色都消失了，所以內心很不安。

祖母和爸爸在車上一直抱怨媽媽，我對他們說，我玩得很開心，每天都像在做夢，所以請他們不要生氣，請他們原諒媽媽。

雖然媽媽當時說，會開車跟在我們後面，但是那天之後，她就沒有再出現在我面前，那輛紅色車子也沒有再回到我們家。

媽媽為什麼帶我去旅行？那一個月到底是怎麼回事？每逢夏天，我就會想起那個暑假，想問已經離開我的媽媽，對她而言，那個暑假到底是怎麼回事？我相信我永遠都無法知道答案。

腳踏車發出吱吱聲。上次因為心慌意亂，無法好好聽，但這一次我靜靜地傾聽。

我的回憶、那段日子去了何方？我走在回家的路上，內心產生了難以用言語形容的寂寞。

回到家後，我倒在從來不折的被褥上，就像關掉開關一樣，立刻墜入沉睡。我八成連夢都沒有做。醒來時還是清晨，我拿起丟在一旁的手機確認時間，發現是我平時上完夜班回家的時間。再多睡一下。我閉上眼睛，突然聽到一陣粗暴的敲門聲，阻止了我繼續入睡。

「千鶴，喂，千鶴！」

我的腦袋無法順利思考。眨了幾下眼睛，昏昏沉沉的腦袋想著「彌一來了」。他完全不顧左鄰右舍，一大清早就大聲嚷嚷，會造成鄰居的困擾。要趕快去開門。我坐了起來，但全身都疼痛不已，已經不知道到底是哪裡在痛了。

「千鶴，是我。喂，千鶴，妳有聽到吧？」

我想要回答，但整張臉都很痛，根本無法發出聲音。我看了一眼掛在牆上的鏡子，發現右側臉頰有一大片擦傷，出現瘀青，而且還有點腫，伸手一摸，臉頰有點燙。鏡子中看到的慘狀讓我倒吸了一口氣。我昨晚是從右側倒在地上嗎？我不記得了。

「我看到了妳的腳踏車，知道妳在家裡！不要躲在裡面裝死！」

彌一開始咆哮，門被他用力敲得震動起來。我搖搖晃晃走向玄關，一打開門，看到滿臉怒氣的彌一站在門口。

「妳也太慢吞吞……」

他準備用剛才捶門的拳頭直接揮向我，但是停了下來。

「妳怎麼了？」

他可能很意外。我看著他瞪大的眼睛，用沙啞的聲音說：「我跌倒了。昨天腳踏車突然壞了。」

「怎麼會這樣，妳也太笨了。」

彌一輕輕嘆氣，推開我，走進了屋內。他坐在我被褥的中央，好像那裡是他睡覺的地方，然後對我說：

「千鶴，妳也過來。妳的傷沒問題嗎？有沒有去醫院？妳不要太累了。」

他說話的語氣變得很溫柔，和前一刻判若兩人。他隔著T恤的袖子，摸著我的手臂，同情地皺著眉頭。「這裡也沾到血了。」

「你來幹嘛？」

我知道他來這裡的目的。他會在發薪日那天來拿錢，要我事先準備好。

「當然是來看妳啊。」

彌一瞇眼笑了起來，我看著他的臉。那不是當年被稱為銷售王牌，能幹的業務員時代的笑容，粗糙得有點病態的臉上冒著鬍碴，身上穿著皺T恤，頭髮也沒有整理。親切的微笑中帶著骯髒的諂媚。回想當年，只要他和我說話，我就會興奮一整天。當年的我怎麼可能想到，自己心儀的男人竟然會變成這副德性。

「你心情似乎很好，玩拉霸機贏錢了嗎？」

「我怎麼可能對那種無聊的賭博認真，那只是浪費時間，不可能贏錢。」

彌一一笑置之。他上次來找我的時候迷上拉霸機，還拿出一疊細心畫出來的圖表，滔滔不絕地說著哪家店的哪個機台很容易開獎，只要懂得妥善運用柏青哥店僱用的暗樁，就可以賺更多。當時以投資為由從我手上搶走的錢，是不是全都泡湯了？啊啊，如果有那筆錢，我就不必出售自己的回憶了。

「今天來這裡，是有一個好康的消息要和妳分享。有一個朋友幫我牽線介紹生意，我決定要開一家居酒屋。別擔心，我知道妳不擅長對人笑臉相迎，不會要妳在那裡工作，但我要接手一家現成的店，只是頭期款還差一點。千鶴，妳拿點錢出來吧。」

我的手無力地放在腿上，彌一抓起了我的手。他握住我擦傷的手背，柔聲細語。

「拜託妳了。這次我一定會認真做。妳不是知道我以前曾經在居酒屋打過工嗎？等生意上了軌道，我會把之前的錢如數還給妳。」

我痛得皺起眉頭。不知道他有沒有發現，他摸著我手背的力道漸漸加大，已經變成在摩擦我的手背了。彌一用彎成半月形的眼睛注視著我皺成一團的臉，繼續說道：

「啊啊，我知道了。我不應該這麼小家子氣，說什麼把所有的錢都還給妳。妳一直很支持我，只要我成功，我們要復婚，重新開始，是不是很吸引人？」

我不寒而慄。他竟然以為我會因此而高興，他還深信即使他經常情緒失控，對我暴力相向，搶走我的錢，但我仍然愛他。

「你說要開居酒屋……是認真的嗎？」

我想要把自己的手抽回來，但他用力握著不放。

「當然啊。」彌一用黏乎乎的眼神看著我，「我也有所成長，知道要開符合自己身分的店。如果是以前，聽到是居酒屋，一定會嗤之以鼻，但現在不會看不起，我會好好經營。」

喉嚨中有一種想要嘔吐的感覺。一旦彌一下定決心，就沒有人能夠阻止他，如果我不識相地表達意見，他就會暴怒。如果我說了他不中聽的話，即使我已經渾身是傷，他照樣會對我拳腳相向。

「我必須馬上付錢給對方，否則對方就會把居酒屋的經營權交給別人。千鶴，妳就幫幫我。」

「……要多少錢？」

即使問了，我也沒有錢，但是除此以外，我說不出其他的話。彌一聽到我用顫抖的聲音問的問題，用力揚起嘴角。

「只要五十萬。」

黏在喉嚨的奇妙硬塊立刻湧上來，我單手捂住嘴，總算忍住了。他明明知道我一個月的薪水是多少，明明知道我沒有錢，為什麼可以這麼輕鬆地說這種話？我用力吞了好幾次口水，然後輕輕張開嘴。我的嘴唇在發抖。

「你要我、去哪裡找這筆錢……你應該很清楚，我根本沒這麼多錢。」

「妳可以先把存款領出來，之後再用這個月的薪水補足。」

「我真的沒有存款了。」

「那車站前不是有地下錢莊嗎？啊，那這樣就可以一次到位，借足全額了。」

「我不要。」我還來不及思考就脫口回答的這句話幾乎像尖叫。即使向地下錢莊借了錢，我也沒錢可還，我不想繼續淪落下去。

彌一立刻臉色大變。他的喉結動了一下，發出低吼。我知道自己闖禍了，但是也不可能聽命於他。我後退著，尖叫著說：「我做不到，這樣我真的會沒辦法生活，這已經是我的極限了。」

「我不是說了，會還錢給妳嗎？」

「目前為止，你從來沒有還過我——」

我無法說完這句話。他的大手毫不留情地打在我的右側臉頰上。我整個人飛出去，撞到紙拉門。我倒在地上，彌一騎在我身上，抓住我的頭髮，再度甩我耳光。我發現嘴裡都是血腥味，但很快就麻痺，沒有知覺了。

「老公的意見，妳只要乖乖聽從就好！籌錢不是妳的分內事嗎！？」

彌一不停地打我，大聲咆哮著。我的臉濕了，沾滿了不知道什麼液體，不知道是眼淚還是口水，也可能是血。彌一又打又罵了簡直就像沒有止境的漫長時間後，突然停下手，起身，咂著嘴說：

「媽的，妳這種樣子，我根本沒辦法帶妳出去。」

我倒在地上，旁邊是我上下班時帶的皮包。彌一從皮包裡拿出皮夾，確認裡面只有幾個一百圓的硬幣後，又對我咂著嘴。

「搞屁啊，根本沒錢嘛。啊，是不是藏在這裡。」

我模糊的視野角落掃到了他拿出我的提款卡。他真是太蠢了，那個帳戶以前有我慢慢存下來的錢，但是之前就被他全部盜領光了，只剩下幾十圓而已。即使他去了提款機，也是白跑一趟。我想要竊笑，但最後只是發出像豬鼻子的悶哼聲。

「妳下週三發薪水，我到時候會再來拿，妳給我把錢準備好。」

他拿走我皮夾裡僅剩的幾百圓，然後把皮夾丟在我面前離開。聽到關門聲的同時，我硬撐著坐起來，雙手撐在榻榻米上深呼吸。鮮血從鼻子流了下來，我用手背擦了擦，然後爬向玄關。我咬著牙鎖上門，掛上門鍊，才無力地倒在地上。穿了好幾年，已經變成灰色的球鞋就在眼前，我聞到刺鼻的汗臭味。

「好臭。」

我忍不住想笑，於是趴在地上笑了起來，眼淚同時流下來。我笑得身體搖晃，覺得只剩下一條路可走了。彌一下週來找我時，我要殺了他，或是被他殺了也沒關係。無論是誰死，都可以終結我一味遭到踐踏的人生。我要為這樣的日子畫上休止符，就這麼簡單。

我不知道在地上趴了多久。房間的溫度上升，滿身是淚水和汗水時，我才終於有辦法站起來，但頓時感到天旋地轉。我知道自己脫水了，於是走去廚房，把嘴巴湊到水龍頭下喝水。嘴裡一股血腥味，而且很痛。溫熱的水一點都不好喝，但是為了滋潤乾澀的喉嚨，我還是不停地喝著水。

喝完水後，我從桌上的籃子裡拿了一顆糖果，打開通往小陽台的落地窗。我靠在玻璃上坐下，用發抖的手指打開包裝紙，拿出糖果。放進嘴裡後，在感受到甜味之前，就先疼痛不已。甜味滲進傷口。我皺起眉，抬起頭，看到生鏽的雨水管後方是一片鮮豔的藍天。今天是個晴朗的好天氣。

風帶來了小孩子的聲音。「早安，今天好熱。」「小正，你要跟著路隊走，不要自己亂走。」「昨天的作業是不是很難？」

這是一個晴朗、和平的早晨，大家都身心愉快地迎接一天的開始，但是為什麼我無法擁有如此微不足道的幸福時間？為什麼我無法保持平靜的心情？我從來沒有奢望擁有什麼特別的東西，我渴望的只是愛情，這是我唯一的渴求，為什麼總是失敗？

這種時候，我總是想起和媽媽離別的那天早上。祖母用力握住我的手，催著我坐上爸爸的車子。我看向媽媽，她微微張開嘴唇，似乎想要說什麼。『媽媽只有一個人，我去坐媽媽的車子。』我嘀咕，祖母大聲對我說：『不行。奶奶很寂寞，妳要和我在一起。』祖母緊抓著我的手，瞪著媽媽。媽媽移開視線，叫我去坐爸爸的車子，還說她會跟在我們的車子後方。我猜想如果不聽話，媽媽又會挨罵，於是不甘不願地握住祖母的手。

我要坐上爸爸的車子時，依依不捨地回頭看向媽媽，媽媽目不轉睛地看著我。我發現站在那裡的媽媽臉色蒼白，我停下腳步。媽媽又說了一次：『趕快上車。』如果我當時甩開祖母的手，去牽媽媽的手，不知道會是什麼樣的結果。如果媽媽帶我一起走，走在那些好像做夢般快樂夏日的延長線上，我的未來一定不是現在這樣。

如果媽媽沒有拋棄我，那麼……

我聽到了好像昆蟲拍動翅膀的聲音，猛然回過神。轉頭一看，發現是放在桌子上的手機在震動。我爬去桌前，沒有確認是誰打電話，就按下通話鍵。我還來不及開口，就聽到了對方充滿活力的聲音。是電台的工作人員野瀨，我們上週曾經通過電話。

「已經九月中旬了，每天還是這麼熱，妳最近還好嗎？」

對方完全不瞭解我的情況，無憂無慮的說話聲音反而讓我覺得很舒服。我輕輕笑著回答說：「真的很熱。」野瀨和上次一樣，說著這次的企劃如何受到好評，然後興奮地說：「今天打電話來，是想要請教妳一個問題，請問妳媽媽是不是叫聖子？」

我差點把含在嘴裡的糖果吞下去。我在電子郵件和之前聊天時，都從來沒有提過媽媽的名字，他為什麼會知道？野瀨似乎從我無言以對的反應知道答案，他吐出一口氣，似乎在克制內心的興奮。

「節目接到了一通詢問的電話，問我們亞軍的回憶，是不是千鶴小姐投的稿。」

「……我媽媽打的電話嗎？」

我的聲音發抖。離開媽媽至今二十二年，這麼多年了，她會想要聯絡我嗎？我的心跳一下子加速，呼吸也變得急促。野瀨說：

「不是，是和聖子女士一起生活多年的人，是一名年輕女性。」

「喔，一起、生活多年。」

那個女人和媽媽是什麼關係？媽媽又有了新的家人嗎？我還沒有理出頭緒，野瀨繼續說道：

「聖子女士目前姓內田。」

「喔，那是她婚前的姓。」

所以媽媽並沒有再婚嗎？

「原來是這樣。打電話到電台的是一位芹澤惠真小姐，言歸正傳，芹澤小姐剛好聽到了廣播，立刻想到聖子女士的狀況，於是就打電話聯絡我們。芹澤小姐說，很希望可以和妳見面。照理說，電台不會做這種牽線的事，但是我個人很想知道妳的回憶之後的發展，所以我可以私下安排妳們見面。」

野瀨熱心地提議。我猶豫起來，不知道該怎麼回答。

「但是，」野瀨又接著補充說明。那個叫芹澤惠真的女人在電話中說，她想和我見面，然後向媽媽報告我的情況。

「我媽媽不來，只有我和她見面嗎？她根本不認識我，為什麼要和我見面？」

我猜不透對方的意圖，野瀨吞吞吐吐地說：「也許聖子女士的身體狀況不太好，可能正在住院，沒辦法來和妳見面。也可能是……雖然有點難以啟齒，也不能排除聖子女士本人並不想和妳見面的可能性。之前和妳聊了之後，發現可以當作是她當年拋棄了年幼的妳。」

沒錯，她怎麼可能想要和自己拋棄的女兒見面。

「芳野小姐，妳的決定如何？妳打算和芹澤惠真小姐見面嗎？」

我用臼齒咬碎嘴裡的糖果，考慮了一下。在目前這個時間點接到聯絡，或許是一種緣分。反正不久之後，我的人生就結束了，只是不知道會以什麼方式結束。既然在我的人生結束之前，得知了二十二年來都下落不明的媽媽近況，那就坦然接受。我吞下糖果，緩緩吐出帶著甜味的呼吸後，對野瀨說：「那就麻煩你安排一下，請你隨便找一家店，我會去和對方見面。」

「好，那我就來著手安排。請問妳們見面時，我也可以在場嗎？」

他的聲音充滿好奇，我回答說：「沒問題。」比起和素昧平生，但瞭解媽媽近況的女人單獨見面，完全無關的第三者在一旁看熱鬧，我或許可以保持冷靜。

「但是必須在這幾天，我下週以後有事。」

野瀨不知道在高興什麼，興奮地回答說：「知道了。」然後就掛上電話。

我把手機放在桌子上，然後起身，從放在房間角落的層櫃籃子中，拿出一個餅乾空罐。打開蓋子，裡面有幾張照片。我拿起其中一張被撕碎後，用膠帶黏起來的照片打量著。

泛黃的照片上是年幼的我，以及貼著我的臉露出笑容的媽媽。那是暑假結束後，和媽媽一起入住的小旅館的老闆娘寄來的照片，我們入住期間，老闆娘為我們拍了這張照片，祖母看到照片後勃然大怒，大罵著：『誰要這種東西！』情緒失控地撕破照片，我偷偷撿起照片，用膠帶黏好了。

媽媽離開至今已經二十二年。那時候，媽媽剛過完三十歲生日，所以今年五十二歲。不知道她過得好不好，不知道她是否曾經想見我，還是像野瀨說的，她並不想和我見面。無論如何，我相信那個叫芹澤惠真的女人應該會給我答案。

我打量手上的照片良久。

野瀨安排見面的地點，是位在距離我的公寓兩站的一家大飯店，我們約在飯店高級日本餐廳的包廂內見面。接到電話的三天後，我穿上了所有衣服中最漂亮的，又戴了一副平光眼鏡和口罩，前往他指定的地點。

雖然電車很空，但我心神不寧，無法坐在座位上。我抓著吊環，看著自己在車窗玻璃上的影子，滿腦子都在思考該如何拒絕。下車後就打電話，說自己突然不舒服，或是臨時有工作。我為什麼要特地去見對方？很可能會因此承受不必要的傷害。

現在還來得及，現在還不算太晚。雖然心裡這麼想，但是兩隻腳不停地邁步，結果比指定時間提早二十分鐘到了飯店。我站在人來人往的大廳角落，膝蓋顫抖不已，幾乎快哭出來了。

自從在工廠上班後，每次來到人多的地方或是熱鬧的地方就很痛苦。雖然原本就不喜歡，但是情況越來越嚴重。我覺得自己就像是漂亮布料上的一點污漬，雖然並不是針對某個特定的對象，但內心總是有滿滿的歉意，覺得抬不起頭。今天這種感覺特別強烈，覺得自己很窩囊、很可悲。我很想遠離人群，我想要回家，即使我對那個冰冷的破公寓完全沒有感情，那個房間只會為我帶來痛苦，但我仍然想要回去。

我低下頭，用力閉上眼睛，突然想起昨天的事。

『雖然很突然，但我要在親戚的協助下搬家了，如果可以，我今天就想辭職。』川村主任聽到我的話，開心地對我說：『我也覺得這樣比較好。』她摸著我滿是傷痕的手背，不停地說著：『真是太好了。』她的眼角閃著淚光。她應該看到了我的平光眼鏡和口罩下鼻青臉腫的樣子，完全不相信我說是騎腳踏車跌倒造成的。

『芳野小姐，真的很對不起，我無法幫上任何忙，真的很對不起。』

她一次又一次道歉的臉上充滿歉意，想必我幾天前說的話傷到了她，而且我覺得她似乎鬆了一口氣。

『道歉其實是在強迫別人原諒。』

我為什麼要說這種話？難道是因為她對我突然有了親戚這件事絲毫不驚訝，我內心對她的漠不關心不耐煩嗎？還是她掛在胸前的心形項鍊很礙眼？

我收拾置物櫃內的物品，正準備回家時，遇到了岡崎。他發現是我，視線飄忽起來，顯得有點尷尬，然後噗嗤一笑。

『不行，我忍不住了。上次我還以為看到了妖怪山姥，芳野小姐，妳應該可以去演真人版的鬼太郎，簡直太逼真了。』

岡崎哈哈大笑。我想要說什麼，但是有什麼東西卡在喉嚨深處，連呼吸都有困難。我難過不已，臉漲得通紅。岡崎發現後，收起笑容，輕輕咂了一聲。

『可以請妳不要這樣嗎？搞得好像是我惹哭妳一樣。既然妳要表現出受傷的樣子，在很多事上要多注意，不管怎麼說，妳也是女人。』

我費力地向他鞠躬，從他身旁走了過去。我咬著嘴唇，忍著眼淚。我才不要在這裡流淚，而且我非常清楚那天自己有多醜惡，連我自己都覺得像餓鬼。說我像妖怪山姥，這個比喻不是很傳神嗎？即使別人這麼說，也無可奈何。這是無可奈何的事……

腦海中突然響起岡崎的嘲笑聲，聲音越來越大，好像響徹整個大廳。我忍不住打量周圍，沒有人注意我的存在。雖然我知道沒有人注意我，但還是覺得在場的所有人都看著我，在嘲笑我。繼續留在這裡，會被笑聲壓垮。我的身體搖晃一下，不小心撞到旁邊的人。我還來不及道歉，對方就咂著嘴，我很受打擊，心臟都快停了。

笑聲越來越大，冷汗一下子噴出來，我很想嘔吐，捂著嘴，衝進廁所，然後走進了沒有人的小隔間，急急忙忙鎖上門，把臉湊到馬桶前。嘔吐出來的是酸酸的胃液，幾乎把我的喉嚨撕裂了。自從上次被岡崎看到我狼吞虎嚥麵包之後，我幾乎無法進食，所以無論嘔吐再多次，也吐不出任何東西。空空的胃慘叫般地痙攣著，內臟痛得好像被扯斷了，喉嚨好像燒了起來。

我不知道抱著馬桶多久，像海浪般襲來的嘔吐慢慢平靜後，聽到有人敲隔間的門，接著傳來一個女人的聲音。

「請問、妳身體是不是不舒服？妳可以開門嗎？」

聽起來像是一個年輕的女人。我剛才努力不發出聲音，但似乎仍然被別人聽到了。

「呃，妳是不是沒辦法動？如果是這樣，我找人來幫忙，或是叫救護車。」

我不想被別人看到，慌忙說：「我沒事，只是有點不舒服而已，不好意思。」我從皮包中拿出手帕擦擦嘴，然後發現渾身濕透，好像剛沖了水。

「那妳可以把門打開嗎？我買了水過來，既然已經買來了，妳用這瓶水漱漱口，妳嘴裡應該很不舒服吧？」

在我打開門露臉之前，她似乎不打算離開。

「妳慢慢來沒關係，我在這裡等妳。」她滿不在乎地說。

我不好意思讓她等太久，於是慢慢打開門，看到一個衣著亮麗的女人站在外面。她一頭淡粉紅色的頭髮，戴著很大的金色耳環，濃密的睫毛下，是灰粉色的大眼睛，裙子下是一雙纖細的長腿，穿著細高跟鞋。我用無法順利運轉的腦袋想著，她簡直就像芭比娃娃。我想要感謝她的好意，試圖揚起嘴角，但是沒有成功。她皺起像模特兒般端正的臉說：「慘了。」然後把寶特瓶裝的水塞到我手上。

「妳怎麼了？先用這瓶水漱漱口，然後呸到馬桶裡，要呸、呸喔。」

她好像在對小孩子說話般重複著，我順從地漱了口，然後把水吐了出來。

「那、那個，謝、謝妳。」

我用了大半瓶水漱完口之後，終於能夠鞠躬向她道謝。岡崎的笑聲不知道什麼時候消失了，胃也不再痙攣。我鬆了一口氣，她抓住我的手臂說：「那我們走吧。」

「啊？走？要去哪裡？」

「當然去警察局啊，啊，還是要先去醫院。這家飯店前面好像就有一家醫院，我們去那裡。」

她看著手機螢幕。我在漱口的時候，她似乎查了醫院的位置。她原本看著手機螢幕的大眼睛看向我。看到她好像在生氣般的嚴肅表情，我差一點向她道歉。

「妳是因為肚子被打，才會嘔吐嗎？還是先去醫院看一下。」

「啊？喔，妳、妳誤會了。我是因為剛才人太多，覺得不舒服，所以才會吐，我怕人多的地方。」

我慌忙說明，她的表情緩和了些，但是抓著我手臂的手並沒有鬆開。

「那妳的臉呢？不僅腫了起來，而且還有瘀青。」

我用空著的手摸著臉，直接摸到腫起的右臉頰。口罩不見了。我剛才不知道把口罩丟去哪裡了。

「啊，這個是……我從腳踏車上摔下來，是幾天前的傷。」

「這不是摔倒造成的傷。」

她語氣堅定地說完，又對我說：「我們去警察局。」這時，她的手機響了。

「啊，糟了，我忘了！我和別人有約，不好意思。」

她操作著手上的手機，放在耳邊。

「喂，我是芹澤！」

我忍不住凝視著她睫毛翹起、端正的側臉。

「不好意思，我遲到了，我正在飯店的廁所內，因為發生了一點狀況……野瀨先生，你在哪裡？已經在餐廳了嗎？」

「請問……」我發出了很大的聲音。沒錯，就是她。

「妳是芹澤惠真、小姐？」

「啊？妳怎麼知道我的名字……啊，妳該不會就是千鶴小姐？」

她的表情緩緩發生變化。她收起了前一刻的強勢態度，泫然欲泣。失望。我的腦海中浮現了這兩個字。

咻。她吸了一口氣，又淺淺地吐出來，然後就像把剩餘的空氣吐出來般開口。

「野瀨先生，我在廁所見到了千鶴小姐。呃，我們會馬上過去，但是因為發生了一些狀況。嗯，怎麼辦？」

芹澤看著我的臉說了「警察局」三個字，我搖搖頭。

「呃，野瀨先生已經到了吧？今天是由他安排的，那我們還是先去找他。」

芹澤猶豫著，看看手機，又看看我。

「讓他一直等在那裡也很失禮。」

她聽到我這麼說，點點頭。

「我們馬上過去。」她掛上電話，我從皮包裡拿出備用的口罩。芹澤戰戰兢兢地看著我問：「呃，妳沒問題嗎？我們跟野瀨先生說一聲，然後馬上去醫院。」
「不用了，這件事真的請妳不必放在心上，已經結束了。」
「但是……」她皺起漂亮的眉毛時，一個穿著長褲套裝的女人走進來，看到我們在廁所隔間前面對面，詫異地歪著頭納悶。
「啊，不好意思。芹澤小姐，我們走吧。」
我催促著她，走向野瀨等待的餐廳。
野瀨預約的餐廳位在飯店的高樓層，當我們報上姓名後，身穿和服的女人帶我們進入餐廳。
「兩位好，我在等妳們。」
一個瘦瘦高高的男人迎接我們，他的年紀大約三十多歲，他就像長頸鹿一樣鞠躬，打著招呼。「很高興認識兩位，我是野瀨。」他看著並排站在一起的我和芹澤，點了點頭。
「喔喔，妳們在廁所遇到了嗎？難道是有什麼神秘力量讓妳們相遇嗎？」
他一笑，臉上擠出很多皺紋，眼睛瞇成了一條線。
「先坐下來再說，妳們都坐裡面。」
我們並排坐在炕式暖爐桌上座的那一側。野瀨坐在我們對面，分別遞名片給我們。

「先自我介紹一下，我叫野瀨匡緒。」

他的名字旁印了「總監」的頭銜。我不太瞭解電台節目總監這個職業，但眼前這個男人，感覺很像是二手書店的老闆，或是很難搞的作家，只有眼睛像少年般炯炯發亮，注視著我和芹澤。

「芳野小姐的電子郵件很打動我，我一直思考，這對母女後來怎麼樣了。很高興妳願意讓我今天一起參與，謝謝。」

野瀨的嘴角用力上揚，燦爛一笑。我猜想他應該在優渥的家庭環境中成長，說話時會直視對方的眼睛。我覺得自己以前也是這樣，但真的是很久很久以前。我微微轉過頭，逃離他的視線，暗自思忖著這些事。

「呃，我是芹澤惠真，上次剛好聽到廣播節目的內容，因為很驚訝，於是就打電話到電台……啊啊，先不說這些，千鶴小姐，請妳先告訴我，這些傷勢是怎麼回事。」

野瀨聽了芹澤的話大吃一驚，一臉納悶看著我。「傷勢？」

「千鶴小姐傷勢很嚴重，剛才在廁所吐個不停，臉色蒼白，超可怕。等一下再談正事。」

「我剛才不是說了嗎？這件事不必放在心上。」

我慌忙說道，但芹澤一把抓住我的手臂，看著我的眼睛說：「請妳告訴我，到底發生了什麼事？」我可以從她的大眼睛中看到自己的身影，所以立刻低下頭。我不想和這麼亮麗的人在一起，而且她是我至今為止遇到的所有人中最光彩奪目的。我很想甩開她的手逃走，但是她似乎不會鬆手。

「如果妳不願意告訴我，那我就只能帶妳去警察局了。」

我不想去警察局。一旦這麼做，不知道彌一會怎麼報復我。更何況再撐幾天，一切就結束了。但是，芹澤似乎已經決定，在我說明之前，她不會放手，我只能放棄，嘆著氣說：

「這些擦傷真的是騎腳踏車摔倒造成的，至於瘀青，是因為……我的前夫打了我幾拳，他有時候會來找我，幾天前，我說了他覺得不中聽的話。」

說到這裡，我又立刻補充說：「這件事就到此為止，我今天來這裡，並不是為了聊這件事。」

「口罩下的狀況很嚴重嗎？」

野瀨問，他已經收起前一刻孩子般的表情，眼鏡後的雙眼露出銳利的眼神。

「才不只嚴重而已。」芹澤回答，然後拉著我的手臂說：「我們還是去警察局，這根本就是家暴，必須馬上解決。」

「真的不用，反正已經結束了。」

芹澤用力拉我的手，我忍無可忍，甩開她的手。野瀨問我：「妳說結束了是什麼意思？」啊，事情越來越麻煩了。早知道不應該來這裡。

「呃，我打算連夜逃跑。」

「夜逃？妳有可以去的地方嗎？已經決定了去處嗎？」

「嗯，是啊。」

我的眼神無意識地飄忽起來，芹澤立刻識破我的謊言。「看來還沒有。妳真的打算連夜逃走嗎？有投靠的對象嗎？如果毫無計畫，就算逃走了，也可能會被他找到，到時候會更慘。」

她說的話太刺耳了。上次逃走時，我自認為很有計畫，但最後還是被找到了。

「呃，我要走了。我今天來這裡，並不是為了要討論這件事。」

我正打算站起來，手臂又被抓住了。

「不行，我想知道千鶴小姐是什麼樣的人，目前過著什麼樣的生活。這是我今天來這裡的目的。」

「那就不要再談這個話題，我們可以聊其他的事。」

「那我就告訴媽咪，雖然千鶴小姐因為被家暴，滿身是傷地出現了，但和我閒聊之後，就回去準備夜逃了。」

「媽咪？」

聽到這個稱呼，我渾身無力。她是媽媽的女兒？

我滿臉錯愕，芹澤愣了一下，慌忙解釋。「啊，對不起，我之前就一直這麼叫她。我們沒有血緣關係，在戶籍上沒有任何關係。從我讀高中開始，她就像媽媽一樣照顧我，所以我就這麼叫她，妳不用在意。」

「從高中開始，所以妳們住在一起有多久……」

一問之下，知道她們共同生活了八年，比我和媽媽一起生活的時間更長。

「媽咪以前從來沒有向我提過親生女兒的事，最近才開始透露，然後每次都會說，雖然她沒有和妳一起生活，但妳一定備受寵愛，過得很幸福。」

芹澤注視著我，我的手臂被她抓得很痛。

「如果妳現在離開，我沒辦法向媽咪報告妳的事，還是要我告訴她，妳看起來超不幸嗎？這樣沒問題嗎？」

原來即便她戴著美瞳片，仍然可以從她眼睛中看到內心的感情。她努力說服我，眼神中充滿擔心和憤慨。她很關心我，我是否該覺得感恩？但是我內心湧現的感情是憤怒。

我粗暴地甩開芹澤的手。

「什麼？我一定過得很幸福？我聽不懂這句話是什麼意思，被母親拋棄的孩子，要怎麼得到幸福？」

芳野家當時的確算有些錢，媽媽離家的時候，家裡的經濟的確很寬裕。雖然爸爸病倒，英年早逝，但是他工作很認真，是一個務實的人。祖母在心臟病發作離開人世之前，從來沒有生過什麼病。就因為這些，所以媽媽以為我在健全的環境下長大？但是這種想法太膚淺了，芳野家已經沒有房子，我一直活在痛苦中。『被拋棄』的事實在我內心埋下自卑的種子，這顆種子扭曲地開枝散葉，侵蝕了我。小時候，我有多麼想念媽媽，就有多麼厭惡自己，覺得對媽媽來說，遭到拋棄的自己根本微不足道，是一個可有可無的人。

這種想法就像一層無法擺脫的薄紗包圍了我，我在這層薄紗中自我厭惡，一直活到了今天。

「妳去告訴她啊，告訴她我看起來多悲慘。如果她想要帶著輕鬆的心情瞭解我的近況，那就給她一點震撼教育，不，她不可能震撼，因為我對她來說，根本無足輕重，才會說出這種不負責任的話。」

淚水在眼眶中打轉，但是我拚命忍住了。她太過分、太自私了。只要覺得女兒一定很幸福，就可以消除內心對拋棄我的罪惡感，她一定用這種方式，逃避當年拋棄我的罪惡，二十二年來都是如此。

芹澤瞪大的眼睛濕潤，眼珠子好像快掉出來。她的眼神是同情，還是憐憫？還是完全沒有想到會有這樣的事態，大受打擊嗎？無論如何，這個漂亮的女生不可能知道，她的這些感情都會被我唾棄。

「早知道就不來了。」

我緊咬牙關，從牙縫中擠出這句話。太莫名其妙了，早知道就不來了。

「有一種地方叫『庇護中心』，專門安置受到家暴的婦女，妳可以去那裡。」

野瀨插嘴說。我看向他，他拿著手機對我說：「我有一個朋友負責管理一家民間庇護中心，我馬上和對方聯絡，安排妳入住。我很慶幸今天有來，也許可以幫上一點忙。」

我看著野瀨微笑的臉，思考頓時停擺。我並不是沒聽過庇護中心這個名字，但是之前完全沒有想到，原來自己的情況也適用。

也許還有一線生機。這的確是值得高興的事。來這裡之前，我一定會拜託他幫忙，但是現在已經無所謂了。

即使我能夠逃離彌一的魔爪活下來，又有什麼意義？我已經知道，像我這種沒人愛的悲慘女人，無論是死是活，都沒有人在意。我的痛苦對別人來說，根本沒有意義。

「謝謝你的關心，我剛才說了，我有辦法解決。」

我可以為自己沒有意義的人生收拾殘局。當我拒絕後，野瀨皺起眉頭。

「那妳有什麼打算？我不認為妳有任何有效的手段。」

「沒關係，我自有安排，你們不要管我。」

今天來這裡唯一的好處，就是消除了我對生命最後的眷戀，我反而很後悔，為什麼沒有更快做出決定，不願輕言放棄的野瀨讓我很不耐煩，剛才沉默不語的芹澤這時猛然抬頭。

「那可以來住我們家！」

她說的話太出人意料，我驚訝地看著她。

「妳來我們家，離這裡兩站，我相信妳的前夫不會輕易找到妳，而且萬一有什麼狀況，也有我和媽咪在，絕對勝過妳一個人對付他。」

「妳知道自己在說什麼嗎？不要憑一時的情緒亂做決定。」

「我並沒有情緒化！」

芹澤紅了眼眶，似乎很生氣。

「我一直很希望有機會見到妳，我之前一直會想像，不知道媽咪的女兒是什麼樣的人，我覺得在這個時間點遇見妳，是命運的安排，應該說，不妨視為是命運的安排。」

她一雙漂亮的眼睛注視著我。她的視線太真誠，我很想移開視線。

「妳就和我們一起生活，如果妳有什麼不滿，可以直接跟媽咪說，不管說什麼都沒有關係，因為妳們是真正的母女。」

這句話很誠懇。

她的內心太純潔了。我心想。從小到大多幸福，長大才能成為像她這樣的人？她的心地太善良了。善良，但也很愚蠢。我明顯有棘手的麻煩，她竟然想要帶我回家，太缺乏警戒心了，這證明她並沒有實際遇到過大麻煩，而且她根本就不知道，我到底是什麼樣的人。

「……應該就是這樣。」

我忍不住嘀咕道。

「啊？」芹澤眨眨眼睛，我對她露出微笑。

妳從小到大都很幸福。我想應該就是這樣。

我想像著媽媽和她共度的八年時光。媽媽一定很愛她，也很疼惜她。每次聽到她叫『媽咪』，就可以感受到充滿愛。媽媽和眼前的這個芹澤惠真過著健全的生活。

她當年卻拋棄了我。

我內心充滿如憤怒般，像是黑色火焰的感情。「我絕對不去。」我為什麼要答應她的邀請。

「我不去。」

「真正的母女？太可笑了。妳們不是已經像母女一樣，感情和睦地生活在一起嗎？既然這樣，不就好了嗎？就像以前一樣，繼續開心過日子就好。就算我因為妳們剩餘的幸福得到幫助，也完全高興不起來，反而更悲哀。」

我有什麼立場去見媽媽？無論怎麼想，都不難發現媽媽已經把我歸類為過去式，已經建立了新的幸福，要我用一副倒霉鬼的樣子，恬不知恥地去見她，對她說「好久不見」嗎？我才不要。

「我不會去向當年拋棄我的人求助，我死也不做這麼沒出息的事。」

沒錯。與其這樣，還不如死了更痛快。最好她得知我的死訊，得知我的生活過得不如意，然後很受傷。我的情緒激動，眼淚都快流出來了，但是我絕對不要在這種地方流眼淚。我的喉嚨深處拚命用力。

「那……那不要求助，而是利用呢！？不是請她幫助妳，而是對她說：『妳要盡身為母親的責任！』這樣就沒問題了吧？」

我驚訝地看著芹澤。原本以為她在開玩笑，但她的眼神仍然很認真。

「妳可以實際和媽咪見面，和她聊一聊，可以抱怨。既然有機會見到分開多年的媽媽，浪費這樣的機會太可惜了。而且我覺得妳去見媽咪絕對比較好，不，我希望妳去見她。」

「妳為什麼這麼執著……」

我完全無法理解她對我如此執著的理由。芹澤聽到我這麼問，第一次露出猶豫的表情。她的眼神飄忽，似乎舉棋不定，然後用力閉上眼睛。

「怎麼了？果然有什麼原因。」

「……了……症。」

芹澤小聲地說，但是我沒聽清楚。

「啊？」我追問著。

芹澤嘆著氣，睜開眼睛。

「她得了年輕型失智症，而且惡化的速度很快。」

我只知道她生病了，年輕型失智症是什麼？坐在對面的野瀨搖搖頭。

「怎麼會？怎麼會這樣……目前的狀態如何？」

「兩年前，醫生診斷是初期。她一直悶悶不樂，好像得了憂鬱症，我硬把她帶去醫院，才發現她生病了。雖然醫生處方了失智症的藥物，但是她的情況越來越嚴重，半年前，醫生說她已經進入中度階段……」

芹澤說，對日常生活產生影響的小問題——像是出門散步，忘了自己的家在哪裡，或是忘了怎麼做菜——這些小問題越來越明顯，所以不得不辭去了任職多年的工作。

「家裡還有其他室友，那個人有照顧服務員的證照，目前由我和她兩個人一起照顧媽咪，我們三個人一起生活。」

「妳們有找照護機構嗎？」

「有。我們白天都要工作，會送她去日間照護中心。」

他們的談話離我的世界很遙遠，我覺得自己好像在看電視。年輕型、失智症。所以媽媽失智了？她不是才五十二歲嗎？

剛才和野瀨聊天的芹澤看向我。

「媽咪正慢慢失去記憶，所以，我希望能夠在媽咪還有明確意識的時候，讓妳們見面，否則妳投稿的那年夏天的記憶也會消失不見。」

我倒吸了一口氣。那年夏天的記憶會消失……

「妳不是想知道那年夏天的意義嗎？所以才會向電台投稿，不是嗎？既然這樣，那就跟我回去。能夠實現妳心願的時間不多了，現在沒有時間煩惱，我希望妳們趕快重逢。」

我注視著她一雙漂亮的眼睛。不知道過了多久，我緩緩點點頭，芹澤鬆了一口氣似地嘆著氣，然後露出微笑。

「千鶴，謝謝妳。」

「請不要道謝，我並不是期待所謂感人的母女重逢，而是像妳說的，只是利用她而已，我覺得剛好可以讓我逃離前夫。老實說，我很懷疑生病的人能夠幫我多少忙。」

我慌忙補充，最後說了一些根本沒必要的話。

「既然這樣，最好現在馬上就去芹澤小姐家。」

野瀨探出身體。

「啊？這也太快了吧？」

我還沒有做好心理準備，忍不住有點退縮，野瀨搖搖頭。

「如果過幾天再行動，妳可能又會和前夫接觸。妳還是立刻跟著芹澤小姐回家比較好。」

「就這麼辦，我也覺得這樣比較好。」

芹澤用強烈的語氣說。

「但是，我的公寓要退租，而且我的東西還留在家裡。」

「後續的事宜交給我來處理。我剛才提到的庇護所有女性職員，可以委託她們幫忙。關於妳的行李，如果去庇護所也一樣，最好只帶最低限度的行李。因為搬家業者的人數一多，就會增加被發現的可能。妳有沒有什麼很重要的東西留在家裡？我會請她們帶來給妳。」

聽了野瀨的話，我開始思考。

公寓內只有最低限度的家具，衣服都很舊，不要也罷。我所有的錢都已經在皮夾內，並沒有任何必要的東西留在那個房間內。想到完全沒有重要的東西，就覺得自己的人生太空虛了，不禁為此感傷。

「啊……有一樣東西，可以麻煩你嗎？在黃色層櫃內，有一個籐籃，籐籃內有一個舊餅乾盒，我只想要那個餅乾盒。」

「餅乾盒嗎？我知道了。」

野瀨點點頭，說會馬上聯絡他的朋友。看到他滿臉真誠，我忍不住問他：

「為什麼？你為什麼要這麼幫我？」

戴著眼鏡的他溫柔地瞇起雙眼，發出了呵呵的笑聲。

「很可惜，並不是基於正義感或是義憤，而是因為這是讓我深深愛上的那段夏日回憶的後續發展，有機會參與那段回憶的後續發展，真是太高興了。」

從他像少年般的表情中，知道他樂在其中。不知道我傳遞的回憶，用什麼樣的方式進入他的內心。

芹澤突然把手放在我的肩上，探頭看著我的臉。

「千鶴，我們一起回家。」

我也不知道那又是如何進入這個美麗的女子——芹澤的心裡。我不知道。

我只知道，那段回憶傳到了意想不到的地方，最後傳到了媽媽身邊。

2 一定是像媽媽的別人

五點零九分，我從睡夢中醒來。

這棟房子旁就是私鐵的鐵軌，這是首班車經過的時間。聽到轟隆隆巨響的同時，整棟房子都開始搖晃，靠鐵軌的窗戶玻璃發出震動聲。我來這裡的第一天，聽到這個聲音時嚇得跳了起來，還以為房子被龍捲風襲擊。

今天早上，我像往常一樣被吵醒。

「啊啊，五點了……」

雖然我曾經試過使用耳塞，或是用膠帶貼在窗戶上固定，但完全無法減少電車經過時產生的巨大噪音。借耳塞給我的彩子姐說，日子久了，就會適應了。我當時忍不住想，怎麼可能有辦法適應那種噪音？但現在已經不再像一開始那樣會嚇一大跳，也許有朝一日，真的會習慣。

等到窗戶玻璃的聲音漸漸安靜，搖晃平息後，我坐起身。我起身打開靠鐵軌那一側的窗簾和窗戶，早晨柔和的風吹進來，拂過我睡了一晚後微微滲汗的皮膚。鐵軌的另一側是一所中學，可以看到鐵軌後方，周圍種了很多樹木的操場。再過一個小時，操場上就會出現晨訓學生的身影。

我看著安靜的操場片刻，拉起窗簾，回頭看著昏暗的房間。一道陽光照進只有被褥和一張小桌子的三坪大和室內，細小的塵粒在這條光帶中飄舞。我坐在窗戶下方，怔怔地看著。我並沒有在思考，只是想到碌碌無為的一天又開始了。

當操場上響起精神抖擻的聲音時，樓下傳來動靜。彩子姐起床了。她在專門收容高齡者的安養中心擔任個案管理師，同時包辦這裡所有的家事。她即將要開始做四人份的早餐和午餐，然後開始洗衣服。

七點整，掛在飯廳牆上的鴿子掛鐘發出叫聲。不知道為什麼，這個掛鐘只有在七點的時候會發出聲音。咕咕。我每天聽到發出這個呆呆聲音的鴿子完成自己的工作後，就會下樓。聽著踩在樓梯上時，樓梯發出擠壓的聲音下樓，走去盥洗室。洗完臉，正準備刷牙時停下手。大洗手台前有四把牙刷，符合住在這棟房子內的人數。每次看到四把不同顏色的牙刷整齊地排放在那裡，就忍不住驚訝。可能是因為我已經很多年沒有和別人一起生活了，我不知道什麼時候會對這種景象感到理所當然。

我用比其他三把牙刷更新的淡綠色牙刷刷完牙，走進飯廳，咖啡的香氣和「早安」的聲音迎接了我。

「千鶴，今天一樣是晴朗的好天氣。」

「早安，彩子姐。」

四十幾歲的女人——九十九彩子從飯廳旁的廚房探出頭。她一頭花白的頭髮剪得極短，身材苗條。她平時不化妝，臉上有一些雀斑。巴掌大的臉上，五官都很大，表情豐富。每次看到她，都會想起小時候看的人偶劇中的人偶。

「今天早上吃吐司和優格，還有玉米湯。我馬上就來準備，妳等我一下。啊，妳吐司要加什麼？和平時一樣嗎？」

「啊……對。」

「奶油和蜂蜜！」

飯廳很寬敞，有一張可以容納八個人同時用餐的大餐桌，飯廳的角落有一台笨重的業務用冰箱和大容量的碗櫃。這棟房子以前是附近一家工廠的員工宿舍，所以有很多個房間，二樓有五個房間，一樓有三個房間，目前只有我住在二樓。

飯廳有一扇很大的落地窗，落地窗外是院子。雖然院子裡種著很多樹，但感覺很雜亂，而且沒有好好修剪，樹木的枝葉都恣意生長。芳野家在爸爸病倒之前，每年都會請園藝師來家裡修剪幾次，不同的季節可以欣賞到漂亮的景色，和眼前的院子簡直天差地遠。但是媽媽似乎很喜歡這個亂七八糟的院子，只要一有空，她就躺在放在窗邊的太妃椅上看著院子。

我走到使用多年，已經變成深橘色的沙發，重重地坐下。沙發輕輕托住我，但似乎已經變成了多年主人媽媽的身體形狀，坐起來不太舒服，但我仍然動作粗暴地坐下。

「妳好像很喜歡這張椅子。」

彩子姐準備好早餐，微笑著對我說。

「沒有啊。」我回答說。我並沒有喜歡這張椅子，而是每次看到，就忍不住生氣。據說這是Cassina這個品牌的，還取了個什麼特別名字的貴妃椅。

『媽咪說，既然那麼貴，那就用一輩子，然後就買回來了。』

芹澤滿不在乎地說，我用手機查過，看到價格後大吃一驚。那是我一輩子都買不起的金額，不，其實我就連Ottoman這個牌子的椅子都買不起。

「來來來，快過來坐。」

彩子姐叫我，我走到餐桌旁坐下。烤成黃金色的吐司加上正在融化的奶油和滿滿的蜂蜜，優格上放著切碎的黃桃，玉米湯冒著美味的熱氣。

「對不起，每天都麻煩妳。我開動了。」

「我不是說了嗎？不要說對不起，用不著客氣，趕快吃吧。我幫妳倒咖啡。」

雖然這棟房子很老舊，但彩子姐打掃很勤快，室內整理得很乾淨。清涼的風從窗戶吹入，隱約傳來運動社團的學生吆喝的聲音。掛在牆上的電視螢幕上，一名像是偶像明星的女生正面帶笑容地說明著舉辦活動的相關內容。我心不在焉地看著電視，吃著吐司。滿嘴都是奶油飽滿的香氣和濃郁的甜味，我情不自禁地說了句「好吃」。之前一直覺得吃膩麵包，但其實完全沒這回事。彩子姐可能聽到我的話，輕鬆地回答：

「是嗎?太好了。」我覺得有點害羞，又有一種心癢、難為情的感覺。

我早餐吃到一半時，芹澤匆匆忙忙地起床了。雖然她每天嘴裡都嚷嚷著「不好、不好，要遲到了」，但她每天出現時，都化好美美的妝，而且換好衣服。

她今天穿了一件簡單的白襯衫和一條黑色寬褲，戴著金色的首飾，搭配得很好看。栗色的中長髮——我不知道她有幾頂假髮，但她經常用不同的假髮搭配不同的穿著——戴著和頭髮顏色相襯的彩色隱形眼鏡，擦上鮮豔的深紅色口紅。雖然她總是能夠吸引旁人的眼光，卻讓人不敢輕易靠近，這種氣場十足的亮麗打扮，簡直就像是從時尚雜誌上走出來的人物。

芹澤在騎機車大約二十分鐘路程的某個車站大樓內髮廊當設計師，也許是因為工作性質的關係，她每天都打扮得光鮮亮麗。彩子姐的身材很好，但芹澤的好身材屬於不同的層次。她瘦得像模特兒，臉蛋漂亮。我覺得她比目前正在電視上被男主播吹捧的偶像女藝人更漂亮。聽彩子姐說，她以時尚髮型師的身分經營IG，在IG上很受歡迎。我對社群媒體不太瞭解，所以不太瞭解規模，聽說她帳號的追蹤人數很多，我猜想她可能有點像是網路明星。

雖然我不太瞭解她在外面的情況，但是在家裡——尤其是早上這個時間的言行很粗枝大葉。嘴裡嚷嚷著「糟糕糟糕」，站在餐桌旁把抹上草莓果醬的吐司麵包塞進嘴裡，狼吞虎嚥地吃著優格，然後伸出舌頭，舔舔沾在嘴巴周圍的優格。她的這種樣子很有型，很像是偶像劇的一幕。

「早安，千鶴。」

她突然對我一笑，我嚇了一跳，感覺好像是偶像劇中的角色突然對我說話。

「早、安。」我邊吃早餐邊回答，芹澤拿起玉米湯喝了起來，立刻皺著眉頭叫道：「好燙！」然後對著杯子吹兩口氣，但是看到牆上的掛鐘後，便轉頭對著廚房大叫：「啊，我真的來不及了。彩子姐，對不起，我放棄喝湯。」

「沒關係，我來喝。」

「對不起！還有謝謝妳的便當！」

芹澤的早餐旁放著哆啦A夢的便當袋，裡面是彩子姐做的便當。芹澤把剩下的吐司塞進嘴裡，抓起便當袋走出去。玄關傳來「我走了！」的聲音之後，又聽到關門的聲音。

芹澤小旋風離去後，彩子姐在收拾盤子時，抬頭看著掛鐘說：「差不多該叫她起床了。」我已經吃完早餐，正在喝咖啡，不由自主地看著電視螢幕上的時間。七點五十分。

彩子姐走出飯廳，二十分鐘後，門打開了。

「啊，肚子好餓。」

一個像是小白豬的人——媽媽——慵懶地說著這句話走進來。她身材發福，皮膚很白，戴著深褐色寬邊髮帶，穿了一件很像民族服裝的寬鬆洋裝。她和彩子姐一樣，完全沒有化妝，但不知道是否擦了很多精華液，臉上的皮膚油油亮亮。

「咦？呃、那個。」

媽媽和我四目相對時，一臉錯愕，然後抬頭看著身旁的彩子姐。她和高高瘦瘦的彩子姐站在一起，讓我想起以前經常上電視的兩個女諧星搭檔。彩子姐小聲地說「是千鶴」，媽媽驚訝地瞪大眼睛，然後咬緊牙關。過了一會兒，對我露出生硬的笑容。

「早、安，千鶴。」

咖啡前一刻味道還很正常，一下子變成難以下嚥的苦味。我勉強吞下，起身。我拿著碗盤走去廚房時，身後傳來客套的聲音。

「千鶴，妳吃飽了嗎？」

我沒理會她，拿著碗盤走進廚房，放進廚房的洗碗盆內，彩子姐走過來，皺起眉頭看著我，溫柔地說：「妳別放在心上。」

「我沒有放在心上。」

我覺得媽媽的腦海中並沒有屬於我的位置，每天早上，她都對我露出好像看到陌生人般的眼神。如果三天不見，她應該會徹底忘記我。

我相信她已經不記得那天的重逢了。

我跟著芹澤來到這裡時，太陽已經下山。

「就是這裡。」

下了計程車，芹澤指向一棟周圍種著很多樹木的兩層樓舊房子。

水泥牆壁上長滿爬牆虎，外牆上有很多污漬和裂縫，昏暗的路燈下，看起來很像是主題樂園內的鬼屋。走進已經生鏽的大門，站在鑲上毛玻璃的玄關門旁。右側掛了一塊木頭牌子，褪色的字寫著『喧囂公寓』，可怕的感覺讓人以為妖魔鬼怪每天都在這裡狂歡。

來這裡的路上，芹澤告訴我，這棟房子以前是員工宿舍。媽媽從原本是屋主的老人手上繼承遺產，成為這棟房子的主人。

「媽咪在生病之前，是專門照顧獨居老人的幫傭，那些喜歡媽咪的老人，都會留下類似『等我死了之後，把所有財產都給妳！』的遺言，她因此得到不少遺產，這棟房子是其中之一。」

我懷疑自己的耳朵。難道她靠騙取老人的財產過日子嗎？那不是犯罪嗎？我說出自己的想法，芹澤說：「妳用騙取這個字眼太有趣了，但是媽咪並沒有欺騙那些老人，應該不會有問題。」她巴掌大臉蛋旁的耳環搖晃著，「啊，但是有時候會收到一些莫名其妙的信，說什麼『把舅舅的遺產還給我！』媽咪每次都一笑置之，覺得寫信的人腦筋有問題。」

呵呵。芹澤眯起眼睛笑了，但我知道自己臉色發白。這件事一點都不好笑，媽媽的生活方式太可怕了。

我去和她見面沒問題嗎？我開始害怕，但又想到自己已經無處可去。庇護中心的職員已經去我住的地方收拾行李，準備辦退租了。

「雖然房子外觀看起來有點可怕，但裡面很乾淨，廁所、浴室都重新裝修過，妳可以放心。」

我站在玄關的門前有點畏縮，她輕輕拍拍我的背，打開拉門。「等一下。」我忍不住叫了一聲，但是被沉重拉門的擠壓聲音淹沒。

「我回來了，對不起，我回來晚了。」

芹澤對著屋內叫道，立刻聽到怒罵聲回應。

「太晚了！」接著聽到屋內傳來用力開門的聲音，以及跺腳走路般的腳步聲。

「不打一通電話回來，到底在幹什麼？」

那是媽媽的聲音？我聽不出來。我無法直視，不由得低下頭。

「妳也未免太晚了！我把妳的炸蝦吃掉了！」

我戰戰兢兢地瞄向對方的身體，立刻看到那個人穿著很花俏的粉紅火鶴圖案洋裝，身材很肥胖，叉腿站在那裡的兩條腿很粗，而且還看到她擦了柔黃色的指甲油。

「讓我擔心了半天！真是的！」

大發雷霆的女人似乎發現躲在芹澤身後的我，立刻換上另一種聲音問：「咦？有客人？真是的，原來妳和朋友在一起。對不起啊，嚇到妳了。惠真，既然妳要帶朋友回來，也應該要說一聲啊。」

「媽咪，她是千鶴。」

芹澤用好像在發表什麼聲明的語氣，對輪流使用不同聲音說話的女人說道。等一下，這麼快就說出來嗎？我驚訝地看著芹澤，但是，不敢順著她視線的方向看過去。

「我帶千鶴回家了。」

所以，眼前這個女人果然是媽媽？我很想看，但又不敢看，好像被鬼壓床般動彈不得。芹澤把手伸到我的背後，用力把我推向前。

「等、等一下，芹澤小姐，呃……」

至少讓我躲在芹澤背後。我還沒有做好心理準備。

「妳說什麼！？」

另一個女人——彩子姐從屋內衝出來。

「之前不是說好妳去和千鶴見面之後再說嗎？根本不知道妳就這樣帶她回來。」

「沒辦法等那麼久。千鶴遭到她前夫嚴重家暴，沒有地方可以去。媽咪，雖然有點突然，但千鶴從今天開始，就要在這裡和我們一起生活。」

我僵在那裡，一動不動。芹澤又推著我的後背。她推得很用力，我重心不穩，當我想要重新站穩時，不小心看到那個女人的臉。

我倒吸一口氣。眼前這個女人就是媽媽，絕對沒有錯。

但是，她和之前判若兩人。記憶中的媽媽仍然是三十歲，而且她當年離開我時還很瘦，一頭齊肩的黑髮綁成整齊的馬尾。衣著非但不華麗，而且全部都是灰不溜丟的顏色。眼前的女人很豐腴，穿著粉紅色衣服，一頭棕色短髮，綁著螢光粉紅色的髮帶。雖然所有的一切都和記憶中的樣子完全不同，但她就是媽媽，無論眼睛、鼻子、嘴巴等構成她的一切元素就是媽媽。

我用力忍著快要流出來的眼淚。我怎麼可以在這裡流淚？

媽媽凝視著我。我發現她和以前相同的漆黑雙眼在顫抖。啊啊，我做夢都沒有想到，有一天我會像這樣和媽媽面對面。

媽媽。我正打算開口叫她。

「媽咪，雖然妳們分開多年，但妳是千鶴的母親，以後要支持千鶴，知道嗎？」

芹澤溫柔地對媽媽說。她說話太直接，我有點緊張，但是媽媽竟然一臉訝異，然後就像小孩子鬧脾氣般用力搖著頭說：

「我嗎？我不行啦。」

那是悲痛的吶喊。

已經衝到我的喉嚨，幾乎快要說出口的話消失了。我覺得連內臟都好像在轉眼之間跟著消失。

啊啊，她當初真的是拋棄我。根本沒有不得已的狀況，或是痛苦的感情，她只是丟下我而已。

像岩漿般的憤怒填滿我前一刻覺得已經空無一物的身體，我覺得眼前都被染紅了。我拿下平光眼鏡和口罩，對著她大叫：

「妳看清楚，妳當年拋棄的女兒淪落成這種樣子！」

看到我的臉之後，發出驚叫的不是媽媽，而是彩子姐。媽媽像傻瓜一樣張著嘴。

「妳毀了芳野家！爸爸死了，奶奶也死了，因為要還債，房子和所有的一切都沒了，全都是妳的錯！妳好好看清楚我這張可怕的臉！」

看啊，看清楚啊！憤怒變成滾燙的眼淚，撲簌簌地流下來。妳好好看清楚，因為妳當年自私拋棄我，讓我痛苦不已的樣子。

我向前一步，把臉湊到她面前，媽媽頓時面如土色。她的眼珠子骨碌碌轉動，翻了白眼後，突然就像電池耗盡，雙腿一軟，癱倒在地上。

她昏過去了。

芹澤和彩子姐慌忙扶住她。

「惠真，趕快通知結城醫生，請他過來這裡。」

彩子姐大叫著，芹澤就快哭出來，從皮包裡拿出手機，扶著癱軟的媽媽，不知道打電話去哪裡。

「惠真，妳沒辦法事先傳訊息嗎！？」手忙腳亂的彩子姐埋怨道。

把手機夾在肩膀和耳朵之間的芹澤低頭說：「對不起。我沒有想到會發生這種事，我還以為媽媽一定會很高興……」

我低頭看著她們三個人，肩膀起伏，用力喘著氣。我淚流不止。

我不想要這樣的重逢。

但是，這種惡夢般的重逢又出現第二次。隔天早上，媽媽醒來時，完全忘記已經和我見過面這件事。走進飯廳，一看到我，就笑著對我說：「咦？妳是惠真的朋友嗎？歡迎啊。」雖然我知道她生病，但還是渾身發毛。

當時，除了我和芹澤、彩子姐以外，還請來了附近私人醫院的醫生結城，以防發生意外的狀況。然後，我小心翼翼地自我介紹，以免媽媽昏倒，或是驚慌失措。但是媽媽再次臉色發白，這次發生過度換氣的狀況。她在除了我以外的三個人的攙扶下，躺在貴妃椅上，氣若游絲地問：「妳、真的是千鶴嗎？」

媽媽一隻手拿著塑膠袋，抬頭看我的樣子，彷彿我是恐怖片中的角色。我簡直就像貞子，或是《咒怨》中的俊雄。

我和媽媽不一樣，當然有前一天的記憶，能夠冷靜地看著有著媽媽的面容，卻看起來像另一個人的女人，簡短地回答：「對。」我緩緩拿下平光眼鏡和口罩。媽媽開始用力深呼吸，臉皺成一團。

「這些傷是怎麼回事？怎麼會有這些傷？」

「被……前夫打的。」

「啊啊。」媽媽閉上眼睛。在她旁邊的結城緊張起來，媽媽又緩緩睜開眼睛說：

「太慘了。」

「沒錯，慘到不行的人生。都是因為妳當年拋棄我。」

媽媽挑起單側眉毛，過了一會兒，她看著我說：

「原來妳恨我。」

「當然啊。」

她昨天說的那句話一直在我的腦海中盤旋。怎麼可能有人不恨有她那種想法的人？

「原來是這樣。」

媽媽嘆著氣。

「妳為什麼來這裡？」

「我要逃離前夫，請妳讓我躲在這裡，妳應該願意幫這點忙吧？畢竟妳也算是我的母親。」

我一口氣說完，瞪著媽媽。媽媽用好像在趕蟲子般的動作打發我的眼神，然後看向院子。

「如果妳想住在這裡，那就住下吧。我不太瞭解妳說的『畢竟是母親』，是要為妳做多少事，但我可以照顧妳的生活。」

她用好像豁出去的語氣說道。我怒不可遏，準備向前一步，有人抓住我的手。轉頭一看，原來是彩子姐。

「妳不要激動，」她用懇求的語氣說，「妳不希望再次回到原點吧？」

我用力咬著嘴唇忍耐著。為什麼會這樣?誰想要這樣的重逢?她應該向我道歉,說對不起,但是為什麼反而要我對她有所顧慮?

我沉默不語,芹澤大聲說:

「媽咪,妳怎麼可以用這種態度說話?妳平時不是經常說,妳覺得女兒一定很幸福,但現在發現她是這種狀態,難道妳不會很震驚嗎?難道妳沒有其他話要說嗎!?」

「……啊啊,是妳帶她回來的嗎?」

媽媽問,芹澤挺起胸膛說:

「對啊,我想讓妳們母女重逢。」

媽媽長長地嘆了一口氣。

「喔,這樣啊。那就由妳協助千鶴在這裡落腳,二樓的所有房間不是都沒人住嗎?隨便住哪一間都沒問題。不好意思,我沒辦法幫忙,我的玻璃心無法承受。」

媽媽無奈地閉上眼睛,芹澤大聲咆哮:「媽咪!我剛才就說了,妳的這種態度是怎麼回事!」但是媽媽沒有反應。芹澤因為生氣,臉漲得通紅,身體不停地顫抖。

啊啊,她們更像是真正的母女,她們能夠肆無忌憚地向對方宣洩內心的情緒。這就是八年建立的感情嗎?我帶著奇妙的心情看著她們,前一刻在內心翻騰的情緒漸漸平息，逝去的二十二年歲月重重地壓在心上。

「算了！千鶴，我們去整理房間，妳就住昨天睡的房間。」

芹澤說完，抓住我的手準備走出去。彩子姐跟上來。「我一起幫忙。」當我被拉著準備走出飯廳時，瞥了媽媽一眼，發現她笑著對結城說：

「結城，你吃早餐了嗎？既然你來了，我們一起吃早餐。」

媽媽的嫵媚表情讓我大感吃驚時，門就關上了。

「有結城在，媽咪心情很好，不用管她。」

芹澤不悅地說，彩子姐苦笑著說：「是啊。」我露出疑問的眼神看著彩子姐，她聳聳肩說：

「他是醫生兼男朋友。」

我不自覺地張大嘴巴。結城應該只比我大幾歲，燙著一頭微鬈的頭髮，下巴留著鬍子，但是完全沒有不修邊幅的感覺，而是衣冠楚楚，五官端正，包括整個人散發的感覺，應該可以歸類為「帥哥」。他只是穿白襯衫和牛仔褲的輕鬆打扮就很有型，他昨天晚上出現時，我完全沒想到他是醫生。

「他是內科醫生，並不是聖子的主治醫生，但是如果有什麼狀況，他都會馬上趕過來，幫了很大的忙。」

「啊？啊？我聽不懂是什麼意思。」

媽媽的長相很普通，並沒有國色天香的容貌。她以前就是娃娃臉，看起來比實際年紀年輕。以她的年齡，皮膚算很好，但沒有特別到讓人誤以為會發光的程度。說白了，她就是普通的中年婦女，但是她竟然和比她年輕很多歲的男人交往？

「聖子很有異性緣，光是我知道的，就曾經有六個人向她求婚，其中有一個人整整比她小一輪。」

「椋本工程行的老闆雖然被她狠狠拒絕，但現在仍然很喜歡媽咪，他真的太委屈了。」

我難以相信，甚至懷疑她們兩個人是不是聯合起來騙我，但這棟喧囂公寓也是男人送給媽媽的。

「請問、她為什麼會有異性緣？」

爸爸是中等身材、相貌平平的人，可能根本不在意打扮這件事，所以每天都由別人替他決定要穿什麼衣服。以前媽媽在家時，都由媽媽幫他張羅。媽媽離開後，就祖母為他準備的衣服。他的衣服全都是像超市廣告單上常見的那種平淡無奇的款式，但爸爸從來沒有表達過任何意見。他的性格溫和，老實又務實，這樣聽起來似乎像稱讚，但我對他的印象，就是一個極其無聊的人，從來沒聽過他說一句笑話。

而媽媽和爸爸很般配，兩個人站在一起，完全沒有任何不相襯的感覺。她和爸爸一樣，總是穿著沒有特徵的量產衣服，臉上的妝淡得幾乎看不到，從來不會張嘴大笑，完全沒有幽默感。

我在小時候曾經想，為什麼我的爸爸、媽媽這麼無趣？幼兒園時，和我很要好的小朋友穗波，媽媽漂亮得像偶像明星，身上總是有香噴噴的香水味。佳樹的爸爸一身肌肉，據說正努力成為拳擊選手，還有其他小朋友的爸爸精通說話技巧，或是誰的媽媽是跳舞高手。別人的爸爸、媽媽都閃亮動人，只有我的父母平淡無奇，毫無個性，讓我有點不是滋味。

我所知的媽媽是那樣的人，但是彩子姐竟然說「只能說，因為她很迷人」這種簡直令人難以置信的話。

「她做任何事都不顧一切，全力以赴。她真的很可愛，讓人無法討厭她，而且，不光是男人，還有很多女人都很喜歡她，還曾經有人把自己珍藏的首飾送給她，說希望給她戴。」

「讓人無法討厭她……我可不這麼認為。」

芹澤聽到我不悅地說這句話，慌忙對我說：「彩子姐誇獎過頭了，她有時候的一些行為讓人超火大！她很任性，有時候很不講道理，還曾經因為不喜歡就生氣，真的讓人太火大了。」

芹澤氣鼓鼓地說。

「既然她說隨便我怎麼做，那就按照我喜歡的方式安排。千鶴，如果妳需要什麼東西就跟我說，千萬不要客氣。反正是用媽咪的錢買，不必擔心。彩子姐，沒問題吧？」

「既然她已經答應要照顧千鶴，應該沒問題啊。千鶴，聖子已經無法自己管錢了，所以現在由我和惠真管理她的財務，如果需要什麼，隨時跟我說。」

聽到彩子姐說的這番話，我想起媽媽的疾病。

「對了，年輕型失智症不就只是會忘東忘西而已嗎？」

由於無法應付一連串的狀況，我忘了確認重要的事。

「她的性格和我知道的她相差太遠，根本不是判若兩人，而是換了一個人。她是因為生病的關係，才變成現在這樣嗎？」

「怎麼可能？」彩子姐笑道，「應該和生病沒有關係。我認識她的時候——那是六年前，那時候就已經是現在這種性格了。」

芹澤聳聳肩，「我第一次見到她時，她就是那樣的個性了。在發現她得失智症之前，她突然悶悶不樂，還懷疑她是否得了憂鬱症，但現在根本不會覺得她憂鬱吧？

啊，但是她可能變得有點易怒。」

「嗯，我相信妳和她一起生活一段時間之後，就會瞭解她生病的情況。」

芹澤在走廊中間放清潔用品的櫃子裡拿出水桶和吸塵器時，突然停下手。

飯廳那裡傳來媽媽歡快的笑聲。

至今已經過了三個星期。我首先確定了一件事，那就是媽媽真的有失智症。雖然芹澤在第一次看到我時說『惡化的速度很快』、『情況越來越嚴重』，但我認為並沒有這麼嚴重，只不過媽媽有時候會突然興奮地說話，會突然失神。我覺得她自我控制能力變差，但也或許可以認為，她只是個性陰晴不定。眼前的媽媽和記憶中的媽媽太不一樣，我難以判斷什麼是正常，什麼是異常。

她無法順利記住新發生的事，讓我確信她真的生病了，稍早的記憶似乎同樣很難維持。重逢兩次後，她似乎終於記住我來到喧囂公寓，和她一起生活這件事，但是還無法一看到我，就馬上想起我是誰，每次見到我，都會表現出不太確定的反應。雖然彩子姐說「她慢慢就會記住」，但我還是無法擺脫內心的不快。媽媽每次想起是我，就會露出奇怪的表情。那種表情有點像在吃飯時，發現有自己不喜歡食物的感覺，雖然不喜歡，但還是必須吃下去。我從她臉上看到這樣的決心。

媽媽根本不需要我。我每天早上都在確認這件事。照理說，我應該離開這裡。既然生活在一起，只是不斷受傷，那就選擇離開。我之所以沒有這麼做，一方面當然是因為無處可去；另外，也是因為彩子姐的關係。

我忘了是第幾天，媽媽想起我時，皺起眉頭，發出『呃』的聲音。我看到她這種幼稚的拒絕態度，還來不及反應，彩子姐就輕輕捏著媽媽的臉頰說：

『喂，聖子，不可以這樣。如果別人這樣對妳，妳會不愉快吧？而且妳還是母親。』

彩子姐的語氣好像在對小孩子說話，但表情很平靜。媽媽就像被雷打到一樣渾身發抖，很緊張，然後摸摸被捏的臉頰，看著我鞠躬說：

『對不起，我不可以這樣。千鶴，對不起。』

面對這種狀況，我只能發出『嗯』的聲音。一方面是很驚訝媽媽這麼乾脆道歉，但是更因彩子姐搶先斥責媽媽而高興。

自從我來這裡之後，彩子姐一直對我很親切。

『我叫九十九彩子，妳叫我彩子就好。』

她的笑容完全沒有絲毫的陰影，似乎很歡迎我闖入她們的生活，俐落地開始照顧我的生活起居，從來沒有皺一下眉頭。當她得知我之前的境遇時，流著眼淚說『太慘了』，然後緊緊抱著我。雖然她很瘦，卻感覺很柔軟，這種感覺很不可思議。

除此以外，我總覺得前夫會找到我，一直很害怕，都不敢出門，彩子姐說：『我完全能夠體會！』然後代替我買了換洗衣服和日用品，得知我喜歡吃草莓牛奶糖，就一口氣買了十袋回來。

她比媽媽小八歲，今年四十四歲。媽媽以前幫傭的那戶人家的屋主，去了彩子姐任職的那家安養中心，她們因為這個緣分相識，成為朋友。媽媽得知彩子姐離婚，一個人生活後，就邀她一起住在喧囂公寓。

『妳不用付房租和水電費，但是請妳包辦所有的家事。我的工作不是要照顧別人的生活嗎？所以我也希望有人來照顧我的生活。』彩子姐很會做家事，聽到媽媽這麼說，就欣然接受了。彩子姐雖然白天在外工作，但是家事方面無懈可擊。這棟大房子內的公共空間總是一塵不染，她做菜毫不馬虎。除了為芹澤準備便當以外，還準備午餐給我——她工作的地方有員工餐，媽媽會在日間照護中心吃午餐——她真的很貼心。下班回到家後，又開始張羅晚餐，當媽媽從日間照護中心回來後，她就勤快地照顧媽媽。我覺得她對這個家的貢獻扣除房租和水電費還有剩。

有彩子姐在，我在這個家的生活很舒服。

「啊喲，已經這麼晚了。」

彩子姐收拾完廚房，晾完洗乾淨的衣服後，抬頭看著牆上的掛鐘。她揹起上班用的背包，「我差不多該出門了。」

二十分鐘前，日間照護中心的人上門接人，因此媽媽已經出門了。一個二十歲出頭的年輕人負責接送媽媽，我沒有和那個人打過照面，不知道對方是什麼樣的人，但是媽媽叫他『千萬道』，每天早上都會聽到她用撒嬌的聲音說：「千萬道，千萬道，今天要做什麼呢？」猜想對方可能是個小帥哥。每次聽到媽媽這種聲音，就會隱約覺得不太舒服。我搞不清楚自己是因為不想看到她有女人味的一面，還是因為她對我以外的人笑臉相迎而不開心。

「千鶴，廚房有妳的便當，要記得吃。那我就出門了。」

「好，路上小心。」

我每天都會送彩子姐到門口。不僅是因為關係不錯，更因為她一出門，我就要鎖好門。我獨自留在這棟偌大的喧囂公寓，時常很害怕，很擔心彌一會衝進來對我大聲咆哮，或是踹破窗戶玻璃闖進屋內。雖然知道這種情況不可能發生，但這種不安仍然與日俱增。

「那就麻煩妳看家了。」

彩子姐出門後，我立刻鎖好門，然後走去確認飯廳、廚房、盥洗室、浴室和洗衣室，以及走廊上所有的窗戶都已經鎖好。我很想去媽媽和其他人的房間確認窗戶有沒有關好，但是彩子姐和芹澤向我保證，一定會鎖好窗戶，我只能相信她們。確認完畢之後，我回到飯廳，隨手打開電視，電視螢幕上出現一名年輕男記者，正在吃比他的臉更大的炸雞塊。他吃得滿嘴流油，興奮地說，私下來日本的好萊塢明星在社群網站上，對這家店的炸雞塊讚不絕口。

我拉起落地窗前的窗簾，把電視的音量調低後，坐在貴妃椅上。和恐懼、孤獨奮鬥的漫長一天開始了。

來這裡的第四天早晨，手機響起。是彌一打來的電話。野瀨一再提醒我，絕對不可以接他的電話，事實上我也沒有勇氣接起。手機鈴聲病態地想個不停，接著又持續傳來各種訊息。妳去了哪裡？妳以為可以逃出我的手掌心嗎？我不會放過妳。妳給我趕快接電話，我現在還可以原諒妳。快接電話。拜託妳接電話，我很擔心妳。他連續好幾天都不停地打電話、傳訊息，最後傳來一則『我絕對會找到妳』的訊息後，就沒消沒息了。

差不多在那個時候，我接到麵包工廠岡崎打來的電話。我以為離職手續有什麼問題，於是就接起電話，岡崎在電話中告訴我，有一個可疑的男人在工廠附近打聽我的消息。

『他跟有些人說，妳偷走他的錢逃跑，又對其他人說，妳是他的同居人，他很愛妳，正在尋找妳的下落。』

我不由自主地嘆氣。一定是彌一。彌一很可能會做這種事。

『沒有人知道妳搬去哪裡吧？川村主任說，不需要特地通知妳，但我還是很擔心妳。』

『不好意思，謝謝你特地打電話通知我。』

『妳突然辭職，想必有什麼原因，需不需要我幫忙出主意？』

岡崎用以前從來沒有聽過的黏膩聲音對我說話。

『妳別看我這樣，至少我可以發揮保鑣的作用。我以前練過摔角，我對妳沒有非分之想，妳可以放心，只要付給我一點保鑣費用就可以了。』

『不用了。』

掛上電話後，我立刻關機。

野瀨說，他已處理好公寓退租的事。雖然我突然辭職，造成工廠的困擾，但我順利辦完離職手續，沒有和我保持聯絡的朋友或是熟人。信件都先寄到野瀨的朋友管理的庇護所，然後再轉寄給我，只要我不主動聯絡任何人，彌一就不可能找到我。但是，我還是很害怕，總覺得無論用任何方法，都不可能逃離執念很深的彌一。

我在貴妃椅上抱著膝蓋，把臉埋進雙膝之間，不停地告訴自己「沒事、沒事」。那天之後，我就沒有再打開手機，只要不離開這裡就沒問題。只要不出門，就不會遇到任何人，只要留在這個空間，一定很安全。

我一次又一次小聲對自己說「沒事」，稍微消除些內心的不安，但立刻又覺得空虛。即使我能夠在這裡躲一輩子，逃離彌一，那又怎麼樣呢？我要維持不被彌一發現，不被他找到的生活到什麼時候？目前生活方面沒有任何不方便，無論是吃飯或是生活，都由媽媽出錢，彩子姐會幫我買齊所有需要的東西，但是，這種生活沒有樂趣，沒有幸福可言。我只能在這個沒有其他人的空間抱著膝蓋，等待時間一分一秒過去。也許一段時間之後，我的心情會慢慢平靜，就可以外出工作，但我一定會找那種不引人注目的工作，然後一輩子害怕彌一的影子，低調過日子。以後也繼續把吃糖果當作對自己的犒賞，消耗沒有任何樂趣的每一天。雖然逃離暴力和壓榨，但這樣的生活仍然暗無天日。

我這種人活在世上，到底有什麼意義？未來看不到任何希望，完全無法想像自己和別人一起歡笑的幸福樣子。

不，我覺得自己從來不曾有過希望和幸福，總是看著別人的幸福，在內心羨慕不已。

電視中，有人用高亢的聲音說話。「今天我和媽咪一起來吃。那是我超愛的明星，所以我無論如何都想吃看看，媽媽就帶我來了。」「其實我也被女兒影響，喜歡那位明星，既然女兒想來，就想說一起來看一下。」「啊？是這樣嗎？那妳還說得好像都是為了我。」這個女兒的聲音很像我認識的某個人。啊啊，我想起來了，是國中一年級時的班長。第一次月經來潮時，剛好在學校，我哭著跑去保健室時，她躺在保健室的床上。雖然我已經忘了她的名字和長相，只記得她的聲音。『啊？芳野，妳媽媽太過分了！竟然沒有幫妳的生理期做準備嗎？從小學五年級開始，媽媽就準備著衛生棉放在我書包裡，隨時出現初潮都不會有問題，現在還會幫我的生理期做詳細記錄。』她當時說話的聲音充滿責備。

雖然瞭解我家庭狀況的校護責備她，但她很生氣地說：『我覺得芳野太可憐了啊！』我忍受著好像腹部深處被人用力抓住般的疼痛，和兩腿之間不舒服的感覺，看到滴在馬桶內的經血鮮紅的顏色，覺得自己快暈倒了，聽到她說的那番話，才知道如果有媽媽在，我就不至於這麼害怕，不會毫無防備地對自己身體的變化感到畏懼。我很羨慕她，同時感到一絲絕望。我以後仍會羨慕別人，同時成為別人眼中的可憐人。

「母女同時追一個明星很棒啊，妳們母女的感情應該會越來越好。」名嘴用開朗的聲音說道。我捂住耳朵。討厭、討厭。乾脆把電視關了，但是，家裡完全沒有任何聲音很寂寞，只不過又害怕外面會聽到屋內的聲音。我完全不知道自己到底想幹嘛。

不知道過了多久，玄關傳來有訪客的門鈴聲。

這棟房子的門鈴並不是叮咚、叮咚的可愛聲音，而是像商家的那種刺耳的『滋、滋』聲，每次都會被嚇一跳。我抖了一下，繃緊身體。是宅配嗎？

彩子姐曾經對我說，不需要勉強自己出去收包裹，可以請宅配業者在傍晚之後再送一次，因為至今為止，我從來沒有出去開過門。今天我仍是一動不動，門鈴又連續響了兩次，之後還聽到敲門的聲音，門上的玻璃發出震動聲。第一次有人這樣鍥而不捨地敲門。

是彌一嗎？不可能。但是我很害怕。怎麼辦？我都快哭出來了，這時，聽到門外傳來叫「媽咪？」的聲音。那是年輕女人的聲音，雖然不是芹澤的聲音，但那個人的確叫了一聲「媽咪」，是來找媽媽嗎？

我躡手躡腳走去玄關，極其小心翼翼地偷偷向外張望，避免外面的人隔著毛玻璃看到我的身影，看到一個像是女人的身影。

「不在嗎？地址沒錯啊。」

門外傳來自言自語的聲音。我該開門嗎？但是我還在猶豫，門外的女人似乎放棄了。雖然她說話很小聲，但邁著沉重的腳步離開。

這一天，彩子姐最先下班回到家，單手拎著購物袋。

「我回來了，今天晚上要吃什錦燴飯，我打算加鵪鶉蛋。」

看到彩子姐的臉，我鬆口氣，甚至覺得陰鬱的空氣一下子變清新了。

「妳回來了。」

我接過購物袋，彩子姐皺著眉頭說：「家裡好像濕氣很重。這棟房子通風不良，要保持幾扇窗戶打開，只留紗窗就好，保持空氣流通。千鶴，當濕氣太重時，要打開空調的除濕功能。」

彩子姐在說話時，打開走廊上的幾扇窗戶，然後走去飯廳，打開落地窗，向院子內張望。我把購物袋放在餐桌上，把裡面的東西拿出來。

「妳把晾在外面的衣服收進來了嗎？」彩子姐語氣冰冷地問。

「啊，對不起，剛才下了雷陣雨。」

彩子姐很討厭別人搶她的工作——尤其是家事，幾天前，我好心打掃廚房，她第一次面露不悅，而且用嚴厲的語氣對我說『我自己會做，妳不要插手』，我當時很驚訝，那次之後，我就不再輕易幫她做家事。

「喔，這樣啊，難怪濕氣這麼重。如果是這樣，就太感謝了。」

彩子姐表情放鬆不少，我鬆了一口氣。就算只是芝麻小事，如果別人生我的氣，還是會讓我害怕。

「這麼說來，妳可以走去院子了？這是好現象。」

「院子沒有通到戶外……」

院子被房子和牆壁包圍，和戶外並不相通，那是我唯一可以自己散步的地方。

「我來做晚餐。」

彩子姐拿著食材走去廚房。彩子很像洄游魚，總是俐落地忙來忙去，沒有停下來的時間。我跟在她身後，告訴她上午有訪客的事。

「這樣啊，會不會是斜對面宿舍的女生？」

彩子姐穿上原本放在工作台上的圍裙，輕鬆地問。

「那裡有一棟和喧囂公寓外形相同的房子，不知道妳有沒有印象？那是離這裡走路十分鐘左右，汽車零件工廠女性員工的宿舍，大部分都是菲律賓人，她們晚上都在車站前的酒吧打工。聖子之前說想要關心她們，經常送料理和點心給她們吃，她們都很喜歡聖子。」

那些菲律賓人都叫她是日本的媽媽，產生親近感。原來是這樣，但是我覺得好像不是這麼一回事，正歪著頭納悶，彩子姐的手機響了。彩子姐可能不想停下正在準備晚餐的手，說了聲「啊喲，是安養院的工作人員」，然後打開擴音說話。

「喂？我是九十九，有什麼事嗎？」

「辛苦了，我是井浦。」

電話中傳來一個年輕女人的聲音。原來是住在安養院的其中一位老人的家屬，送了蛋糕給彩子姐，但是彩子姐已經回家，而且她明天休假，因此這位姓井浦的工作人員貼心地準備送來喧囂公寓，但是不小心迷路。我清楚聽到了她們的對話內容。

「大家吃掉就好了啊，但是謝謝妳特地送過來。妳周圍有沒有什麼明顯的標誌？國道旁的便利商店嗎？好，我知道了。」

彩子姐掛上電話後，對著我合起雙手拜託道：

「我要去便利商店那裡拿一下蛋糕，今天晚餐後的甜點來吃蛋糕。」

她解開剛穿上的圍裙，急急忙忙走出飯廳，然後立刻走回來說：「差點忘了！聖子很快就要回來了，拜託妳去門口接一下。」

「喔……好啊。」

「拜託了！啊，我會鎖門！」

聽到玄關的門打開和關上的聲音後，又傳來鎖門的聲音。我抬頭看著牆上的掛鐘，差不多十分鐘左右，媽媽就回來了。

至今為止，我從來沒有接送過媽媽，大部分都是由彩子姐負責，芹澤有時候會幫忙。不知道是不是規定，日間照護中心的職員似乎必須和家屬當面交接，雖然只是簡單地打招呼而已——我每次都聽到他們說話的聲音，所以知道這件事。

「好煩喔。」

我不知道該用什麼樣的表情迎接媽媽回家。職員一定會問我和媽媽之間的關係，到時候我該怎麼回答？說是她女兒？太好笑了，我怎麼可能說得出口？媽媽一定又會浮現常見的愁眉苦臉。

我坐立難安，這時，門鈴響了，接著聽到咚咚的敲門聲。

「『療癒森林』送聖子姐姐回來了。」

那是千萬道的聲音。我緊張得很想逃走，但是又不能不去開門，好不容易擠出「來了」的聲音。

回想起來，這三個星期，不，即使更早以前，我也只有和極其少數的幾個人說話。沒問題嗎？臉上的瘀青已經不太明顯，但是對方會不會發現？我緊張地走去玄關，慢吞吞地打開鎖，門立刻從外面用力打開。

「妳好！辛苦了！」

一張滿面笑容的臉出現在眼前。

這個人就是『千萬道』？和我的想像大不相同。

眼前這個男人身材超有分量，簡直就像相撲訓練所的新弟子，只不過並沒有像相撲選手一樣留髮髻，而是理著小平頭。氣色很好，親切的臉上帶著稚氣。他身上那件看起來像是工作服的淡粉紅色衣服繃得很緊，短袖下露出一雙像樹幹一樣粗的手臂。媽媽挽著他的手臂，看起來就像是他手臂的附贈品。

媽媽今天穿了一件鵝黃色的洋裝，裙襬繡著波斯菊的花朵，腳上是一雙粉紅色球鞋。光看服裝，會以為是女高中生。

媽媽面帶微笑看著那個男人，發現是我出來迎接，瞪大眼睛。

「咦？今天是，呃？」

那個男人看著我，眨眨眼睛。我要怎麼自我介紹？新的室友？寄居人？這樣說應該最保險。

「喔，呃，我是、這個、那個……」

「她是我的親生女兒。」

媽媽把頭轉向一旁。

「她是千鶴，因為某些緣故，她有很多年不在我身邊，現在又要一起生活了。」

男人肥胖的臉頰抖動一下。

「啊？是這樣嗎？這不是很棒嗎？太好了，太好了。」

媽媽對像是七福神中布袋神的他說：

「對啊，每天都很開心。」

「我想也是。啊，千鶴小姐，很高興認識妳。我叫百道智道，不過大家都叫我千萬道。妳媽媽很喜歡我。」

千萬道向我九十度鞠躬，我在低頭鞠躬的同時，吞吞吐吐地說著：「請多指教。」我們兩個人都相互頻頻鞠躬，我感到很驚訝。

「好了啦，你們要鞠躬到什麼時候？」

媽媽很不耐煩地哼道，然後「嗯」了一聲，向我伸出手。我歪著頭納悶，千萬道說：「這是一手交一手，規定要親手交到家屬的手上。」他指著媽媽挽著的手臂對我說，原來規定我必須牽媽媽的手，千萬道把媽媽交給我。我戰戰兢兢地伸出手，媽媽用力抓住我的手。我的手被她柔潤的手抓住，倒吸了一口氣。

「千萬道，再見。」

「好，明天見。」

千萬道笑了起來，輕鬆關上沉重的門離開。

在門關上的同時，媽媽立刻鬆開我的手。

「沒有人在家嗎？」

她背對著我，俐落地脫下鞋子。「彩子姐有事出去，芹澤小姐還沒有回來。」她聽了我的回答，「嗯」了一聲，快步走去自己的房間，可能要去把她身上去日間照護中心時揹的背包放好。

「原來妳會對別人說我是妳女兒。」

我對著她的後背說。

第二次重逢後，這是我第一次主動對她說話。媽媽停下腳步。

「……我只是實話實說，還是妳要我說謊？」

「我並不是、這個意思。」

「就是嘛。」媽媽說完這句話，走進自己的房間，剩下我獨自站在原地。

不一會兒，彩子姐抱著蛋糕盒回來，芹澤也回家了。

四個人一起圍在餐桌旁吃晚餐。既然同住在一個屋簷下，就必須安排一起吃飯的機會。這是媽媽的堅持，除了芹澤因為髮廊的練習會晚歸以外，我們每天都一起吃晚餐。

我和媽媽通常都在這個時候同處一室。起初我太緊張，完全不知道自己吃了什麼，怎麼吃下肚，更不清楚到底是好吃還是不好吃，最近才終於習慣，也終於有餘裕觀察媽媽。比起魚，她更喜歡吃肉，不喜歡吃醃得太入味的泡菜。對水果中的奇異果有點過敏，吃了之後，嘴巴會發癢，但她經常會說「因為很好吃」，還是吃下肚裡，讓我有一種似曾相識的感覺。遙遠的過去，媽媽曾經在我面前，和別人說過相同的話。

我對媽媽的一舉一動產生驚訝和懷念，媽媽很隨心所欲，有時候心情愉快地獨自喋喋不休，有時候卻不發一語。今天她在看綜藝節目時大聲笑了起來，但是和她一起看電視的芹澤似乎覺得根本不好笑，一臉無奈。「媽咪，妳今天的心情特別好。」

「沒有啊，不是和平時一樣？」

「騙人，這個段子明明一點都不好笑。」

我看著她們聊天，覺得媽媽心情並沒有特別好。她真正心情好的時候，會主動找我說話。雖然只是叫我多吃一點，或是建議我偶爾可以喝點酒，只是說一兩句無關痛癢的話，但是我可以感受到她找機會對我說話。我無法判斷那是她試圖拉近和我之間的距離，還是身處同一個空間，她無法忽略我的存在，但是只要聽到我的回答，她就會明顯鬆了一口氣。

今天的這種感覺是什麼狀況？我想了一下，可能是尷尬吧。之前向來對女兒的存在漠不關心的自己，第一次說出肯定的話，她心裡還在意這件事。從這個角度觀察，就覺得應該就是這麼一回事。

在媽媽眼中，我到底算什麼？我重新思考這個問題。我無法原諒媽媽表現出親切的態度，擺出一副母親的樣子，好像之前的事都沒有發生過；我不會讓她這麼做。更何況她至今仍然沒有為她這二十年來，放棄身為母親的責任和義務向我道歉，甚至連一句『對不起』都沒說。她之所以沒有這麼做，想必是對她拋棄的孩子——我沒有任何感情。既然這樣，那就乾脆把我趕出去，但是她又沒有這麼做，而且還主動告訴別人，我是她的『女兒』。

「千鶴，怎麼了？妳為什麼一直盯著我看？」

媽媽察覺了我的視線，似乎感到坐立難安。

「我知道了，一定是妳不喜歡我這件洋裝的圖案。」

我完全沒有注意到她洋裝的圖案，被她這麼一說，看向她的身體。她在吃晚餐前洗澡，換上一件色彩鮮豔的綠色洋裝，有許多好像小孩子畫的神秘動物圖案。到底要去哪裡買這種衣服？我想起她經常穿一些華麗花俏的衣服。

「這件衣服很適合妳，沒問題啊。」

雖然現在的媽媽和我記憶中的她相比，穿衣品味完全相反，但這些衣服很適合她，也許只是我還不習慣而已。沒想到媽媽聽了我的回答後很錯愕。我納悶她為什麼這麼驚訝，隨即發現是因為我稱讚了她。我並不是想要討她的歡心，才說那句話，於是差一點咬著嘴唇，媽媽靦腆地說：

「謝謝，我喜歡這種衣服。」

她拉拉裙襬，開心地對我說。

『每天都很開心。』

我突然想起媽媽對千萬道說的話。難道那不是場面話，而是她的真心話嗎？果真如此的話，也許意味著媽媽正在努力接受和我這個女兒的重逢和共同生活。

她真是太狡猾了。她過度相信家人的關係、母女的關係，以為只要生活在一起，就可以消除過去曾經發生的事。

我低下頭，假裝吃著什錦燴飯，看著裹上芡汁的鵪鶉蛋哼笑著。

隔天是彩子姐休假的日子。

但即使是休假日，彩子姐也不會睡懶覺。她在和平時相同的時間起床後，一如往常地送芹澤出門上班，送了媽媽去日間照護中心。

「今天天氣很不錯，我們來洗大件的東西。千鶴，妳去把床單換下來，睡乾淨的床單會很舒服。」

她打了一個大呵欠說道，我不由得佩服。

「妳為什麼這麼勤快？我覺得妳根本是家庭主婦的楷模。」

她向來不允許別人幫忙她做家事，而且在家事方面無懈可擊，只能用『完美』這兩個字來形容。彩子姐一臉詫異，然後露出溫柔的笑容。「真開心。不瞞妳說，其實我努力想要做好家事，我希望別人這麼看我。」

「妳說這種話太奇怪了。」

我忍不住笑道，但是彩子姐面露愁容。

「我之前曾經不夠努力，結果就失去一切。」

她說話的聲音變得很小。

請問是怎麼回事？我想要這麼問她，但最後沒有問出口。我想起彩子姐曾經離過婚，也許她離婚的原因，就是和做家事偷懶之類有關。

回想起來，彌一也是如此。他曾經說我做家事不夠用心，造成他的生活不便。生活一團亂，工作才會不順利。當初是因為我，才會一次又一次生意失敗。他說他願意和我離婚，但要我償還我害他欠的那些債務！他經常對我大聲咆哮，但他自己吃完飯，甚至不會洗碗。

我想起不愉快的過去，慌忙開始想其他事。「我去拿床單過來，枕頭套也可以一起洗嗎？」我跑回臥室時，心想著原來彩子姐對家事的執著，是一個很重大的問題，但也因此對彩子姐產生更進一步的親近感。

我們洗完家中所有的床單和毛巾，然後晾在院子裡。看著洗好的衣服在院子內隨風飄動，心情很愉快。

午餐吃了蛋花烏龍麵，飯後吃著昨晚剩下的水果塔和冰咖啡。我說我不喜歡吃紅寶石葡萄柚，彩子姐立刻拿走我的葡萄柚，把切成心形的草莓給我吃。

我從來沒有和別人分享食物的經驗，有一種心癢癢的感覺。彩子姐笑著說：「我們這樣好像母女。」

「啊，啊，對啊，的確。」

「對不對？我一直很嚮往這種感覺。」

彩子姐幽幽地嘀咕。我懂，我也一樣。我差點這麼回答。

彩子姐完全符合我心目中母親的理想形象。來這裡之後，我一直覺得真希望有像彩子姐這樣的媽媽。如果媽媽像彩子姐一樣，然後能夠和她一起共度這樣溫馨的時光，我應該能夠更加平靜地在這裡生活。不，像彩子姐這樣的人，根本不可能拋棄自己的孩子。

「其實，我有一個女兒，雖然她不要我了。」

聽到彩子姐幽幽地說出這句話，我大吃一驚，叉子上的心形草莓掉落。

「妳願意聽我說嗎？在我懷女兒的時候，得了嚴重的妊娠毒血症，從懷孕初期，就一直住院。我之前一直以為，懷孕是一件開心的事，但是我的懷孕簡直是一場惡夢，整天躺在病床上，一直打點滴，嚴重的時候甚至沒辦法上廁所，只能包尿布。我當時經常不安，不知道自己這樣是否有辦法生孩子，而且身體非常不舒服，甚至很想死了算了，幸好最後總算順利生下孩子。雖然女兒出生時身體很小，但哭的聲音很大，是一個健康的寶寶。當時我真的很高興。」

彩子姐緩緩攪動插在杯子裡的吸管，冰塊發出了嘎啦嘎啦的聲音。

「我婆家很高興，說是家中的長孫女。我由於長期臥床不起，身體變得很差，體力不行，所以公婆說要搬來和我們同住，協助我一起照顧孩子，我當時真的很感謝。事實上，我在出院之後，真的不需要做任何事，婆婆對我很好，叫我努力養好身體。我完全無法分泌母乳，婆婆立刻去買奶粉。很多年長的人都認為喝母乳最好，但是婆婆說『這種想法太過時了』，只要小孩子能夠順利長大，不管喝什麼都沒問題，還說只有媽媽一個人照顧孩子也很奇怪。那時候我發自內心感謝她，覺得她真的是一個好人。」

彩子緩緩繼續說道：

「婆婆叫我照顧好自己的身體最重要，我也認為是這樣，於是就專心休養。但是可能太依賴婆婆了，等到我回過神時，發現女兒整天都黏著奶奶。每次只要我照顧女兒，她就會哇哇大哭，無論做什麼，都非要婆婆不可。雖然周圍人都勸我，女兒以後遲早會和妳很親，但是這一天遲遲沒有出現。女兒叫奶奶的聲音，比叫媽媽更甜蜜。我漸漸出現被排斥的感覺，覺得在家裡很不自在，於是我就找了工作出去上班。我要幫女兒買可愛的衣服，買玩具送給她，這樣的話，她也許會親近我。我的確有這樣的想法，但是，最後完全不行。我買玩具給女兒，婆婆就數落我，不可以用玩具收買孩子。我老公則笑我說，竟然產生嫉妒心，實在太丟臉了。我自己的父母罵我，說我婆婆人這麼好，我竟然為了小孩子爭寵。」

嘎啦嘎啦。杯子裡的冰塊越來越小。

「我只能埋頭工作。雖然起初只是打工，但是我後來考取照護服務員的證照，又考到個案管理師的證照。我完全不需要做家事，所以可以像單身的人一樣工作。我工作的安養院當然如獲至寶，我也越來越投入工作，有時候我甚至不回家，留在安養院加班。結果有一天，當我回到家時，發現家裡空無一人。」

我慌忙打電話給他們，婆婆說，他們四個人一起去溫泉旅行了。

「我婆婆說，美保——我女兒叫美保，因為她生日，他們決定出門旅行，為美保慶生，還說我工作很忙，他們以為我不會回家。聽到我婆婆這麼說，我太驚訝了。我當然記得美保的生日，還準備了禮物，但是美保生日的前一天，我的確無法回家。那時安養院內有一位老人身體狀況突然發生變化，被送去醫院，我忙著聯絡家屬，處理各種事情。我拚命向他們說明，但是婆婆掛上電話，就再也打不通了。」

呵呵呵。彩子發出笑聲。

「隔天傍晚，女兒回家後，我把禮物交給女兒，女兒說不需要。『媽媽，妳一定是臨時才去買禮物，妳送我這種敷衍的禮物，我一點都不高興。』我覺得那根本就是在轉述我婆婆說的話，連語調和嘆息聲都一樣。我不寒而慄，原來女兒受我婆婆的影響這麼深。」

「你們沒有考慮過不要再和公婆同住嗎？」

「我曾經想這麼做，我向老公提出，希望只有我們一家三口生活，重新開始，但是，已經太晚了。」

彩子姐的丈夫說，他和自己的父母、女兒一起生活，家庭運作很正常，如果彩子姐不滿，她可以搬出去住。彩子姐原本覺得和女兒之間的距離越來越大，沒想到和丈夫之間也出現鴻溝，而且鴻溝已經變得很深，無法輕易填補。

「我老公對我說，這不是得怪妳之前把所有的事都交給我媽嗎？所有人……包括我自己的父母都沒有否認這一點，大家都覺得是我不夠努力，才會造成這樣的結果。

我女兒也是。在我搬離那個家時，美保笑著對我說，妳以後要好好努力了，她說：『媽媽，妳不能再偷懶喔。』當時，她緊緊握著我婆婆的手。」

彩子姐紅了眼眶。

「我不知道該從哪裡重新開始，但是我一直無法原諒，無論原諒自己依賴別人，或是自己沒有認真做家事，我因此失去太多。所以，我任何事都想要做得很完美，請別人幫忙會讓我很不安。」彩子姐說完，喝著冰塊融化後已經變淡的冰咖啡。

「彩子姐，我並不覺得妳有任何過錯。」

我太生氣了。也許是因為我同樣是被拋棄的人，產生共鳴，但是，這件事太過分了，我無法原諒。

「明明是一家人，竟然有人會拋棄家人，這到底是怎麼回事！家人就是需要在一起，他們根本搞不清楚狀況！」

彌一的父母對孩子漠不關心，雖然他們並沒有反對彌一和孑然一身的我結婚，但是在彌一欠下一屁股債，生活陷入困境時，他們沒有伸出援手。他們態度堅定地說，兒女成年之後，父母就不需要為兒女的人生負責。我至今仍然痛恨他們。如果他們對兒子多一點感情，多一點關心，也許我就不至於被打得那麼慘。

「謝謝妳為了我的事這麼生氣，我太欣慰了。」彩子姐露出微笑。

「沒想到即使是母女，對同一件事的態度也不一樣，之前聖子罵我，不要一直放不下以前的事。不要因為是家人，就一直耿耿於懷。」

媽媽對彩子姐說，一旦發現無法繼續經營家庭生活，離開就是正確的決定。彩子姐並沒有錯，不要一直放不下。

不愧是拋棄親生女兒，離家出走的人說的話。我聽後很傻眼。她還真厲害，竟然用『經營』這兩個字來談論『家庭』，真是太奇葩了。

「啊，但是她痛罵我婆婆，說那個死老太婆一定會惡有惡報，竟然趁媳婦身體虛弱的時候搶走孩子。」

彩子姐呵呵一笑，似乎回想起當時的情況。聽到「惡有惡報」這種強烈的說詞，我忍不住笑了起來。

「雖然說得沒錯，但是這種詛咒太沒品了。」

「聖子有時候會說一些很惡毒的話，她以前就會這樣嗎？」

彩子姐表情稍微開朗了些，於是我就和她繼續討論這個話題。

「怎麼可能？我記得之前有好幾次，我說了『超賤』之類的話，她就罵了我一頓。」

在讀幼兒園時，好幾次因為我回家說出在幼兒園學到的話，就挨了罵。爸爸和祖母皺起眉頭，媽媽見狀後，就數落我「不可以說這種難聽的話」。
「啊？真的嗎？難以相信。」
「我才覺得難以相信。以前我盤腿坐，或是打呵欠時沒有捂著嘴巴，就常常會挨罵。她現在都大刺刺地做這種事。啊，但可能是因為我祖母在一旁的關係。」
我在說話時想起，祖母向來很注重所謂的規矩。當父母都離開，只剩下我和她兩個人相依為命後，她對我更加嚴格，就連拿筷子、放筷子這種事，她都會罵我，也因為她，所以我算得上很懂禮儀方面的事。
「妳的祖母就是聖子的婆婆吧？」
「她是那種一板一眼到有點病態的人，制定很多規矩，像是在穿T恤時，裡面一定要穿同色的小背心，穿鞋子不能露出腳尖，鞋跟不能超過三公分。對了對了，當我開始正式工作後，去百貨公司問過專櫃的小姐，才終於買齊化妝品。對我來說，那簡直需要破釜沉舟的勇氣。」
我當時完全不知道怎麼化妝，不知道該如何挑選化妝品，更沒有請教的對象，但因為不得不去買，於是就帶著自己存的錢，心情緊張地去買化妝品。
「專櫃小姐推薦我買了顏色超漂亮的口紅，我覺得很適合我，但是除了粉餅以外，其他東西完全沒有用過一次，全都被祖母丟掉。她說所有的化妝品都太騷包，後來她給了我一支口紅，說只能用那支口紅，竟然是和她使用的口紅同色的淺棕色口紅，完全不適合我，簡直笑死人了。」

每次擦那支口紅，看起來嘴巴特別黃，還不如不用口紅，但是祖母堅持說，女人只能用這種顏色低調一點的口紅。

「聖子以前和這樣的婆婆一起生活嗎？簡直難以置信。」

「而且媽媽當時和祖母很合得來，不知道她們是個性很相像，還是渾身散發的感覺很像。在媽媽離家出走之前，我覺得她們婆媳關係還不錯。」

不僅是婆媳關係，她和爸爸之間的夫妻關係應該也不錯。爸爸和祖母向來不苟言笑，但同樣不會大發雷霆。我曾經聽過祖母向左鄰右舍自誇，說媽媽「溫柔婉約」，當時那些鄰居還說，「真羨慕妳家沒有婆媳問題」。

「媽媽離家出走後，左鄰右舍都很驚訝。因為大家都覺得我們全家人感情很好。」

「這樣啊，太不可思議了。我所認識的聖子，如果遇到這種人，就會和對方吵架。不知道她是什麼時候開始改變的。」

聽到彩子姐的嘀咕，有一種一語道醒夢中人的感覺。由於媽媽變化太大，我一直都很驚訝，但，媽媽到底是什麼時候變成現在的媽媽？

我想了一下，發出「啊啊」的聲音。一定是那個夏天。原本是一片藍色的媽媽，隨著日子一天一天過去，漸漸出現不同的色彩，整個人變得明亮了。那段日子，正是媽媽變化的瞬間。

媽媽是因為自己改變，所以才離家出走嗎？不，她離家當時的色彩還是藍色，那是怎麼變化，又是什麼時候出現變化的契機？那年夏天，一定曾經發生了什麼事，但是，我不知道。

「千鶴？怎麼了嗎？」

彩子姐探頭看著我的臉這麼問時，門鈴響起。聽到像往常一樣響亮的門鈴聲，我嚇了一跳，彩子姐站起來。「別擔心，我去開門。不知道是不是宅配。來了，馬上就來。」

彩子姐從門旁的櫃子裡拿出印章，然後走出去。我把杯底剩下的冰塊倒進嘴裡，嘎滋嘎滋地咬著。

我聽到玄關傳來一聲小小的驚叫。

「彩子姐？」

剛才是彩子姐發出的聲音。我起身，準備走出飯廳，但是又停下腳步。

不行，我覺得很害怕。但是——

「媽咪。」

是個年輕的聲音，我吃了一驚。我聽過這個聲音。沒錯，就是昨天來過這裡的女生。

不是彌一。確定之後，我立刻走出去。當我慌忙來到玄關，發現彩子姐和一個女人面對面。彩子姐臉色蒼白，發現我之後，以求助的眼神看著我，叫了一聲「千鶴……」。我第一次看到她這樣，驚訝地大聲問：「怎麼了？」

「妳是媽咪的朋友嗎？」

那個女人用好像小孩子般的聲音問。轉頭一看，原來是一個臉上還帶著稚氣的少女。一頭黑髮剪得非常整齊，簡直就像用尺量過一樣。她的黑色頭髮很有光澤，一雙黑色大眼睛骨碌碌地轉動著，而且長得和彩子姐很像。

「妳該不會是美保？」

「妳知道我嗎？」

「嗯，剛才……真的就在剛才，聽了妳的情況。」

「是喔，反正不會是什麼好話。」

她嘛嘴一笑。說話的語氣帶著挖苦，但是我的注意力被另一件事吸引。瘦瘦的她穿著一件合身的背帶褲，肚子好像鼓了起來。

「美保……妳的肚子……」

彩子用顫抖的手指向她的肚子，美保發出「喔喔」的聲音，摸摸肚子。「看得出來嗎？我懷孕了，所以今天來這裡，是想請妳援助我。」

彩子姐緊張地抓住我的手。美保看到母親的表情，瞇眼笑了笑。

於是就先請她進入飯廳，我倒了柳橙汁給她，她毫不客氣地咕嚕咕嚕喝了起來。

美保今年十七歲，她被一個比她大六歲的上班族搭訕，而後認識交往，然後懷孕。她的祖父母帶她去婦產科，要求她把孩子拿掉，於是她逃離祖父母家，向高中申請退學，開始和那個男人同居，但是手上沒錢，無奈之下，只好來找母親彩子。

「我很久之前對爸爸說，不管怎麼說，妳終究是我媽媽，要他把妳住的地方告訴我，然後我就記在手機上，這次終於派上用場。」

彩子姐仍然無法平息內心的慌亂，深深靠在椅子上，仰望著天花板。我把水杯遞給她，她一口氣喝完，但臉色仍然發白。

「喔，我的男朋友叫響生，我們很快就要去登記。他工作很努力，但是一個人養家不是很辛苦嗎？而且貝比很快就要出生了，不知道會花多少錢。我想要幫忙響生，但我目前的身體沒辦法出去打工，所以我就到處去找朋友，向她們收錢。」

她說話時，拍拍身上的肩背包，裡面似乎裝著朋友給她的禮金。彩子姐用力深呼吸後問她：「妳有沒有和持田家的大人聯絡？該不會逃出來之後，就完全沒有聯絡吧？」

「爺爺吵著說，他要告響生是綁架！所以我有和他們聯絡，然後告訴他們，我是自己想要離開家裡，而且不打算再回去。結果爺爺說，我是腦袋不清楚的孫女，他要和我斷絕祖孫關係。都什麼時代了，還說什麼斷絕關係。」

美保哈哈大笑起來，然後又接著說：「爸爸說隨便我，我想幹嘛就幹嘛。爸爸自從結婚之後，就覺得我根本不重要了。」

「啊？」彩子姐驚叫起來，「我不知道他再婚了。」

「妳不知道很正常啊，妳幾年前就和他離婚，他沒有義務要通知妳。爸爸兩年前再婚，現在有一個一歲的兒子，名叫『夢人』，所以就把我留給爺爺、奶奶照顧，自己開心地過新婚生活。爺爺、奶奶覺得夢人是傳宗接代的孫子，超喜歡他。」

彩子姐似乎完全不知道這些事，茫然若失。美保放下喝完的果汁杯，伸出手。

「這種事不重要，給我錢吧，畢竟妳是我的媽媽，向妳要點錢不過分吧？」

「美保，妳等一下，妳才十七歲，要怎麼生下孩子，然後把孩子養育成人？」

彩子姐驚慌失措地問，美保瞇起眼，但是她的眼神很冷漠。

「什麼意思？妳不想拿錢給已經沒有來往的女兒嗎？」

「這不是想不想的問題，生產過程本身很辛苦，沒有妳想的這麼簡單，不是用錢就能解決的問題。」

「對妳來說可能是這樣。因為妳當時就只管生下孩子，其他所有事都是別人幫妳做。」

美保話中帶刺，彩子姐倒吸一口氣。

「聽說妳懷孕時很嬌貴，整天都躺著不動。在我出生之後，妳只照顧自己而已，根本不管我的死活。反正我不想聽妳說教，拿錢給我就好。」

美保伸出手。

「我必須生活，給我錢啦。」

彩子姐和美保看著彼此，彩子姐先移開視線。她起身，說了聲「等一下」。然後就走出飯廳。美保深深一嘆。

「唉，心好累。」

她好像自言自語般說完後，瞥了我一眼。

「怎樣？妳看不起我嗎？還是想要說教？我可不需要。」

我移開視線。我當然輕視她，她對母親這麼無情，竟然還敢開口要錢。

她當初明明拋棄母親，但至少她可以再次見到母親。

在我十七歲時，爸爸生病去世一年左右，家裡真的沒錢了，值錢的東西幾乎都已賣完，偌大的房子家徒四壁，只有祭祀祖先的豪華佛壇閃閃發亮。祖母只要一有空，就會在那裡唸經。我記得那次是暑假，天氣熱得發昏，戶外柏油路上的風景看起來都扭曲了。祖母去參加町內婦女會的聚會不在家，我利用這個機會，在家裡找放在佛壇某個地方的書信盒。那個漆器的書信盒算是祖母的保險箱，房屋權狀、存摺和印鑑都收在那裡。我猜想寫著媽媽目前下落的東西也一定在那裡。

我很想見到媽媽。

我已經厭倦和祖母一起生活，她整天都在抱怨，而且都是抱怨已經死了的遠房親戚和媽媽，每天的生活都看不到希望，而且她完全不聽我說話。雖然她失去心愛的兒子，必須帶著孫女過日子，我能夠瞭解她的辛苦，但我的日子也不好過。班上同學的理所當然，卻是我的夢寐以求。比方說，放學後，大家一起去咖啡廳，或是買一樣的皮包，去看時下熱門的電影，吃目前當紅的點心。對我來說，這些都是難以如願的奢侈。

我希望有人可以傾聽我的煩惱，認同我的存在。我希望聽別人和我分享對明天的希望，而不是對未來的不安。

汗水從太陽穴流下。我屏住呼吸，在書信盒內尋找。我看到年輕時的祖母抱著爸爸還是嬰兒時的照片，還有很久以前的信。爸爸學生時代的聯絡薄，以及裝在差不多手掌大的桐木盒內的臍帶。那是祖母人生的回憶，但是並沒有看到我想要找的東西。

『妳在幹什麼？』

我聽到祖母驚訝的聲音，回頭一看，發現祖母以冷漠的眼神看著癱坐在地上的我。

『竟然亂翻別人的東西，果然是那個女人的基因。』

『媽媽在哪裡？』

我只能問祖母，這是我得知媽媽下落的唯一方法。

『我怎麼知道？就算我知道，也不可能讓妳們見面，我絕對不會讓那個女人見妳。』

祖母走到我身旁，甩了我一記耳光。她乾瘦的手打在我臉上，發出『啪』的響亮聲音，但是一點都不痛。

『我勸妳別再覺得她是妳的媽媽，整天想她了，她早就把妳忘了。』

這句話才更痛。

如果那時候，我知道媽媽的下落，會有什麼不一樣嗎？

「啊？竟然把我當空氣。」

聽到美保誇張地嘆氣，我才回過神，但是，我對她沒有任何話可說。我當然不可能對她說，妳真好命，在遭遇困難時可以見到媽媽。

彩子姐走回我和美保相對無言的空間，手上拿著一個牛皮信封。

「這個給妳。」

美保一把搶過信封，然後打開信封，確認裡面有多少錢。彩子姐說：「妳突然過來，我身上沒有太多錢，妳下次要來之前，要事先通知我。」

美保原本看著信封的視線移向彩子姐，嘀咕著：

「通知？是喔，也就是說，妳還會再給我錢。」

我差一點出聲制止彩子姐。不可以做這種事，不需要對曾經拋棄妳的人這麼好。但是，我說不出口。彩子姐的表情太急切。看到她的樣子，我就明白，無論是任何形式的重逢，她都想要找回「母女」關係。

彩子姐和我的媽媽不一樣。我覺得彩子姐和我之間拉開了一點距離。

「當然啊，但是妳來之前記得要通知我，而且妳要自己來這裡拿錢，這是條件。信封裡的紙有寫我的手機號碼和電子郵件帳號。」

美保聞言，想了一下後，點點頭。

「好，我知道了。接下來不知道需要花多少錢，那今天就先拿這些。」

美保把信封小心地收進皮包，然後站起來說：

「我要回家了，如果再不回去，響生會擔心。」

「等一下。那個、那個男人，呃，他人好不好？」

彩子姐委婉地問。美保回答說：

「他說我是全世界最重要的人，有這句話不是就足夠了嗎？」

美保說完這句話，走向玄關。彩子姐追上去，說要送她到住家附近，美保說了聲「別這麼煩好不好」，拒絕彩子姐，然後就離開了。門關上後，彩子姐癱坐在地上，雙手捂著臉，嘆著氣說：「怎麼會這樣？」

「呃、呃，彩子姐，我們先回去飯廳再說。我幫妳倒杯熱茶。」

「現在不需要，我要打電話給她爸爸，問問詳細的情況。」

彩子姐搖晃著起身，泫然欲泣。「我打電話的時候，妳可以陪在我旁邊聽我們說話嗎？每次和他們說話，我就會搞不清楚我自己到底是對還是錯，拜託妳了。」

我默默握住彩子姐的手。

彩子姐緊握著我的手，打電話給美保的父親——她的前夫剛臣。我從擴音中聽到剛臣的聲音，發現他是一個很過分的人，聽他說話就讓人生氣，根本沒辦法和他討論是非對錯。

『她會做出這種離經叛道的事，是她資質的問題，我可是有好好教育她。』剛臣隨即又責問彩子姐：『追根究柢，是因為妳放棄育兒引發的問題。沒有母親陪伴，讓她變成了這副德性。』

「什麼意思？當初是你媽把美保從我手上搶走，我拜託你不要和你爸媽住在一起，我們一家人重新開始，是你拒絕這麼做。我想要照顧美保，但是你媽媽根本不讓我插手。」

電話中傳來沉重的嘆息聲。

『我在離婚之前就說過，妳這個人缺乏母愛。如果妳真心為女兒著想，不是會不顧一切，搶回育兒的主導權嗎？正因為妳沒有這麼做，才會一直由我媽照顧。而且我已經忘了妳當初有什麼毒血症之類的，我覺得那是妳太嬌貴了。我看了我現在的老婆，充分瞭解這件事。無論發生任何狀況，即使身體不太舒服，她都親自照顧孩子，她每天都很努力，從來不會找我媽幫忙，她很有骨氣，我真的很佩服她，覺得真正的母親就該像她那樣。』

「我當時差一點沒命欸？你不記得了嗎？當時產院的醫生和護理師不是解釋過好幾次嗎？而且——」

『好了好了，現在別再討論八百年前的事了，說了也是白費力氣。總之，當初是妳放棄照顧孩子，是我把美保養大的，妳沒有權利責怪我。既然美保去向妳要錢，那妳就盡一點責任。以前妳沒有付什麼養育費，即使現在給她一些錢，妳也沒吃虧。』

簡直是雞同鴨講。淚水從彩子姐的眼中流下。

「……等一下，她才十七歲，就說要離家生孩子，你應該很清楚，這樣不可能輕易得到幸福。你為什麼不為她做點什麼？既然這樣輕易就放棄她，為什麼當時要從我手上搶走她？」

『妳可別在我面前裝出一副被害人的樣子，更何況妳根本不瞭解情況，我們曾經勸她墮胎，想過各種方法，避免她人生從此走下坡路。我們已經盡力，但是都徒勞無功。美保拒絕我們所有的提議，反而讓我們臉上蒙羞，然後就逃家了。妳現在才跑來關心，不要對我說三道四亂挑剔，跟我說什麼責任不責任的，我聽了就火大。』

剛臣最後在電話中大聲咆哮，然後就掛上電話。電話中傳來機械音。彩子姐捂著臉發出呻吟。

「太過分了……」

我不知道該對彩子姐說什麼。她身為『母親』，為『女兒』感到擔心，就只是這麼簡單的事，對方為什麼無法理解？為什麼被拋棄的人無論再怎麼努力，都無法獲得回報？我說不出任何話，只能緩緩撫摸著她顫抖不已的後背。

那天之後，彩子姐沒有再接到美保的聯絡。

3 追憶的香蕉三明治

我搬來這棟房子已經過了兩個月。現在已經不會因首班車醒來，也不需要等到末班車經過後才能入睡。院子裡的樹木枝頭染成紅色，國中的操場每天都傳來練習馬拉松的聲音。

我仍然無法踏出『喧囂公寓』一步，最多只能走到大門內側，一旦想要踏出去，雙腿就會發軟，就會緊張得流汗。我覺得只要踏出去一步，彌一就會出現。

我的手機一直關機，因此不知道彌一有沒有和我聯絡。我已經遠離以前住的地方，他不可能找到我，甚至期待他已經放棄找我，即使如此，仍然害怕不已。我可以栩栩如生地想像他帶著那種可怕笑容出現在我眼前的樣子。

也許是因為妳之前曾經被他找到的關係。野瀨打電話關心我時，對我這麼說。聽說很多逃到庇護中心的女人明明知道現在已經安全了，但是仍然深受往事的折磨，越是為終於逃離恐懼感到安心，就越容易發生這種情況。

我什麼時候才能夠走出家門？什麼時候才不會害怕彌一的影子？我在窗戶內，抬頭看著點綴天空的高積雲。

「千鶴，秋天是美食的季節。」

突然聽到說話聲，回頭一看，今天沒有去日間照護中心的媽媽正在喝午餐的湯，眼睛看向我的方向。

「妳可以在院子欣賞秋天啊。」

前幾天還在飄香的金桂花朵已經凋零，目前樹木周圍接連盛開了番紅花，雖然感覺當初只是把球根隨便插在泥土裡，但是花本身很漂亮。

「我不是說了是美食嗎？像是芋頭，妳不覺得鬆軟又熱熱的，很好吃嗎？」

媽媽呼嚕嚕地喝著味噌湯。

這兩個月期間，並沒有太大的變化，但是和媽媽之間的關係出現了些微的變化。媽媽已經記住我的長相，聊天的次數增加，但我們的關係並沒有因此變得深入，還是無法擺脫生疏的感覺，距離感沒有改變，不過，勉強自己的感覺減少了。

「我不知道妳想表達什麼。」

我和媽媽之間的距離感沒有改變，是因為無法輕易改變。我始終無法忘記剛來這裡時，被媽媽拒之千里之外一事。我絕對不想因為拉近和她之間的距離，再次被拒絕，所以不敢問我想知道的事，如果她主動找我說話，我總是冷冷地回答。

媽媽也不會和我聊我想聊的話題。

媽媽把湯碗從嘴邊移開說：

「妳偶爾可以去外面吃飯，感受一下季節的變化，一個年輕女生每天不化妝，整天都在家裡發呆不是很無聊嗎？」

這是媽媽第一次提及我的生活。平時都和我聊一些無關痛癢的話題。

「為什麼突然說這些？」

「哪有突然？我只是看到妳每天都在家裡，所以關心一下，妳每天都無所事事，其實我覺得妳的前夫搞不好對妳並沒有那麼執著，可能已經忘記妳，自己快樂逍遙去了，如果妳還在因為他走不出來，不是浪費自己的生命嗎？」

她張大嘴巴，把切成一口大小的煎蛋吃進嘴裡。她動著嘴巴咀嚼，嘴角沾到味噌湯的蔥花。

「自己的人生，只屬於自己，不可以為別人浪費自己的生命，自己要努力讓人生綻放光芒，所以，妳就偶爾出門走走。妳聽我說，國道旁有一家很好吃的甜點店——」

我握起拳頭，捶向窗戶玻璃，發出巨大的聲響，媽媽嚇了一跳。今天剛好休假的彩子姐從廚房衝出來問：「怎麼了！？」

「我和妳不一樣。」

我狠狠瞪著拿著飯碗和筷子，錯愕地張著嘴的媽媽。

「我沒辦法這樣輕易放下。妳有被狠狠傷過心嗎？和身體的傷完全不一樣！那種疼痛會不時發作，不管時間和場合，會一次又一次襲來，不知道什麼時候才會痊癒，搞不好一輩子都不會痊癒，只是每次疼痛發作，就絕望得想死。妳連這種事都搞不懂，不要對我說什麼我的痛苦是在浪費生命這種話！」

我氣得眼淚都快流下來。誰想要整天這樣看著窗外，誰想這樣渾渾噩噩過日子！我已經很努力了。

而且什麼叫『自己的人生只屬於自己』？妳還記得很多年以前，妳說過這句話，然後拋棄了我嗎？妳這個不負責任的人，比起年幼女兒幼小的心靈，妳選擇了自己的人生。

媽媽生氣地把飯碗用力放在桌上。

「妳真是沒大沒小，我當然瞭解痛苦。正因為瞭解，所以才向妳提出忠告！既然受傷，不能只是整天撫摸傷口，說著不痛、不痛，以為這樣就會好。有時候傷口很髒，必須用刷子把髒東西刷乾淨，這樣反而可以促進傷口更快癒合。」

「不要把別人的痛苦說成是垃圾！」

我又敲了一次窗戶玻璃，彩子姐大聲對我說：「妳不要激動！聖子，妳說話要注意措詞，妳還記得千鶴來這裡的時候遍體鱗傷嗎？她受了那些罪，當然會心有餘悸。」

媽媽轉頭看著彩子姐。

「這種『當然』要持續到什麼時候？半年？一年？到時候，她就馬上能夠獨立了嗎？我必須照顧她到什麼時候？」

彩子姐皺著眉頭說：「妳為什麼要說這種話？她才來兩個月，俗話不是說，時間是良藥嗎？有些問題需要靠時間慢慢解決。」

「不是才兩個月，而是已經兩個月。已經夠久了！真是讓人不耐煩！」

媽媽拍著桌子，盤子發出哐噹的聲音。

啊，她根本不關心我受的傷，她只在意是不是礙她的眼，她這個人只想到自己。

「而且，惠真都有繳生活費，遲早會對她有特殊待遇而不滿。」

「妳在說什麼啊？惠真才不是這樣的人，她聽到妳這麼說會生氣。她心地很善良。」

「善良就要吃虧嗎？需要靠別人的善意來彌補缺乏生活能力，這樣沒問題嗎？」

「妳為什麼要說得這麼難聽？」

彩子姐和媽媽爭執起來，我大叫一聲：「別說了！」打斷她們。

「我離開這個家就解決了，對不對？好啊，那我走啊。」

媽媽已經說到這種程度，我怎麼可能保持平靜？既然這樣，那我離開就是了。我準備走出飯廳，彩子姐追上來對我說：「妳不要放在心上。聖子今天心情不太好，妳不要在意，妳離開這裡，不是無處可去嗎？」

「啊，妳終於想要出門了嗎？既然這樣，那妳去國道右側的一家『梓咖啡店』買地瓜派回來。」

媽媽的聲音傳過來。妳搞錯我的意思了。我正打算對她大吼，她又接著說：「我想大吃一頓，要買一整個回來，如果吃不完，就當晚餐的甜點。」她滿不在乎的語氣，是在嘲笑我嗎？

「聖子！妳不要再開玩笑了！」

「我才沒有開玩笑。她說她要出門，那幫我帶一個派回來沒問題啊。彩子，妳拿錢給她。趕快，趕快啦！」

媽媽就像鬧脾氣的小孩子一樣拍著桌子說：「快啦！快啦！」

媽媽的樣子，就像是打開某個開關。彩子姐見狀，猶豫起來。我嘆著氣，向彩子姐伸出手。

「我去。」

「但是……」

「我去買。」

我從彩子姐手上接過錢，走出玄關。

「這個給妳，我想可以讓妳比較有安全感。」

彩子姐遞給我一頂寬簷帽和口罩。我原本想拒絕，但最後還是接過來。我把帽子壓得很低，戴上口罩。把口罩的耳帶掛到耳朵上時，我的手忍不住顫抖。

「雖然我很想陪妳去……」

彩子姐向身後張望。媽媽剛才搶先說，只是買一個派而已，叫我一個人去。

「我沒問題。」

我用因緊張而變得有點沙啞的聲音說完，打開玄關的門。

柔和的風吹在臉上。今天是星期天，有小孩子在外面玩，遠處傳來天真無邪的笑聲。

平靜的午後，完全沒有任何值得害怕的事，但是我還是雙腿發軟。

我關上玄關的門，不想看到一臉擔心地目送我出門的彩子姐，走向只有幾步距離的大門。生鏽的大門敞開著。

只要再走一步，就是門外。斜對面的確有一棟老舊的兩層樓房子，應該就是彩子姐之前所說，那些菲律賓人的宿舍。二樓的陽台上，晾著五彩繽紛的衣服隨風飄揚。旁邊是一棟小平房，不知道是否是那戶人家的興趣，院子很有設計感，深藍色的龍膽花爭奇鬥豔，還有一個看起來和房子格格不入的巨大石燈籠。

沒事，沒事。這裡很太平。我深呼吸後邁開步伐。雖然一踩到地面，就產生會被追殺的恐懼，但是彌一並沒有揮著拳頭出現，也沒有聽到他咆哮的聲音。

我深深吐氣，打量周圍。前方是緩和的下坡道，坡道盡頭，就是和國道的交會處。

我低下頭，不敢用力呼吸，邁開步伐。

我不知道花了多少時間，只知道不顧一切悶著頭走，終於來到一家簡直就像是從童話世界來到這個世上的夢幻咖啡店。這家店似乎很紅，有很多年輕女生和大人帶小孩子一起光顧，我反射性地想要逃走。身體不知道是緊張流汗還是冒冷汗而渾身濕透，但還是向展示櫃內張望。季節限定商品地瓜派已經賣完。我茫然地站在那裡。一對年輕的情侶剛好買了最後一個，那個男生說：「今天是我們認識三個月紀念日，要三根蠟燭。」站在他旁邊的女生補充說，三根蠟燭都要粉紅色。

怎麼辦？就這樣回去，然後告訴媽媽賣完了嗎？媽媽可能會質問我，說我根本沒來這裡。我愣在原地，女店員微笑著對我說：「切片的還有剩喔。」我轉頭一看，發現展示櫃角落還有切片的地瓜派。

「那這些、全都、給我。」

「好，總共有五片。」

她俐落地為我裝進盒子。我注視著她的背影，祈禱著她趕快裝好。我站在店裡很痛苦，不停地打嗝，胸口好像快燒起來。這時，聽到「嗚啊啊」的聲音，我嚇了一跳，發現是一個小女孩踢著腳大哭著。「我不要，我不要。」女孩大叫的聲音逼近。我咬緊牙關結帳時，女店員訝異地問我：

「妳還好嗎？身體不舒服嗎？」

「我……沒事。」

不行，我想嘔吐。我一把搶過女店員裝進盒子裡，又用塑膠袋套起的地瓜派，衝出店外。我跑到店後方，扯下口罩，把臉伸到樹籬下嘔吐。喉嚨痛得好像快燒起來，汗水噴出。樹枝刺到我的臉。好幾波嘔吐的感覺漸漸平靜下來，我喘著氣，擦拭著嘴邊的污物，同時思考著，我到底怎麼了？難道這麼害怕人群嗎？只是出門買東西，為什麼會這麼痛苦？

終於平靜之後，我緩緩起身。頭痛欲裂，天旋地轉。必須趕快回家，繼續留在這裡，會被自己創造的恐懼壓死。

看到坡道上方的破房子時，我鬆了一口氣。終於回到家了。趕快進去。我邁著步伐，媽媽飄然出現。她一看到我，立刻誇張地重重嘆氣。

「唉，妳去太久了吧！到底在幹嘛？這點距離，應該不至於會迷路吧？」

媽媽用很受不了的語氣說著走過來，拿走我手上的袋子，拍拍我的背，驚訝地說：「哇！妳怎麼渾身是汗？喂喂喂，這又不是多辛苦的差事。」

「好……好、可……」

好可怕。我正想這麼說，但是沒有說下去。說了只會被她嘲笑。但是媽媽可能從我的聲音知道了我想說的話，不假辭色地說：「有什麼好怕的？只是大白天去附近，不需要害怕成這樣吧？妳以後一輩子都關在家裡不出門嗎？不可能吧？不要這麼放任自己。來，趕快進屋吧。」

媽媽推了我一把，我發抖的雙腳絆到，差一點當場跌倒，媽媽不耐煩地說：

「唉！妳太弱了，只剩下幾步而已，堅強一點。」

淚水奪眶而出。我為什麼要承受這種待遇？媽媽為什麼要對我說這種話？

彩子姐跑出來，一看到我們，立刻輕撫胸口，表示放心。

「啊啊，太好了，我剛才還在擔心。聖子，原來妳在擔心。」

「什麼？才不是妳想的那樣，我是想趕快吃到派，所以才等在這裡！妳剛才幫我泡的咖啡都冷掉了！」

媽媽大步走進屋內，把我留在原地。彩子姐走到我身旁，看著我的臉問：「妳還好嗎？啊喲，妳怎麼臉色發白？怎麼會這樣？趕快進去。」

彩子姐扶著我，我一走進玄關，就聽到媽媽叫了起來。

「唉！怎麼不是買整個？為什麼？」

「因為、賣完了。」

我一進門，立刻全身發軟，癱坐在地上，拿下口罩，用力深呼吸。我吸不到氣。

「這樣啊，反正有五塊，那就不和妳計較了。啊，有一塊破掉了，那妳吃破掉的這塊。」

「聖子，妳不要再使壞了。難道妳看到千鶴這樣，還無動於衷嗎？」

扶著我的彩子姐生氣地說，媽媽仍然不為所動。

「啊喲，妳說得我好像在欺負她。千鶴，妳有進步，太好了。」

媽媽笑著對我說，我突然想起小學時去遠足的事。有一個男生笑我，說我的便當看起來很難吃。其他同學的便當都五彩繽紛，還有可愛的便當叉點綴。我的便當盒裡只有蘿蔔滷魷魚和燉南瓜，白飯都被湯汁染色，一片黑乎乎的便當看起來的確不好吃。

千鶴沒有媽媽，她很可憐。

周圍的女生紛紛說道，然後把她們便當裡的菜放在我的便當盒蓋上。罐頭櫻桃、蘋果、切成花朵形狀的小黃瓜、蘆筍炒培根、玉米，堆得高高的菜餚頂端插著瑞士國旗。『這樣就很豐盛了，太好了。』大家都笑了，我克制著想要把便當蓋丟出去的衝動，不停地吞著口水。玉米染到櫻桃的顏色，變成了斑駁的紅色。

空無一物的胃開始痙攣。

「千鶴！哎呀！」

我無法克制，把湧到喉嚨口的胃液吐出來，胃痛得好像被用力撕開，喉嚨發燙，眼淚流下。我在嘔吐的同時，在彩子姐的臂腕中抬頭看著媽媽。

媽媽茫然地低頭看著我，突然臉色大變，嘴唇不停地顫抖。

「……妳這眼神太可怕了。」

媽媽嘀咕著，後退一步，然後用力搖著頭。

「我看過這種眼神，好像說是我錯了！那是責怪我的眼神！我一直、一直都很討厭這種眼神！」

呼。我吐出來的氣很臭。

在目前這個時間點，需要說這種話嗎？

媽媽的眼睛是晶亮的黑色，我的眼眸比較像爸爸，顏色比較淺，是深棕色。我的長相更像爸爸，性格也是，無趣又不起眼。原來是這樣，原來媽媽討厭長得很像爸爸的我。

媽媽在離家出走之前，我們像普通的母女一樣生活的時候，她就已經討厭我了嗎？那年夏天時，她應該也討厭我。

「妳這種人根本不配當母親。」

我還來不及思考，就脫口而出。媽媽抖了一下。

「妳這個人爛透了。眼中只有自己。」

媽媽的臉皺成一團。難道她受傷了嗎？如果她真的受傷了，那真是活該。

我想要笑，但恐怕沒有順利擠出笑容。

「千鶴，妳先去躺一下。咦？妳該不會發燒了？妳的臉好紅。」

彩子姐摸摸我的額頭，我覺得她的手很冰，簡直就像冰塊放在我額頭上。

「趕快去二樓，躺下來休息一下比較好。」

彩子姐扶著我離開，媽媽不發一語。

「彩子姐，這個世界上，真的有母愛這種東西嗎？」

我回到二樓自己的房間，躺在被子上，彩子姐為我擦拭滿是汗水和淚水的臉時，我忍不住問她。

「明明是自己生下的孩子，為什麼會疏遠，為什麼會討厭？彩子姐，如果美保像她的爸爸，妳會討厭她嗎？妳會恨她嗎？」

彩子姐停下手。

「如果她像她爸爸，那天妳會不給她錢，就把她趕走嗎？叫她再也別來找妳嗎？」

我知道問這種問題很討厭，但是我無法不問。彩子姐搖搖頭。

「……我做不到，我仍然想要當母親，希望可以像一個母親。」

像一個母親。我相信媽媽根本沒有這種念頭，她根本不可能為女兒操心。

「彩子姐，對不起，我想一個人靜一靜。」

我咬緊牙關，抬頭看著天花板。在彩子姐走出房間之前，我努力克制，但是在門關上的同時，我的眼淚流了下來。

我覺得自己的人生，自己的存在都徹底被否定。

每當深陷痛苦的時候——在班上被同學霸凌時，爸爸病倒時，爸爸去世時，祖母去世時，彌一打我的時候——我內心就會想起和媽媽共度的那段夏日燦爛的時光。

我們在海邊小鎮的圖書館，一起看櫻桃小丸子的書，看得不亦樂乎——媽媽看到小丸子和來自南國的女生一起去探險時，忍不住放聲哭了起來。我們一起躺在草地上看著滿天的星空——由於我們完全沒有擦防蚊液，因此兩人都被咬得全身都是紅色斑點，連續癢了好幾天。在某個城市的夏季廟會上，媽媽參加一口氣喝汽水的比賽——媽媽和一個高大的自衛隊隊員對決時，獲得壓倒性的勝利，當得知獎品還是汽水時，媽媽大叫著說：『我喝不下了啦！』引起哄堂大笑。那段和媽媽共度的充實時光雖然很廢卻讓我難以忘懷，我藉由不時回想那段回憶，活到了今天。我始終相信，那段日子一定有重要的意義，帶著這份回憶的自己也很重要，是有意義的人。這種自信並不是很明確，而是細如蜘蛛絲，只要稍微碰一下，就會斷掉。但是，我靠著這根纖細的蜘蛛絲活到今天，沒想到卻在今天斷了，而且不是別人，是媽媽扯斷的。

我無聲地流著淚。一直渴求媽媽的自己，實在太可悲了。

聽到敲門聲，我醒過來。天色在不知不覺中變暗，我眨眨眼睛，發現眼皮很沉重。我轉動頭，發現頭有點痛。我剛才可能哭累睡著。我現在的臉一定慘不忍睹。

「妳醒了嗎？」

是芹澤的聲音。

我無法順利發出聲音，好不容易擠出「我醒著」這幾個字，發現聲音極其沙啞。

我坐起來，感到輕微暈眩，頭更痛了。

「我拿了飲料那些過來，我進去嘍。」

門被打開，走廊上的燈光照進來。芹澤想要開燈，我立刻阻止她說：「不要開燈！啊，那個、太刺眼，而且我頭、很痛。」

「對喔、對喔，對不起，那我把門打開一點點就好，讓走廊的燈光照進來。」

芹澤似乎明白我的意思，說完這句話，來到我的被褥旁。她放下手上的托盤，上面放著寶特瓶裝的運動飲料和飯糰。
「……謝謝、妳。」
雖然我沒有食慾，但是口很渴。我立刻喝了運動飲料，感覺水分滲進身體。我連續喝了好幾口，然後吐出一口氣。芹澤對我說：
「那個、我剛才聽彩子姐說了，聽說媽咪講了很過分的話。」
我看著微弱光線中的芹澤。
她似乎剛下班回到家，穿著今天早上出門時的衣服。她身上有玫瑰的香氣，聽說這是她工作髮廊的頭髮護理系列商品香氣。她似乎一回到家，就馬上來看我。
「妳聽我說，媽咪絕對沒有討厭妳。以前她和我聊妳的時候，每次都說得眉飛色舞，笑得很開心。今天的事，八成是因為她生病的關係，心情不太好，所以……」
芹澤字斟句酌。雖然她不知所措地皺著眉頭，但這種表情仍然迷人。她的皮膚白皙光滑，雖然上了一整天的班，妝容仍然很美，五官都很精緻，而且很協調。兩顆門牙稍微有點大，但就連這兩顆門牙都很迷人。我低頭看著手上的寶特瓶，把意識從她的臉上移開。我想起第一次遇到她時，她同樣因為擔心我，拿水來給我喝。
我不喜歡她。
我應該一開始就不喜歡她，之後生活在一起，越瞭解她的為人，就更加不喜歡她。對我來說，她太光彩奪目。她容貌出眾，心地善良，不會用懷疑的眼光看人，總是笑得很開懷，她得到很多人的愛，才能建立這樣的生活方式。

而且，她叫我的媽媽『媽咪』，我都不敢這麼叫媽媽，而且媽媽接受她的這種稱呼。

我見識到媽媽和她的關係良好。她們經常互開玩笑，有時候會為一些芝麻小事吵架。芹澤下班晚回家，媽媽就坐立難安，假日的時候，她們會牽著手一起去散步。芹澤會幫媽媽剪頭髮，她明明有自己的房間，卻睡在媽媽的房間。她們感情太好了，簡直就像真正的母女。

媽媽已經有一個像樣的女兒——芹澤，無論在任何方面都比我優秀的女兒。我旁觀她們的相處，是莫大的痛苦。

「芹澤小姐，妳和她到底是什麼關係？」

如果要問，現在就是唯一的機會。我問了之前一直想問，卻遲遲無法問出口的事。原本正在為媽媽開脫的芹澤停了下來。

「妳為什麼會叫她『媽咪』？我覺得妳叫她的名字也沒問題啊。」

「啊，對不起，我是不是神經太大條了？」

芹澤手足無措。我知道自己的話中帶刺，但是，我已經無法掩飾了。

「神經是否大條並不重要，只是妳之前都沒有詳細告訴我，妳們之間的關係，我只是想知道而已。」

「呃，那個……其實我沒有親生父母。」

她纖細的手指抓著臉頰。也許是因為工作的關係，她的指甲剪得很短，但是她的指甲像櫻貝一樣。

「他們都在我一歲的時候，因為交通意外死了，於是我就由媽媽的親戚照顧，但是我和他們超合不來，在高一的時候，我很想搬出來，差不多就在那個時候，認識了媽咪。她瞭解我的狀況後對我說：『如果妳不嫌棄這個家，可以住在這裡。我可以照顧妳的生活。』然後她真的像媽媽一樣照顧我。」

芹澤懷念地說，學校老師、家長和學生的三方面談，討論升學問題，還有畢業典禮和專科學校的入學典禮，媽咪都理所當然地以家長的身分出席。

「甚至有同學以為媽咪是我的親生媽媽，我聽了超高興，所以我拜託媽咪，希望可以讓我叫她『媽咪』，媽咪起初不答應，但是我一再拜託，她才勉為其難地答應了。」

「是喔，真是精誠所至啊。」

早知道就不問了。這是我唯一的感想。那不是很溫馨的回憶嗎？

「不瞭解自己的父母，也許反而是好事，既不會失望，也不會受傷。」

雖然我知道這是酸言酸語，但還是脫口這麼說。

「她對我來說，完全不是一個好母親，但是對妳來說，簡直就是模範母親。人長得漂亮真好，可以無條件得到愛，太幸福了。」

內心有另一個我要我住嘴。太丟人現眼了，趕快把嘴巴閉起來。但是，還有一個自己卻反駁，說這種程度的話，哪有什麼問題？

「妳為什麼想要讓我和她見面？妳們已經是完美的母女了，妳根本不必管我。也許是因為妳太善良，才會這麼做，但是我只覺得那是妳的傲慢，那是擁有一切的幸運的人，打著善意幌子的自我滿足。我最討厭這種人了，簡直令人作嘔……」

芹澤表情僵硬。我知道自己很過分，不該對她亂發脾氣。我把自己承受的不合理遭遇發洩在別人——而且是關心我的人身上，這種行為簡直太可恥了。但是，內心這種膚淺的感情揮之不去，我嫉妒她擁有的一切。

「施捨的感覺很好嗎？我想應該很好。我總是接受別人的施捨，完全不瞭解。真羨慕妳，要什麼有什麼，我卻一無所有！」

「千鶴……」

看到芹澤臉皺成一團，幾乎快哭出來，我產生強烈的罪惡感，無地自容，慌忙對她說：「啊，不是啦，這不是妳的過錯。對不起，對不起。是我的錯，當初來這裡明明是利用她來保護自己的安全，但是可能在無意識中還是對母親這個角色有所期待。當初她因為自私拋棄了女兒，照理說我早該知道她不是什麼好東西。」

我喝著寶特瓶內剩下的運動飲料。不知道是否因為已經不渴了，我立刻覺得太甜，嘴裡黏黏的。

「她完全不關心我的人生過得有多慘，不想知道我承受了多大的痛苦。我猜想她根本沒有想過，被母親拋棄的孩子成長過程有多麼坎坷，對我現在多麼痛苦毫無興趣。她是持續逃避身為母親責任的廢物。」

「咦？這不是十幾歲的小鬼說的話嗎？」

突然聽到男人帶著笑意的聲音，我和芹澤一起尖叫起來。轉頭一看，發現他站在門旁。

「原、原來是結城，你不要嚇人好不好？」

芹澤發現對方後，嘆著氣。「偷窺女生的房間很變態欸。」

「不好意思，嚇到妳們了。聖子打電話給我，要我來看她一下。千鶴小姐，聽說妳昏倒了，現在有沒有好一點？」

結城沒有走進我的房間，靠在門上問我。

「我沒事，你剛才那句話是什麼意思？說什麼十幾歲的小鬼。」

「喔喔，就是字面上的意思。如果是十幾歲的小孩子說這種話也就罷了，這不是即將邁向三十大關的人說的話，所以我覺得很好笑。」

走廊上的燈光從結城的身後照過來，可以看到他臉上的笑容。

「妳因為被母親拋棄而痛苦不已。這樣啊，這樣啊，妳小時候的日子可能真的不好過，但是我覺得妳成年之後的不幸，就不能怪罪父母了。」

看到他面帶笑容說這些話，我火冒三丈。芹澤搶先嘆著氣說：

「你根本不瞭解千鶴至今為止所經歷的一切，可以請你不要說這種話嗎。」

「雖然我真的不知道，但即使知道，也會說同樣的話。為人子女，只能在成年之前，把自己的不幸怪罪於父母，如果目前仍然持續負面的關係，當然就另當別論，但是她的情況並不是這樣，她媽媽目前已經在照顧她的生活。」

結城又接著對我說：「不能把自己人生的責任推卸到別人身上。」他說話的語氣，根本是在教訓小孩子。

「妳打算一直談論好幾十年前的事到什麼時候？該不會等到妳變成老太婆，仍然要在聖子的墳墓前數落這些事？如果是這樣，我反而會佩服妳有這麼深的執念。」

「別把我當傻瓜！」

我忍不住把寶特瓶丟過去，但是寶特瓶沒有打中他，而是打到門。他絲毫不為所動，竟然無恥地說：「既然妳這麼有精神，真是太好了。」

「結城先生，你認為父母拋棄孩子是沒問題的嗎？小孩子受傷的心要怎麼辦？被拋棄的事實讓心靈變得扭曲，進而影響了人生。我就是這樣，難道這種行為不該指責嗎？」

「我剛才已經說了，這種事要在二十歲之前整理完畢。」

結城無奈地撇著嘴角。

「最晚要在二十多歲期間處理完，以後別再說這種話了。應該說，妳實在太幼稚了。」

結城撿起掉在地上的寶特瓶。「也許是因為妳剛才提到『被拋棄造成的坎坷』，但同時這也是妳自己的怠慢。妳把一切都怪罪於母親，然後就停止思考。之前沒有人告訴妳這一點，可能算是一種不幸。真可憐。」

砰。一聲巨大的聲響。那是門被撞擊發出的聲音，不知道什麼時候離開我身旁的芹澤用力捶著門。

「你需要特地來這裡說這種話嗎？如果你來這裡，是要在傷口上撒鹽，那就走開。」

「妳搞錯生氣的對象了吧？」結城嘆著氣說：「妳應該在別人糟蹋妳的時候生氣，根本搞錯生氣的時間點，千鶴，我說的有沒有道理？」

他看著我，臉上已經收起了前一刻的笑容。

「妳剛才對惠真說的話，是弱勢者的暴力。並不是只要自己受傷，對別人說任何話都沒關係。一味大聲主張自己的痛苦，卻根本不管別人的痛苦，我覺得這種行為很可恥。」

原來他全都聽到了。我用力咬著嘴唇。

「……我知道自己說得太過火了，所以，我不是道歉了嗎？」

「那只是妳發現自己很可恥，試圖補救。我想妳自己應該很清楚，我覺得妳這樣不行。妳要求別人真誠，自己卻一點都不真誠。」

結城的眼神明顯帶著輕蔑。

「妳真的很可悲。」

他用肢體語言表達對我的不屑和憐憫。我充分感受到這一點，忍不住瑟縮起來。既想要逃離他，又想要情緒激動地痛罵他，兩種情緒在內心拉扯。

「結城！別說了。千鶴，我並不在意剛才的事，別擔心。結城，你出去，你在這裡，千鶴根本沒辦法休息！」

芹澤再次用力拍著門，結城說著：「好，好，那就聽妳的」，乖乖走出去。

「不好意思，吵到妳了，我先出去，妳好好休息。」

芹澤關上門，我聽到他們下樓的聲音。芹澤帶著怒氣的聲音說「你真的很讓人火大」，結城說「妳還不是一樣」。我抱著自己的膝蓋。

「要我怎麼做……」

被媽媽拋棄的悲傷和扭曲，已經和我同化，成為我這個人。我知道自己是因此而痛苦，如果可以擺脫，我很希望可以擺脫這些，但是我不知道方法，我不知道被污染的心，如何才能變乾淨。

電車經過窗外。我聽著短暫的風暴遠去的聲音，只能用力咬著嘴唇。

隔天，我的病情更加惡化，只要吞口水，喉嚨就疼痛不已，發燒比昨天更嚴重。我似乎徹底感冒了。

彩子姐發現我遲遲沒有起床，擔心地來房間看我，立刻幫我準備冰枕和感冒藥。

「最近早晚都有點涼，在冬天來之前，就要先在這個房間放電暖器。」

「對不、起，給妳、添麻煩……」

我喉嚨太痛，無法好好說話。彩子姐說：「偶爾換換口味，把嘴張開。」我張開嘴巴，她把糖果放進我嘴裡，清涼的薄荷味讓喉嚨舒服些。原來是喉糖。

「一定是昨天壓力太大了，妳今天就好好休息。」

彩子姐不知道從哪裡拿來加濕器放在我的房間後，就啪嗒啪嗒下樓了。我對增加她的日常工作感到抱歉。

抬頭看向天花板，輕輕嘆著氣。我已經有多久沒有生病躺在床上休息了？之前即使覺得身體不舒服，仍照常去上班，但是我不知道如果現在有人叫我趕快起床工作，我是否有辦法做到。這一定是我已經心生『依賴』的緣故。

在和媽媽一起生活後，我在不知不覺中產生依賴，昨天才會說出那種丟人現眼的話，才會承受別人那樣的眼光。

昨天看到結城的眼神時，我清楚地回想起以前曾經接觸過的各種眼神。回想起來，我所面對的所有眼神，都讓我渾身不舒服。起初雖然是同情，別人對我被媽媽拋棄，不久之後，爸爸又死了這件事表示同情，但是日子一久，就開始變調。學生時代，大家都說我個性陰沉，很不合群，為數不多的幾個朋友，都會和我保持距離。

這一切都是媽媽造成的，媽媽是元凶。我一直這麼認為，但是別人用這種眼光看我，也許有一部分原因在我身上。不，一定有。我表現出那種樣子。我的個性中的確有自卑和彆扭，來到這裡之後，情況就越發嚴重了。

我咬碎糖果。

我不想再承受那種討厭的眼神。但是，到底該怎麼做？我知道必須改變自己，但問題是江山易改，本性難移。想要蛻去幾層皮，並不是一件容易的事。更何況我甚至無法自在地走出家門，怎麼可能改變自己？絕對不可能。不對，我的這種想法，是否就是因為我產生了『依賴心理』？

頭好痛。越想這些事，頭就越痛，於是我閉上眼睛。

中午過後，原本好不容易退的燒又重新燒起來。彩子姐說，會準備好即食粥，但是我沒有力氣下樓去廚房，只能繼續在房間內躺著。

我做了夢。夢中看到陌生卻又熟悉的天花板，床單很挺，被褥有點硬。這裡是哪裡？

『千鶴，妳肚子餓不餓？』

我聽到媽媽的聲音。身體無法動彈，於是就轉頭看過去。冰枕在耳邊發出喀答聲。身材苗條的媽媽拿著裝著三明治的托盤走過來。

『我準備了三明治給妳。我拜託老闆娘，借用旅館的廚房做的。』

喔喔，我想起來了。這是那年夏天的記憶。不知道是否因為連續多天都在趕路太累，我在旅途中病倒。連續發了好幾天的高燒，什麼都吃不下。

『妳要趕快好起來，等妳身體好了，我們再去下一站。』

媽媽充滿期待地說，我難得覺得回去家裡，回到自己的房間，躺在自己的床上會很棒。因為我覺得比起鋪在榻榻米上硬硬的被褥，躺在自己軟綿綿的床上可以睡得更熟。而且，放暑假前，祖母新買給我的睡衣，我都還沒穿過，我也想和上了小學之後結交的朋友一起玩。老師叮嚀，在開學第一天要交的暑假作業才寫了一半，我喜歡的動畫已經有三次沒看了。沒錯，原本打算在暑假做的事，結果一件都沒做。

我突然著急起來，於是我對媽媽說：『要不要回家？我們該回家了。』

就在這個瞬間，我感覺到臉頰一陣疼痛。

我猛然睜開眼睛，從窗戶照進來的陽光已經變成橘色。國中操場上傳來運動社團練習的聲音，可能已經傍晚了。

我忍不住摸著臉頰。剛才好像感覺到臉頰劇痛，所以醒過來。那是夢中發生的事嗎？

「好奇怪、的夢……」

但是，那段經歷是實際發生的事。我當時的確連續生病好幾天，一直都躺在床上，媽媽很細心地照顧我。對了，我記得那是媽媽離家不久之前的事。

「為什麼會覺得痛？」

不記得了。我突然發現身體變輕鬆。可能退燒了，喉嚨也不痛了，只不過身體雖然舒服了些，但腦袋仍然昏昏沉沉，可能因為高燒剛退，大腦還無法發揮正常功能。我看著天花板片刻，又閉上眼睛。

咚咚咚。我聽到敲門聲，緩緩轉頭看過去，發現媽媽站在門口，手上拿著托盤。我忍不住想，和剛才的夢境一樣。

我還來不及問媽媽有什麼事，媽媽就走到我身旁問：

「燒有沒有退了？」

媽媽把托盤放在一旁，在我的枕邊坐下，伸手摸著我的額頭。涼冰冰的手掌包覆我的額頭。

「可能還有一點低燒，但是太好了，如果等一下有辦法泡澡，就去洗一下，妳渾身都是汗。」

「妳來幹嘛？」

「我只是來看看妳。」

媽媽立刻起身，準備走出房間。我看到她洋裝背後大大地寫著『老太婆出沒，請注意』這種低俗的文字，她突然停下來。

「我可能、做得太過火了，但是我並沒有惡意。」

媽媽頭也不回地說完這句話，就走了出去。我聽到她走下樓梯的腳步聲，和彩子姐問她：「千鶴的情況怎麼樣？」媽媽回答：「燒好像退了。」

我緩緩坐起來，按著一陣刺痛的太陽穴。打量周圍時，看到媽媽放在我枕邊的托盤，我忍不住發出「啊！」的叫聲。

竹製的托盤上有一杯牛奶，還有裝在盤子裡的三明治。我拿起一塊三明治，發出「啊啊」的感嘆。

白吐司中間夾著切片的香蕉。

「山寨香蕉三明治。」

我從幼兒園的時候開始，每次生病，媽媽就會做這種三明治給我。在薄吐司上抹滿滿的美乃滋後，再把切片的香蕉夾在吐司中間。這款簡單的三明治，吃起來又甜又鹹。

「好懷念……」

向日葵班的同學千賀子最愛吃水果三明治，我在幼兒園時，聽到她說，水果三明治就是吐司麵包裡夾著桃子、橘子和鳳梨，我就很想吃看看。我家的三明治都只夾火腿、小黃瓜、雞蛋沙拉和美乃滋鮪魚，從來沒有吃過其他口味的三明治。不久之後，我剛好因為感冒發燒，媽媽看到我完全沒有胃口，就問我有沒有什麼想吃的東西。

雖然說不太清楚，但我還是努力把千賀子的事告訴媽媽，說我想吃水果三明治，而且提出裡面要夾我最愛的水果香蕉。

媽媽可能不知道怎麼做水果三明治，還是沒有空去買鮮奶油。雖然我不太瞭解其中的理由，但媽媽當時做了加上滿滿美乃滋的香蕉三明治。

第一次吃香蕉三明治太令人高興，而且很好吃。我把媽媽做的香蕉三明治全都吃完了，當時喝下很多牛奶，不知道是否因為這個關係，感冒很快就好了。於是，香蕉三明治配牛奶就成為我生病時的固定套餐。

之後，千賀子笑我說：『要加鮮奶油啊，怎麼可能是美乃滋？妳家的三明治是山寨版，是山寨香蕉三明治。』不可思議的是，我聽到千賀子這麼說並沒有生氣，媽媽說：『山寨香蕉三明治的名字聽起來很不錯。』於是在我們家就稱之為『山寨香蕉三明治』。

原來她還記得。

媽媽的三明治不是切成三角形，而是切成長方形。媽媽那次在旅館時做的三明治也是長方形，彩子姐的三明治都是切成三角形，因此我猜想今天的三明治是媽媽親手做的。可能因用力不當，吐司麵包有些地方壓扁。之前在吃飯時曾經聽說，自從她病情惡化之後，就決定不再拿菜刀。

我流下一滴眼淚。

我不知道自己為什麼流淚。也許是因為吃到連自己都忘記的懷念味道。我吃著甜甜鹹鹹的三明治，喝完牛奶，覺得很美味。

燒很快就退了，隔天早上醒來時，覺得神清氣爽。我比平時更早下樓，前兩天給彩子姐添了麻煩，心想要向她道歉。雖然我提出想要幫忙，但是彩子姐說「妳才剛康復」婉拒。

我吃著彩子姐為我做的早餐——洋芋沙拉和燻鮭魚三明治切成漂亮的三角形——不時看時間。

「彩子姐，請問芹澤小姐呢？」

「喔喔，她今天休假，我今天中午會準備牛肉燴飯，妳們可以一起吃。」

「謝謝。」我在回答的同時，覺得有點苦惱。我想為前天的事好好道歉，原本想趁早上匆忙的時間向她道歉，完全沒有想到我們兩個人要長時間相處。我討厭這麼有心機的自己。

咚。媽媽的臥室傳來東西掉落的聲音。媽媽都睡在床上，該不會是從床上滾下來？

「惠真打地鋪睡在聖子的床下，該不會被聖子壓到？那就慘了。」

彩子姐跑去媽媽房間察看。

和媽媽打照面也有點尷尬。那天我把裝三明治的餐具拿下樓時，媽媽已經回去自己的房間，我並沒有見到她。難道要對她說很好吃，或是讓我很懷念之類的話嗎？但是……

我在煩惱這些問題時，彩子姐帶著媽媽出現。媽媽果然睡迷糊，從床上滾下來——幸好沒有壓到芹澤。

「咦？彩子姐，怎麼了嗎？」

彩子姐牽著媽媽走過來時，我發現媽媽一臉呆滯，不像是還沒睡醒的樣子，有一種好像線路斷掉的不對勁感覺。

「今天早上的狀況好像不太好。」

彩子姐帶媽媽來到貴妃椅上，媽媽一屁股坐下。她的雙眼一動不動，好像被固定了。她的雙手明明沒有拿任何東西，卻做出好像在揉什麼東西的動作。

「以前她晚上會這樣，但是很少會一大早就出現這種情況。」

彩子姐好不容易幫媽媽換好衣服，她喝了幾口彩子姐親手製作的香蕉冰沙，就出門去日間照護中心了。

「我完全沒放在心上。」

彩子姐出門上班後，芹澤才起床。我向她道歉後，她爽朗地笑笑回答。「對了，妳的身體怎麼樣？這次不是發了高燒嗎？」

「已經沒事了，但是，真的很對不起。」我深深鞠躬向她道歉。

「沒事，沒事。」芹澤說，「我知道妳因為媽咪的事很痛苦，而且也知道妳看我很不順眼。啊，我來泡咖啡，我們來一起喝咖啡。」

芹澤把泡咖啡的器具和熱水壺放在餐桌上。她用磨豆機磨好咖啡豆，準備濾紙和濾杯，把開水倒進細頸手沖壺，然後用畫圓圈的方式，緩緩地把開水注入。

「好慎重好正式啊。」

廚房內有別人送給媽媽的全自動咖啡機，所以我覺得根本不需要這麼費工夫，但芹澤靜靜地沖泡著。隔著桌子，坐在對面的我，可以嗅到咖啡豆飽滿的香氣。她平時向來很匆忙，難以想像她能夠靜下心泡咖啡，有點驚訝。

「我只有想要讓自己靜下來時，才會這樣泡咖啡。」

芹澤目不轉睛地看著咖啡粉吸了熱水後漸漸膨脹的樣子，她很嚴肅。

那一天，我果然傷害了她。我向她道歉，她緩緩搖搖頭。

「真的沒關係，當初是我決定把妳帶回家。」

咖啡滴進玻璃咖啡壺內。我想要說什麼，卻又說不出話。我偷偷窺視她的臉。

她休假時向來不化妝。第一次看到她沒有化妝時很驚訝，她即使不化妝也很美，肌膚反而更有透明感。她的臉頰上有一些雀斑，摘下彩色隱形眼鏡後的眼眸是黑色。平時總是戴著各種不同假髮的她，竟然剪了一頭像少年般的短髮，總是穿一些分不清性別的寬鬆衣服，看起來就像是中性的美少年。由於和平時的落差太大，我說不出話。她笑著對我說『這樣比較輕鬆』，但我還是無法適應。以前曾經聽人說，天生麗質的人不會執著於自己的美，看到芹澤之後，我有一種恍然大悟的感覺。

「我一直想找機會和妳好好談一談，但遲遲沒有機會。對不起。」

芹澤看著正在沖泡熱水的濾杯說道。

「我之前一直避著妳。」

「啊？」我發出驚呼。我完全沒有發現。

「雖然當初聯絡妳，而且帶妳回家，我自認為已經做好心理準備，但還是感受到很大的衝擊。我想是因為跟我原先的想像有落差。」

咖啡壺內的咖啡越來越多。芹澤看著咖啡壺，續道：「我以為妳和媽咪會開心地重逢，大家一起在這裡過著幸福快樂的生活。我以為因為妳們是真正的母女，只要見面，就會瞭解彼此，我這種想法太天真了。每次看到妳們相處時很不自然的樣子，我就覺得是我做錯了事，所以一直避著妳。」

芹澤落寞地笑笑。我看著她的臉，想起她前天說，她的父母都不在了。她說是在她一歲的時候，可能對父母沒有任何記憶。我再次為自己說了很過分的話後悔不已。

「呃……雖然是母女，不過事情並沒、這麼簡單。」

「嗯，是啊。妳總是很傷心難過，媽咪也經常哭，看到妳們的狀況後，我徹底明白到這件事。」

她把濾杯放到一旁，把剛泡好的咖啡倒在兩個杯子裡，杯中立刻冒出熱氣。

「等一下，她經常哭？她什麼時候哭過？」

我很驚訝。媽媽在我面前從來沒有流過一滴眼淚。芹澤把杯子推到我的面前，靜靜地說：「她背著妳偷偷地哭，尤其是在晚上。」

「妳在騙我吧？我無法相信。」

「我才不會說這種謊。她總是哭著說，不知道該怎麼辦。」

芹澤輕輕地將杯子靠在自己的嘴邊。「我覺得媽咪真的一直以為妳過得很幸福……不，可能是相信這樣，因此看到妳的樣子很受打擊，無法順利和妳相處。」

我準備拿起杯子，但是手一滑，聽到喀噹的聲音，咖啡灑在杯盤上。

「很受打擊？妳別開玩笑了，她難道沒想到拋棄女兒是多麼重大……」

我說到一半，沒有繼續說完。我想起結城的話。

「……如果、如果她真的哭了，八成是因為看到我現在的樣子太沒出息了。」

我一定完全不符合媽媽心目中女兒的樣子。

「但我也很無奈啊，我只能帶著創傷活下去，我只能有這樣的生活方式。之前把我丟下不管的人，看到我這樣很受打擊，我又能怎麼樣呢？」

我喝了一口咖啡。顏色很深的咖啡果然很苦。

「早知道不要見面比較好，我不應該和媽媽見面。」

「請妳別這麼說，我想媽咪不會這麼想。」

芹澤把杯子放回桌上。

「媽咪在生病之後，才開始聊妳的事。之前從來沒有提過她有女兒這件事，她生了病，才願意把隱瞞多年的事告訴我。」

「這單純只是她原本想隱瞞這件事一輩子，對她來說，談論這件事或許是不幸。」

我覺得這種病很討厭，竟然讓媽媽說出原本不想說的事，想要隱瞞的事。但芹澤搖搖頭。

「我想應該不是這樣。因為媽咪向我和彩子姐提起妳的時候都哭了。」

媽媽告訴芹澤和彩子姐，自己多年來一直無法告訴別人，她拋棄女兒這件事，然後痛哭流涕。

「媽咪並沒有告訴我們和妳分開的原因，但是她當時說，很想看看妳是否幸福，哪怕只是遠遠地看著妳也好。那時候，媽咪發自內心想和妳見面，我才會努力安排妳們見面。」

「這真的是在開玩笑吧？妳應該記得她看到我時的反應吧？那種反應真的超過分。」

我越說越小聲，但芹澤大聲地說：

「我記得啊，但是我也記得她哭著說想要見妳的樣子。當時的眼淚絕對是真的。彩子姐也這麼想。」

芹澤和彩子姐很希望在媽媽病情惡化之前，讓我們母女重逢，但是她們向媽媽打聽詳細情況時，媽媽堅決不開口。

「媽咪一再堅稱，是因為她的過錯，所以無法見到妳，要我們別管，但是我們花了一年左右的時間慢慢找。那年暑假的事，聽媽咪提過兩次，但她只說開著紅色的車子去了很多地方，還有煙火大會的那天，剛好是她生日，幸好我在聽廣播時想到了，真是太好了。」

芹澤雙手捧著杯子。

「我想關於和妳共度的那個暑假，還有離家的理由，媽咪有些內情難以啟齒，所以妳們的相處很不順利，很尷尬，我接下來要成為妳們之間的潤滑劑，我想要發揮這樣的作用。當初是我把妳帶來這裡，這是我的使命。」

她露出燦爛笑容的臉上完全沒有陰霾。

「我之前對妳說的話太失禮了，難道妳不生氣嗎？」

我對自己很生氣。芹澤比我成熟多了，雖然她年紀比我小，但是我自嘆不如。

芹澤微微瞪大眼睛，然後將視線移向天花板說：

「嗯，我當然並不是覺得完全無所謂，但是我在這方面抗壓性很強，或者說已經習慣了。尤其我很清楚，在別人眼中，我是一個富足的人。」

芹澤拿起杯子，喝了一口咖啡後，緩緩地問：「妳是不是因為我的容貌，才會對我說那些話？」

「啊……對。」

我覺得她的美貌出類拔萃。雖然我不想斷言美貌可以決定一切，但人長得漂亮，人生應該會比較順利。

「不瞞妳說，其實我超討厭自己的容貌。」

她的語氣極度負面。

「我的容貌完全沒有為我帶來任何好處。我的爸爸、媽媽去世之後，接手照顧我的親戚家有一個比我大兩歲的表姊，從我懂事的時候開始，表姊就一直欺負我，對我又抓又掐，還會扯我的頭髮，或是不停地打我。她曾經用玩具丟我，結果我的頭流血了，但是每次我還沒有哭，表姊就哇哇大哭，說什麼大家都說惠真長得很可愛，她很傷心，她最討厭惠真。阿姨和姨丈當然覺得自己的女兒很可愛，於是就拚命安慰她。惠真才沒有妳想的那麼漂亮，而且她這麼髒。有希，妳才漂亮又可愛——他們為了能夠用這些話安慰自己的女兒，所以經常不讓我洗澡。」

我說不出話。竟然有這種事。

「小學三年級時，同學都說我很臭、很髒，我因此遭到霸凌。結果班導師就找我，問我發生了什麼事。班上的學生都很喜歡那個班導師，我很信任他，所以我就坦承，因為阿姨和姨丈不讓我洗澡。班導師就對我說，如果是這樣，可以去老師家裡洗澡，於是就帶我去了他家，還對我說，他會幫我洗乾淨，就一起走進浴室。班導師是二十八歲的單身男老師。」

我倒吸一口氣，芹澤皺著眉頭。

「我只記得班導師一絲不掛，摸遍我的全身。我害怕極了，一直在發抖，也不記得之後是怎麼回到家裡。多虧表姊告狀，說我身上有陌生的洗髮精味，阿姨和姨丈馬上就發現了，但是後來這件事私下解決。阿姨、姨丈似乎曾經和學校方面交涉，班導師以身體不適為由，沒有再來學校，事情就這樣結束，只在同學之間留下班導師似乎對我做了什麼的奇怪傳聞。」

芹澤起身，從碗櫃中拿出餅乾盒。她把餅乾盒放在我們中間，打開蓋子。我聞到香草的香氣，但是當然不可能有食慾。

「到了國三的時候，那個傳聞完全變調，我變成和班導師援交的賤人。現在可能還找得到。網路上有我們學校的爆料公社，經常有人在那裡攻擊我，說只要付五千圓就可以上我，說我經常用鮑鮑換包包，反正都是一些很過分的不實之詞，沒想到還真的有無腦的男生相信這種事，曾經有人突然把錢塞到我手上，或是差一點伸手摸到我的胸部。那一陣子，我真的超怕出門。」

芹澤咬著有一顆杏仁的餅乾，潔白的牙齒咬斷堅果。

「那是國中快畢業的時候，那天下著雪，外面很冷，我在上學路上，被人硬拉上一輛車子。車上有三個男大學生，三個人都不懷好意地對著我笑。我這輩子從來沒有那麼絕望過，幸好有一個男人看到這一幕，於是就騎著機車在後面追，同時報警，我才終於獲救。」

光是聽她說這些事，就心痛不已，忍不住想要嘔吐。

「學校的教務主任說我自己沒有警覺心，班上的女生說我自我感覺良好，警察叔叔又事不關己地說，漂亮的女生就是會有這方面的困擾。表姊臉色發白，我還以為她終於關心我了，沒想到她對阿姨和姨丈說：『惠真繼續留在我們家，可能我也會有危險，趕快叫她搬走。』阿姨和姨丈一直不知道該怎麼和我相處，就毫不猶豫地叫我離開，說什麼只要上了高中，我一個人生活也沒問題。」

芹澤淡淡一笑。

「說起來根本沒有任何好處，我的容貌沒有為我帶來任何幫助。」

「對不……對不起……」

我之前真的太膚淺了，完全沒有想到她開朗的背後，竟然有這麼辛酸的過去。我怎麼有辦法想像，美麗的外貌竟然會帶來這麼大的危害？

「妳別在意，通常都會被人羨慕，只是我運氣不好。啊，對了，並不是完全沒有收穫，我因此結識了媽咪和結城。」

芹澤變得開朗，好像有一道光照在她臉上。

「當時騎機車救我一命的就是結城，媽咪就在結城的爺爺家當幫傭。結城把我的事告訴媽咪，然後安排我和媽咪見面。媽咪後來知道我必須搬離阿姨家時，馬上就收留了我。」

芹澤說，她那時候甚至不敢一個人睡覺。

「起初我一直很不安，只要一關燈，就會很害怕。媽咪每天晚上都陪我一起睡。在那之前，我完全沒有和別人睡在一起的經驗，聽到媽咪睡覺時的呼吸聲，就覺得很安心。啊，但媽咪並不是一味寵我，我說我不想出門，不想去學校時，她狠狠罵了我一頓，說她無法接受我因為別人的惡意而屈服，讓自己人生的路越來越窄。」

媽媽準備好防狼噴霧和有衛星定位的手機給芹澤，以及防狼哨等所有的東西，讓她去學校時帶在身上。

「雖然我哭著說我做不到，我不想去學校，但是媽咪就是不答應。在家裡的時候，媽咪幾乎不會干涉我，但是她無法容忍我逃避外面的世界。我當時每天都抱著赴死的決心出門去上學，曾經恨過媽咪，但也因為媽咪，我才能順利讀完高中，甚至讀完專科學校。雖然媽咪的方法很粗暴，如果換成別人，可能會造成反效果，但是這一招的確救了我。我很感謝媽咪，讓我現在能夠克服這些事生活。如果媽咪當時放任我逃避，無法想像我現在會變成什麼樣子。」

我想起前天的事，難道媽媽是用那樣的方式在幫助我？怎麼可能？但是，當她看到我時嘆了一口氣，也許是因為終於放下心……

「妳經過多長時間，才終於能夠正常外出？」我問。

「差不多半年左右，才終於不會再冒冷汗，」芹澤回答，「我覺得很漫長，而且在那之後，有時候仍然會像突然發作般，感受到恐懼的大浪撲過來，幾乎就要崩潰。那種時候，結城就會陪我上學，但是他知道我無法和他走在一起，就和我保持兩公尺左右的距離，跟在我後面，還有兩次因此被警察攔下來盤問。」

芹澤想起往事，呵呵笑了起來。

「為什麼不能走在一起？」我納悶地問。

「喔喔，」她聳聳肩，「以前發生的那些事成為我內心的創傷，我看到男人會害怕。我會極度恐懼，這個問題至今仍然沒有解決。」

芹澤摸摸自己的腦袋，「我之所以這身打扮，就是不希望別人對我產生性的聯想。」

「原來、是這樣啊……啊，但是妳去上班的時候，就穿得很女性化。」

「把自己打扮得無懈可擊，可以有效阻止一些不三不四的男人輕易靠近，而且，我在化妝的時候，都會告訴自己『我沒事，我是全世界最堅強的人』，穿衣服時，覺得自己在穿上盔甲。只不過我現在還無法服務男客人，也不替客人洗頭。只有和結城在一起的時候，即使一對一，仍然能夠保持心情平靜，自在地和他相處，但就算到現在，仍然無法碰觸他。」

芹澤無力地一笑，低著頭。「我很希望能夠早日克服，雖然老闆瞭解我的情況後

界，個性變得更加扭曲。」

芹澤笑著說：「妳覺得我是正人君子嗎？怎麼可能嘛。我之所以希望自己能夠真誠對待妳，是因為妳是媽咪的女兒。媽咪救了我，既然對媽咪來說，妳是重要的人，那我也要好好對待妳，就只是這麼簡單，我沒辦法對別人也這麼好，因為一旦鬆懈，可能會受傷。」

她最後那句話，讓我的心一沉。她一定遇過超乎我想像的痛苦，但是，她能夠放下那些傷痛，展現笑容，一旦他人有難，她很樂意伸出援手。第一次看到她時，我覺得她是健康長大的幸福而愚蠢的人，但真正愚蠢的人是我自己。

我拿起中間有果醬的餅乾。

「謝謝。和妳聊天之後，我充分明白了自己有多麼不成熟。」

「這種事根本不值得道謝，啊，我希望妳可以改口。」

我聽了芹澤的話，忍不住納悶地歪著頭。

「我希望妳別再叫我芹澤小姐，還有說話不要這麼拘謹。」她嘟著嘴說，「妳可以叫我惠真，說話可以輕鬆點。我希望妳這麼做，否則妳這麼客套，不是會覺得很見外嗎？」

我吃了一驚，猶豫一下。

「呃、那，我可以叫妳惠真、小姐嗎？」

「還要加『小姐』喔，好吧，也沒關係啦。」

惠真笑道，她的表情很溫柔。

「對了，千鶴，妳有沒有吃前天的地瓜派？聽媽咪說，妳最愛吃了，是不是好吃得令人感動？」

「啊？我最愛吃？」

「對啊，媽咪說，妳從小就愛吃地瓜。」

「那天我不舒服，所以還沒有吃。而且，雖然小時候很愛吃地瓜，但是現在不喜歡了。」

在麵包工廠工作時，曾經有一段時間負責攪拌地瓜泥。加了大量砂糖的地瓜泥只有甜味，一點都不好吃，而且人工的味道很刺鼻。每天被這種讓人不舒服的熱氣包圍，就漸漸變得討厭地瓜。

惠真聽後，皺起眉頭。

「原來是這樣，真是太可惜了。梓咖啡店很講究食材，真的很好吃。真希望妳可以嚐看看。」

我聽著惠真說話，看著眼前的咖啡杯。媽媽還記得我喜歡地瓜這件事嗎？還有山塞香蕉三明治。前天的事，是媽媽用自己的方式在關心我嗎？

「她是不是關心、我？」

「我不是說了嗎！媽咪用自己的方式衡量和妳之間的距離，持續在錯誤中摸索。」

惠真的話讓我很溫暖。我想要相信她。

「……下次、我想試試地瓜派。」

我幽幽地說，惠真一派輕鬆地說：

「那我去買，希望可以合妳的胃口。然後，妳要不要試著和媽咪聊天？我希望妳們可以慢慢拉近彼此的距離。」

我順從地點點頭。

「『療癒森林』送聖子姐姐回來了！」

千萬道在門外大聲叫著，幾乎淹沒門鈴的聲音。媽媽回家了。

彩子姐正準備出門去迎接，惠真阻止她。

「等一下，等一下，讓千鶴去迎接。千鶴，好不好？」

惠真揚起意味深長的笑容，我遲疑起來。

「這種事，心動就要馬上行動。」

的確，與其緊張等待機會，還不如想到就馬上付諸行動。我對彩子姐說：「我去接她。」然後走向玄關。要對媽媽說什麼呢？對了，就對她說：「謝謝妳做的山寨香蕉三明治。」我這麼思考著，打開玄關的門鎖。

「不好意思，讓你們久等了。」

我打開門，立刻覺得不對勁。媽媽茫然地站在千萬道身旁。上次她緊緊抱著千萬道的手臂，今天只是牽著手而已，而且把頭轉到一旁，好像看著遠方。她今天心情不好嗎？

「請問……是不是發生什麼事？」

媽媽似乎沒有發現是我來開門迎接。她是不是身體不舒服？我看向千萬道，他為難地問：「請問九十九女士在嗎？今天有很多狀況要向她報告。」

我立刻叫來在屋內的彩子姐。我這才發現媽媽換了衣服。今天早上，她穿著一件大馬士革花紋的洋裝，現在變成紅色格子圖案。

彩子姐走出來，千萬道小聲地說：「今天她出現了玩糞便行為。」似乎不想被身旁的媽媽聽到。這句話是什麼意思？我還來不及思考，彩子姐就問：「不會吧？」

「這是真的……工作人員發現時，衣服和牆壁都已經弄髒了。她起初很慌亂，很激動，但在洗澡時，意識開始渙散，我相信她應該受到很大的打擊。」

千萬道雖然看起來很年輕，但很清晰簡要地說明情況。彩子姐用手捂住嘴巴。

「我現在才想起，她今天早上就有點不太對勁，但是沒想到……」

「我覺得可能是藥效變差了，也許可以請教一下醫院的醫生。」

我無法加入他們的談話，只能在一旁聽他們說話，只知道媽媽的病情似乎惡化，但是無法理解。我不覺得媽媽特別奇怪，只要看了就知道。我將視線移向媽媽，忍不住「啊」了一聲。

千萬道和彩子姐兩個人湊在一起說話，站在一旁的媽媽呆若木雞地站在旁邊，她的臉好像突然老了很多，簡直就像浦島太郎打開神秘寶盒，一下子變成老人一樣。她什麼時候變成這樣？不，也許只是我沒有仔細看她而已。因為我一直都避著她……

這時，媽媽似乎想要鬆開和千萬道牽著的手，整個人侷促不安。

「聖子姐姐，妳怎麼了？」

千萬道察覺媽媽的異狀，轉頭問她。媽媽的身體用力抖了一下，然後發出「啊啊啊！」的尖叫聲，簡直就像看到死神出現在她面前。

「啊？聖子，妳該不會……」

彩子姐說到這裡，媽媽一屁股坐在地上。

「喔喔，不必擔心，剛才已經為她換上照護用的內褲。」

媽媽就像是挨罵的小孩，不停地說著「不是、不是」，千萬道輕輕拍著媽媽的後背說「沒關係」，然後對著彩子姐說：「就是這種感覺。」彩子姐臉色鐵青，點點頭。「我知道了。」

彩子姐從千萬道手上接過媽媽的手問：「聖子，妳可以站起來嗎？我們去洗澡。啊啊，千鶴，妳可不可以去叫惠真拿換洗衣服過來。」

媽媽在彩子姐的攙扶下起身，她滿臉都濕了，並非只是哭泣這麼簡單，而是很痛苦，好像要把臉上所有的水分都擠出來。她為什麼會露出這種表情？

我茫然地愣在原地，媽媽完全沒有發現我，從我的身旁走過去。我目送著她走進屋的瞬間，一股噁心的臭味飄進鼻腔。

「啊？」

媽媽走去浴室。看到她彎腰駝背的背影時，才終於發現，媽媽失禁了，而且八成是大便。

「不會吧？」

我完全不知道媽媽的狀況已經變得這麼嚴重。

我無法相信，但是臭味揮之不去，似乎在告知我這個事實。

4 雙胞胎的蛾眉月

經常有人說我和媽媽是同卵雙胞胎。一方面是因為我們長得非常像，而且我們的動作、表情，和所做的事都很像，喜歡的食物、明星，還有髮型和衣服的品味，所有的一切都一模一樣。

「簡直像得不可思議。」

媽媽經常這麼對別人說，表情很得意，但聲音中帶著一絲為難，然後告訴別人，我們母女有多少共同點，最後總是會加上一句「母女就是這樣，我覺得這孩子根本就是我的分身」。

我讀幼兒園時，媽媽在說完這番話後，都會緊緊抱著我。我感受著媽媽的香氣和溫暖，感覺很舒服，但又有點緊張。在我眼中，媽媽是一個特別的人。

媽媽屬於那種隨處可見的量產型普通女人，相貌平平，沒有任何突出的專長。既沒有特別出色的優點，也沒有很明顯的缺點，總之，就是一個很平凡的人。她沒有進取心，沒有野心，追求平凡而平靜的人生，但是對引人注目的人的八卦或是流行很感興趣，總是好奇地伸長耳朵，過著讓人有點羨慕的幸福人生。

雖然媽媽很不起眼，很無趣，但是她個性文靜溫柔，和鄉下有錢農家的獨生子結婚，公婆在他們結婚的同時，就送給他們一棟透天厝。她在婚後和丈夫生了一兒一女，非假日外出打工，假日去為在棒球俱樂部當候補的兒子加油，其實真正的目的是和其他喜歡八卦的人聊天。肉店的誰誰誰外遇了，打擊教練的太太在酒店上班。她總是和其他太太小聲地，但又難掩喜色地談論這些事，說什麼「有異性緣的人真辛苦」、「這樣會對小孩子產生不良影響吧」。

雖然有時候會聊到婆媳問題，和長照的問題，只有這種時候，媽媽顯得坐立難安。她的公婆都很明事理，很疼惜獨生子的太太，從來不要求她下田工作，而且他們不願意增加兒子和媳婦的負擔，很早就搬去當時還很少見，針對高齡者推出的長照公寓。媽媽非但沒有婆媳問題，甚至不需要為長照問題操心。

相反地，如果聊到減肥或是小孩子的話題，媽媽頓時變得興味盎然。媽媽身材豐腴，每次只要聽到「醋豆」、「減肥果昔」之類的減肥資訊，就會立刻買回家。媽媽不知道給我和哥哥吃了多少莫名其妙的東西，但是當我在學校抱怨這件事時，同學便會說：「我家昨天也吃這個！」媽媽就連在這些小事方面，也都很平凡。

媽媽在我人生的各個階段，都會深有感慨地說：

「妳是不是在模仿我的人生？每次看著妳，就覺得妳好像在重複我的人生。我們真的太像了。」

於是我就會回答：「當然啊，因為我們是同卵雙胞胎母女，怎麼可能不像呢？」

「啊喲，怎麼連妳自己都這麼說？」

媽媽呵呵一笑。看到媽媽的笑容，我覺得安心。媽媽喜悅的表情，總是能夠讓我安心。我清楚記得媽媽的笑容。

「早上了！聖子，趕快起床。」

遠處傳來叫聲，把我的意識拉回來。早上。這樣啊，原來我在睡覺。

身體懶洋洋的，雖然才剛睡醒，但腦袋深處隱隱作痛，完全沒有休息過的感覺。雖然我已經好幾年不喝酒，卻好像嚴重宿醉。

我好像做了什麼惡夢。不，是充滿懷念的夢，只不過已經忘了夢境的內容。我試圖尋找夢境的餘韻，但是很快就停下來。尋找虛幻的夢境無濟於事，想不起來就算了。我準備面對現實，想要緩緩睜開眼睛，發現眼瞼無法活動，同時感到呼吸困難，好像被吸收大量水分的砂袋壓住。我扭動身體，努力想要動起來，發現一件可怕的事。因為我的身體只能緩慢移動，我嘆著氣，身體的末端——手和腳試著用力。試了好幾次之後，凝固在某個位置的血液開始流動起來，似乎可以聽到血液的聲音。我豎耳細聽著這個聲音，眼皮才終於緩緩睜開，身上當然沒有砂袋。難道我本身就是砂袋嗎？之前曾經看過一本小說，有一個男人早上起床後，就變成妖怪，我可能是慢慢變成砂袋的女人這種故事的主角。

當我硬撐著坐起來時，可能血液還沒有循環到頭部，有些暈眩，視野差點發黑，我腹部用力，總算撐過去。深呼吸後，打量周圍，正在用力拉開窗簾的人轉頭看著我。她的臉背對著陽光，太刺眼了，看不清她的臉。

「阿母？」

我用手放在眼睛上方遮住光線問道，那個人說：「妳在說什麼啊！妳仔細看清楚我的臉。」她的聲音和媽媽不一樣。

「啊啊，早安，妳是彩子。」

由於光線太刺眼，我瞇著眼睛打量著她的臉，發現她和媽媽長得完全不一樣，而且我馬上想起她的名字。沒錯，她是我的室友九十九彩子，平時照顧我的生活。沒錯，我想起來了。我想起很多事，搞清楚自己在現實中的位置。

「今天天氣很好，風吹在身上很舒服。」

彩子打開窗戶，風輕輕溜進來，溫柔地撫摸我的臉。

「哇，真的很舒服。我今天要去誰的家裡？井本先生好像已經去世了？那就是阿久津家嗎？」

「妳在說什麼啊？阿久津先生不是幾年前就住進團體家屋❶了嗎？妳要去日間照

❶ 團體家屋（Group Home）是提供失智症老人一種小規模，生活環境家庭化及照顧服務個別化的服務模式，滿足失智症老人之多元照顧服務需求，並提高其自主能力與生活品質。

護中心，千萬道會來接妳。」

「喔喔。」聽到彩子這麼說，我小聲回應。我的心情頓時沉重起來。對，我並沒有回想起很多事，我完全忘記自己等一下要去專門為失智老人服務的日間照護中心。

我得了健忘的疾病。

「妳記得昨天說要吃法國吐司嗎？我已經做了好吃的法國吐司，趕快來吃早餐吧。」

彩子向我伸出手，我還來不及握住她的手，她已經抓住我的手臂，然後用力想要協助我站起來。

「啊喲，幹嘛？我自己站起來沒問題。」

「妳別逞強了，前幾天不是才從床上摔下來？」

有這回事嗎？我不知道，但是當我打算下床站起來時，身體搖晃一下，然後重重地坐回床上。

「啊喲，真的欸，我真是太危險了。」

我驚訝地說，彩子笑了起來。

「我就說嘛。來，妳抓住我的手，我們來換衣服。」

換好衣服後，跟著彩子走去廁所，然後再去盥洗室洗臉刷牙。用毛巾擦完臉，照了一下鏡子，發現一個年邁的女人看著我。染髮劑沒有染到的白髮很明顯，皮膚鬆弛，眉毛稀疏，眼皮鬆垮。

「啊喲，我這麼老了嗎？」

「女人沒有化妝差不多都這樣。妳看，我也上了年紀。」

彩子探頭看著鏡子。我記得彩子比我年輕將近十歲，皮膚的彈性完全不一樣。我表達自己的想法，彩子摸摸我的臉頰。「差不多啦，而且我年輕時根本沒有保養，妳的皮膚比我漂亮多了，妳看，光滑得很。」

「有嗎？」

我擦上化妝水後按摩臉部。手似乎記得按摩的動作，自己動了起來。我仔細地撫摸臉頰和下巴，然後對著鏡子露出笑容。

「一、二，好，這樣就和平時一樣了，就是我平常的樣子。」

這是魔咒。我不知道鏡子中的自己什麼時候不再是小孩子，變成大人，但更不記得自己『平常的樣子』，只是覺得早上保養一下皮膚，確認一下『自己』，可以繼續保有『自己』。我還記得這件事，代表情況還不至於太差嗎？

「別擔心，和平常一樣。」

彩子向我掛保證，於是我決定相信她。我稍微打起精神，然後走去飯廳。飯廳有很大的落地窗，落地窗外是雖然不大，但綠意盎然的院子。我在那裡放了一張Cassina的貴妃椅，可以坐在椅子上好好欣賞院子。我覺得要使用一輩子，於是存了好幾年的錢，咬牙買下這個高級家具。當我躺在上面時，貴妃椅托住身體，感覺整個身體都被包覆。躺在已經變成焦糖色的貴妃椅上，看著從樹木之間灑下的斑駁陽光，是我唯一的享受。

打開飯廳的門，不經意地看了一眼，發現有人坐在貴妃椅上。那個人看著我。乍看之下，我以為她是媽媽。

「阿母。」

「千鶴，早安。」

聽到我身旁的彩子這麼說，我吃了一驚。對啊，媽媽很久以前就死了，不可能是她。眼前這個人是我的女兒。

「千鶴，早安，昨晚睡得好嗎？」

我揚起嘴角，努力用開朗的聲音說。千鶴仍然看著我，向我打招呼。

「早安。妳晚上走來走去折騰半天，沒想到還這麼有精神，太好了。」

我聽不懂她在說什麼。

★

媽媽出現了「徘徊」症狀。到了晚上，就嚷嚷著「我要回去」，想要出門。晚上回床上睡覺，等到夜深人靜時，她會倏地坐起來，不聽任何人的勸阻，換好衣服，開始收拾東西準備外出，然後嚷嚷著「我要回去」，走向玄關。

今天晚上似乎又發生了。我被樓下傳來的彩子姐和惠真聲音吵醒，我立刻起床下樓。她們兩個人用力抓住媽媽的兩條手臂。

「我必須回去，妳們放開我。」

「妳要回去哪裡？這裡就是妳的家啊。」

「媽咪，妳回去和我一起睡覺，好不好？」

媽媽不顧一切地穿上鞋子準備出門。她身上揹著去日照中心時使用的背包，穿著一件她很喜歡的水仙刺繡洋裝，已經準備要出門了。

媽媽抽出手臂的瞬間，手肘打到惠真的頭。我看到惠真蹲在地上，慌忙跑過去。我緊緊抱住媽媽的腰，同時小心不被她拚命甩動的手打到。

「等一下，妳不要激動！惠真，妳沒事吧？」

也許媽媽是因為神智不清，才會力大無比，稍不留神，可能會有受傷的危險。惠真皺著眉頭坐起來，我鬆了口氣。

「我要回去，趕快放開我！」

媽媽扭動著身體，想要把我和彩子姐甩開。這時，惠真大聲叫著：

「明天！那明天一大早回去。今天已經沒有電車了，明天搭首班車去，好不好？！」

媽媽停下來，納悶地看著惠真。

「首班車？真的嗎？」

「我才不會說謊，彩子姐，對不對？」

「對，對啊，搭首班車回去。我送妳去。」

媽媽一臉不安，不停地問著「真的嗎」，惠真站起來後，接過媽媽的背包。

「背包就放在這裡，這樣明天一早，馬上就可以出門了。衣服也不用換，就穿這件，好不好？」

媽媽緩緩點頭，全身放鬆。我鬆開抱著她腰部的手。彩子姐緊緊握著媽媽的手，「我們回房間吧。」媽媽順從地邁開步伐。

「惠真，妳沒事吧？」我問。

「頭沒有問題，但這裡很慘。」她讓我看看她的手臂，我這才發現她白色的手臂上有好幾道紅色的抓痕。

「哇，被媽媽抓的嗎？」

「對，手下完全不留情，唉。」

惠真重重嘆息，然後小聲地說：

「有點超乎我的想像。我原本以為，這種疾病就像慢慢走下坡道，沒想到完全不是這麼一回事。我覺得根本就是突然墜落到下一個階段。」

「是啊。」我的回答也很小聲。

在千萬道告訴彩子姐，媽媽出現玩糞便的行為那天，彩子姐告訴我，媽媽的病情惡化了。

『玩糞便，也就是玩排泄物。有些失智症病人的病情惡化時，會出現這種情況。我工作的安養院內，就有兩個老人出現這樣的行為。』

我說不出話。在我眼中，媽媽並不是嚴重的失智病人。

『那是因為她在妳面前都會繃緊神經。』彩子姐對我說，『她可能不想讓妳幻滅，所以她真的卯足全力。』

我無法相信，更無法回答說『原來是這樣』。我完全不知道有這種事。

『我們當然提供了協助。現在告訴妳也無妨，當我和惠真發現她不太對勁時，就會巧妙地把她帶回房間。而且，她之前吃的藥，效果不錯。妳來這裡的不久之前，醫生處方的藥很適合她。」

彩子姐又接著告訴我，那種藥物的效果越來越差。

『聖子的心臟不好，因此導致很少有適合她服用的失智症藥物。她的病情惡化得這麼快，應該和遲遲找不到適合她的藥物有關，這次好不容易才找到了適合她的藥物。』

我第一次聽說她心臟不好。

『她有心律不整的宿疾，比別人更容易暈眩，之前不是曾經發生過一次嗎？』

『喔喔。』我在回答的同時，意識到自己對媽媽一無所知。這是理所當然，我向來都不想聽有關媽媽的事，我不曾關心過媽媽之前的生活和媽媽的事，一味只希望她能夠多瞭解我。

『那麼，接下來……她的情況會越來越惡化嗎？』我問彩子姐。

『今天剛好是很好的機會，所以就告訴妳們。』彩子姐相當嚴肅，把陪著媽媽的惠真也叫過來，三個人面對面說話。

『原本以為很久以後才需要談這件事……聖子曾經交代我一些事。』

彩子姐拿出一個信封，打開裝在信封中的信紙。看了我和惠真一眼，然後緩緩地唸給我們聽。

『如果失智症惡化，導致我失去認知能力，尤其是無法控制排泄問題時，請把我送去專門收容失智症病人的團體家屋。雖然我不知道自己還能活多久，但是我有買保險，有夠用的存款，不需要擔心我。我不會給妳們——她說的「妳們」包括我在內——添麻煩，完全不需要妳們的幫助。我會把這棟房子留下來，妳們可以繼續住在這裡。而且——』

『等一下！』

惠真大叫。

『我不能接受。即使媽咪臥床不起，我也想和她在一起，我會照顧她，根本不需要住去團體家屋。』

彩子姐把信紙交給惠真。惠真看了好幾次之後，不發一語地交給我。我看了信上的內容。

『請妳們不要試圖照顧我。』

媽媽的字寫得比我想像中更加用力。

『尤其是兩個孩子，我並不希望妳們照顧我，這反而會造成我的困擾，我甚至不需要妳們來看我。妳們在我床邊哭哭啼啼，或是把我視為日薄西山的人，無法用平等的態度對待我，都是有損於我人格的行為，請妳們絕對不要這麼做。這麼做並不是為妳們著想，我的人生直到最後，都屬於我自己，我要根據我的意志，自己安排人生的最後一段路要怎麼走，不想被妳們的感傷影響。』

『她真的很會說這種讓人火大的話。』

我低頭看著信紙，惠真噗嗤一笑。

『而且還在重點的部分畫線，完全不讓人有模糊的空間，太過分了。』

『她的個性就是這樣。』彩子姐感傷地說，『我勸了她好幾次，說我們難得有緣生活在一起，希望她可以讓我照顧她到最後。我原本就從事這種工作，她完全可以依靠我。』

我聽著她們說話的聲音，指著信中的一句話。

『兩個孩子……』

『對，妳發現了嗎？妳來這裡之後，她又重新寫了一次。』

原來是這樣。她那句『不需要』也是對我說的。

『這次的事，已經符合聖子當初提出的，送她去團體家屋的條件，但是那種地方，並不是今天或是明天想去入住，就能夠馬上入住的，必須先去諮詢……』

『別說了，可能只是今天狀況不太好而已，絕對不可以。』

惠真一臉嚴肅，彩子姐見狀，點頭同意。『我知道。我也這麼想，但妳知道她不喜歡麻煩別人，我們目前先暫時繼續觀察，妳們覺得如何？』

彩子姐還沒說完，惠真就忍不住搶著回答說：

『沒問題。根本不需要把媽咪送去團體家屋，我們完全可以搞定啊！』

『是啊，但是……妳必須瞭解，聖子對這個問題有明確的想法，遲早要遵照她的意見處理，我們因為自己自私的感情而不尊重她的意志，恐怕不太好。』

彩子姐從我手上接過信紙，放回信封。惠真雙手捂著臉，深深嘆氣。

『如果沒有媽咪，我該怎麼辦？』

她捂著臉喃喃說道：『只要有她陪在旁邊，我就滿足了。只要有她在，就是對我很大的支持，她為什麼不讓我也有機會支持她。』

我也思考著該怎麼辦。我才開始想要接近媽媽，想要多瞭解媽媽，她就突然遠離。照這樣下去，也許我永遠都無法瞭解媽媽。

但是，這樣沒問題嗎？我打算在媽媽再次從我面前消失之前，都一直為這個問題煩惱嗎？

『……有沒有我、可以做的事？』我問彩子姐，『如果有我可以幫得上忙的地方，我想要幫忙。我必須瞭解她。』

雖然我搞不懂自己為什麼能夠說出這些話，反正很自然地脫口而出。如果現在不採取行動，我和媽媽之間的距離會越來越遠，根本不可能靠近。也許是因為我對此產生了恐懼。

惠真立刻把雙手從臉上移開，相當驚訝，隨即對我說：『當然有！對啊，妳來這裡的目的，就是想要多瞭解媽咪，這樣下去不行啦。』

『千鶴，聽到妳這麼說真是讓人太高興了。我也認為這是好事。』

『既然這樣，以後我也會幫忙。』

我不知道會有什麼樣的結果，但是我已經踏出新的一步。我因而感到一絲喜悅。

那天至今才過了十天。雖然才短短的十天，但媽媽變化很大。

她似乎不記得玩糞便的事，意識始終處於模糊的狀態，白天的時候，都一臉呆滯地看著半空。雖然勉強能夠自行上廁所，但是使用後，都不會沖乾淨，而且她不會主動吃飯，需要他人的協助。一到晚上，她整個人就活過來，吵著要「回去」。聽彩子姐說，媽媽併發了日夜顛倒的症狀。

媽媽的主治醫生診斷後認為，媽媽是因為各種壓力，導致病情急速惡化。第一個問題就是便秘。媽媽這一個月有嚴重的便秘，照了X光之後，發現她的胃附近塞滿糞便。

『一旦無法順利排便，會對精神造成很大的壓力。排泄物留在體內，會產生各種不良的影響。我猜想她試圖自行摳出糞便，讓身體舒服一些，但是當她回過神時，被自己的行為嚇到了，因此成為她的第二重壓力。她還很年輕，想必承受很大的打擊。』

醫生向陪媽媽去就診的惠真和彩子姐說明後，處方瀉藥，雖然服藥之後，消除了直接的原因，但是媽媽的心理狀態仍然沒有恢復。

「我明天還要上班，要早點睡覺。」

惠真張大嘴巴打呵欠，我才想起一件事。

「要不要我代替妳？」

「不，沒關係。對不起，把妳吵醒了。千鶴，晚安。」

惠真伸伸懶腰，走回媽媽和彩子姐所在的房間。我目送她離去後，走上樓梯，準備回自己的房間。

自從媽媽出現徘徊的症狀後，我們決定一定要有兩個人同時陪著媽媽。一個人根本無法攔住媽媽，需要兩個人才能夠搞定。明天輪到我和惠真照顧。

「我也要早一點睡。」

明天同樣可能半夜就被吵醒，無法好好睡覺。

很遺憾地，竟然被我料中了。今天晚上，媽媽的「我要回去」發生在凌晨一點。我和惠真在媽媽的床邊鋪被子睡覺，結果被媽媽踩醒。

「我要回去。」

我被她踩到後，不停地咳嗽，媽媽對此完全沒有反應，自顧自地嚷嚷著，準備走出房間。惠真立刻起床制止媽媽說：「不行，現在是半夜，外面很黑。」

「但是我想回去啊。」

媽媽大步想要走出房間。她的腳步很穩健，和白天魂不守舍的樣子判若兩人。

「現在是睡覺時間。啊，對了，媽咪，妳用手機看電影吧，看妳喜歡的影片。」

惠真再怎麼努力安撫，媽媽仍完全不聽勸阻。她們在玄關爭執時，媽媽突然大叫一聲：「我就是想去外面！」

「外面？只要去外面就好嗎？那妳可以去院子看看，就會知道外面真的很黑。」

惠真說著，牽著媽媽的手說：

「妳來這裡，從這裡去外面，好不好？」

「那裡可以去外面嗎？」

惠真轉移了媽媽的注意力。我們相互使個眼色，把媽媽帶去飯廳。我打開落地窗，把兩雙戶外穿的拖鞋排放在落地窗前。涼爽的夜風吹進室內。

「媽咪，妳看，這裡就是外面。」

媽媽好像被吸引般走向落地窗，然後穿上拖鞋。惠真也急忙穿上。

「怎麼樣？是不是很黑？根本沒辦法去任何地方。」

「我必須回去。」

媽媽喃喃說著，在小院子內走來走去。

既然媽媽在院子裡走動，就不必擔心她會走出去，但是院子內有樹枝和樹根，很可能會受傷。惠真跟在媽媽身後走來走去，我拉開窗簾，讓燈光可以照進院子。

「惠真，妳可以嗎？要不要由我來？」

「沒事，沒事。妳就在那裡看著就好，啊，碗櫃上面有手電筒，妳可以用手電筒幫我們把地上照亮嗎？」

「好。」

我聽從惠真的指示，用手電筒照著她們的腳下。媽媽不時重心不穩，但是持續在院子裡走來走去。

「媽咪，妳要去哪裡？」

惠真對著媽媽的後背問，媽媽沒有回答，但是嘴裡喃喃自語著。

「咦？媽媽是不是在說什麼？」

惠真聽到我這麼問，拉近和媽媽之間的距離，把耳朵貼近媽媽的嘴邊，但立刻被媽媽用力推開。惠真納悶地嘀咕：「阿什麼？」然後又用耳朵貼近媽媽嘴邊。

「啊，我知道了。她在說阿母，她是說阿母。」

「阿母……喔，就是媽咪的媽媽。」

「外婆在我讀幼兒園大班時去世，媽媽和外婆的感情非常好。」

我對外婆的記憶很模糊。只記得在我開始懂事時，外婆罹患癌症，經常住院。奶奶雖然對媳婦經常出門照顧自己母親沒有意見，但是覺得小孩子不要接觸病人，所以我幾乎沒有去探視外婆的記憶。平時每天去幼兒園，幼兒園放假時，就由奶奶和爸爸照顧我。

「外婆雖然身體不好，但是在七五三節時，還特地做了和服給我。見面的時候，還送我蕾絲洋裝。她是很疼愛女兒和外孫女的好人。」

當我穿上和服、洋裝時，外婆笑得很開心。『聖子，妳不覺得穿在她身上很好看嗎？簡直就像妳小時候一樣。』當時，媽媽也一起笑了。外婆和媽媽的笑容一模一樣，當時還是小孩子的我，不由得驚嘆。

「外婆和媽媽很像。祖母每次看到她們……我忘了她當時是怎麼說的。」

祖母經常把一句話掛在嘴上，但是我一時想不起來。

「她們之間的關係，有點像是現在說的『像朋友一樣的母女』，媽媽可能想起結婚之前的事。」

惠真不小心被樹根絆到，我叫了聲：「小心點。」把手電筒照過去。我想起曾經有人說，外婆去世，可能是媽媽離家出走的原因。對了，舅舅還曾經擔心『希望她不要想不開，跟著媽媽一起離開』，得知媽媽還活得好好的之後，就沒有再和舅舅聯絡了。

「既然現在仍然會叫媽媽，想必媽媽一定很愛外婆。」

我忍不住這麼說，惠真說：「也許媽咪想回到小時候。」

白天的時候，我看了彩子姐的好幾本關於失智症的書，其中有一本書提到，失智病人所說的『想要回去』，有時候並不是指具體的地點，有可能不是想回到某個地點，而是某個瞬間，某個時代的某個場所。果真如此的話，媽媽想要回到和外婆一起生活的時候嗎？

一定不是和我共度的那個夏天。

媽媽說著「想要回去」的背影，看起來格外遙遠。

媽媽在院子裡徘徊兩個小時後，才不甘不願地上床休息。她可能累壞了，很快就打著鼾。惠真看著媽媽，嘆著氣。

「媽咪，既然一上床就秒睡，幹嘛不好好睡覺。」

「她是不是對疲倦的感覺變遲鈍了？」

能睡的時候就趕快睡。我和惠真都馬上躺下，原本以為立刻就會睡著，但突然聽到門鈴聲，有人上門。

「啊？怎麼會這樣？」

現在是三更半夜，怎麼可能有客人在這種時間上門？我跳起來，睡在我旁邊的惠真也坐起身。我們互看著。

該不會是彌一？

我條件反射地這麼想像，全身發抖。不可能有這種事。

門鈴再次響起。我聽到彩子姐打開房門的聲音，惠真也走出去。

「聖子好不容易睡著，到底是誰啊。」

「應該不會是門鈴、壞掉了吧？」

聽到她們說話的聲音，我才終於起身。我看了一眼打鼾的媽媽，來到走廊上。

玄關前的燈暗著，毛玻璃外看起來黑漆漆的。

「有人、在外面嗎？」

彩子姐大聲問道。我躲在惠真身後，拉著她的袖子。

「媽咪……」

門外傳來一個柔弱的孩子聲音。惠真輕輕叫道：「鬼啊！」我把臉貼在她單薄的後背上。

彩子姐立刻走去打開玄關的門。

「美保！？」

我聽到這個名字，驚訝地抬起頭。站在門外的，真的就是美保。

「妳怎麼這麼晚還在外面？這樣不是會影響妳的身體嗎？」

美保穿著像睡衣般灰色的運動衣褲，手上拎著一個很大的包包。惠真小聲地問：「那是誰？」

「美保，發生什麼事了？」

「妳先幫我付一下計程車費。」

美保指著身後。有一輛車子停在大門前。彩子姐說聲：「等我一下，妳們帶她去飯廳。」雖然我仍然在發抖，但還是對美保說聲：「請進。」然後告訴惠真：「她是彩子姐的女兒。」

「啊？啊？真的嗎？但是，咦？」

惠真驚訝地看向美保，看到她的肚子後，再次大吃一驚。惠真雖然驚訝，但知道目前是緊急狀況，於是跑進飯廳說：「我來準備熱茶！」

我從美保手上接過包包，請她坐在飯廳的椅子上。美保的氣色很差，而且看起來有點憔悴。她似乎比上次瘦了些，而且不像上次那麼有活力。她低頭看著桌子的眼神很空洞。

「會不會、覺得冷？這個給妳用。」

我把放在貴妃椅上的毛毯遞給美保，她默默接過去，然後蓋在肚子上，似乎在保護自己的腹部。

彩子姐付了計程車費後走進來，問美保：「妳可以說說看到底是怎麼回事嗎？」她臉色鐵青。

「司機先生似乎很害怕，妳的男朋友該不會對妳家暴吧？」

惠真端茶過來，皺起眉頭。美保緩緩搖搖頭。

「響生不見了。」

美保說，她的男朋友加納響生在兩個星期前對她說，他正在安排新家，請美保暫時住去商務飯店。他會準備一間可以讓包括即將出生的孩子在內，一家三口生活的寬敞房子，於是美保就順從地獨自住在商務飯店。加納說，等搬去新家後，就馬上去登記，但是到約定的那一天，就無法再聯絡到他了。

「他的手機打不通，沒有來接我。我去之前我們一起住的公寓，發現他已經退租。我聯絡了響生的朋友，他們說，他們也在找人。響生好像到處向他的朋友借錢。」

加納帶走了美保四處向朋友討的禮金。

「妳有沒有聯絡他的公司？」

「我不知道他在哪裡上班，他只告訴我，他在外商公司上班，但他的朋友說他在柏青哥店打工。我去了那家店，但是店裡的人說，根本沒有姓加納的人在那裡上班。」

「……那有沒有去他老家找他的父母呢？」

「我又沒有見過他們。他之前說，等貝比出生之後，三個人一起回家。」

彩子姐的臉已經像紙一樣白。惠真輕輕嘆息。

美保顯然被騙，而且對方還逃走了。

「我的一個朋友說，響生可能出了什麼事，也許很快就會回來找我，我可以暫時住在他家，於是我就搬去他那裡……」

美保說，那個朋友是男生，在喝醉酒之後，想對她毛手毛腳。

「啊啊！」彩子姐聽了，不禁悲嘆。

「他看到我的肚子後，說很掃興，沒有繼續下去，但是我還是覺得很可怕，不敢和他同處一室，於是就逃出來。」

美保身上沒有錢，又無處可去，最後只想到這裡。

「雖然大家都說我被拋棄，但是我一直相信響生，等著他回來。今天，我終於明白，響生真的拋棄我了。雖然他是世界上唯一愛我的人。」

美保雙手捧著茶杯，嘆著氣。

「妳接下來有什麼打算？」

飯廳內充滿沉重的氣氛，眼前的狀況令人絕望。彩子姐的前夫和公婆到底是怎麼回事？即便不想再管美保，至少都該好好調查一下對方的背景。只不過我是外人，這件事由不得我插嘴。惠真可能也覺得自己沒有立場發表意見，滿面愁容地喝著茶。

「事到如今……只能生下來了。」

彩子姐打破沉默。

「妳現在肚子已經這麼大，根本沒有其他的選擇。妳就在這裡生下這個孩子，媽媽會照顧妳。」

「是喔。」美保嘀咕，嘴角露出淡淡的笑容。「太意外了，我還以為妳會拿錢給我，然後把我打發走。」

「我怎麼可能做這種事。妳不是沒辦法回持田家了嗎？那就在這裡和我一起生活，沒問題吧？」

美保可能對彩子姐的態度很不滿，把頭轉到一旁。

「他們這麼愛面子，只要我在門口大吵大鬧，他們就會讓我進家門。比起這棟破房子，那棟房子還比較好。這裡太舊了，會不會有危險啊？」

美保打量著飯廳，她的視線停在惠真身上，突然驚叫起來：

「咦？真的假的？我沒認錯吧？妳長得和BROOM的惠真一模一樣。」

「啊？妳知道我？」

惠真的臉頰抽搐起來。美保沒有回答，拿出手機叫著：「啊？真的嗎？是本尊嗎？」然後開始操作手機說：「我可以和妳合影嗎？真是太巧了，我有追蹤BROOM的IG，我的帳號是MIHOMIHO，我有時候會留言。」

「喂喂喂，妳別亂拍。」

惠真看到美保拿著手機對著她，慌忙伸手制止。

「我不希望自己的照片出現在髮廊帳號以外的地方。」

「啊？有什麼關係嘛！妳不是媽咪的朋友嗎？通融一下嘛。」

「我已經說不要了！我絕對不要在這種沒有化妝、毫無防備的狀態下拍照。妳連這種程度的常識都不懂嗎？」
「哇，好凶啊，原來妳真的這麼凶，太可怕了。原來妳是理平頭，太好笑了。」
「喂，美保！現在不是討論這種問題的時候。」
「我可以住在這裡啊，」美保轉頭看著彩子姐說，「我不想和那個不起眼的大嬸住在一起，但既然惠真住在這裡，情況就不一樣了，到時候還可以向朋友炫耀。我要住在這裡。」
「啊？」惠真臉色很難看，彩子姐向她鞠躬，道：「對不起，她沒地方可以去，前夫家已經和她斷絕關係，說美保不是他們家的孫女，所以她沒辦法回去那裡。」
「媽咪，妳不要這麼多嘴。原來妳和他們聯絡了。」
美保吐著舌頭，然後對惠真嘻皮笑臉地說：「惠真，那就請多指教了。」
惠真面無表情地起身。
「彩子姐，雖然我不會反對，但我可能沒辦法幫忙，不好意思。我回去媽咪的房間。」
惠真沒有看美保一眼，就走了出去。
「我惹她生氣了。媽咪，妳怎麼會認識惠真？我完全不清楚她的私生活，沒想到她竟然和妳住在一起，這是什麼樣的命運安排。這個家裡還有誰？可別有男人啊，我已經受夠了男人。」

美保完全不在意惹惠真生氣的事，彩子問她：「妳先說明一下目前的狀況，預產期是什麼時候？」美保繼續滑著手機，微微歪著頭。

「我記得好像是二月底？二十六日？不，可能是二十二日，我不記得了。」

「什麼？等一下，妳該不會沒有去婦產科做產檢吧？」

「對啊。奶奶他們帶我去的那一次以外，就沒去了。因為沒錢啊，我想等到快出生時再去就好。」

美保說得事不關己。她似乎完全不明白自己身處狀況的嚴重性。這不是樂觀，而是由於無知，導致缺乏危機感。

而且美保也沒有去領孕婦健康手冊。

「我現在應該還不需要健康手冊吧？我很健康，沒有生病啊，而且產檢就是健康檢查吧？不去也沒關係。」

「妳瞭解事態的嚴重性嗎？妳肚子裡有一個生命，那是妳必須負起責任養育長大的寶貴生命，妳竟然連醫院都不去。」

「我當然知道啊，所以奶奶他們想要殺了貝比時，我就逃走了。我保住貝比重要的生命。」

「我說的不是這件事！」

「那妳在說哪件事？是孩子生下之後的事嗎？但是妳當初也沒有負起責任養育我長大啊。」

美保突然提高音量。

「妳只是生下我，之後就丟著我不管了，現在竟然說這種人模人樣的話。」

「我哪有丟著妳不管，我……」

「我知道，而且記得很清楚。妳把我丟給爺爺、奶奶，自己整天都忙工作。」

美保的話中明顯帶著刺，彩子姐呻吟著。

「那是、不得已……」

「如果可以用不得已來當藉口，那我也要這麼說。我是沒有能力的未成年，很不得已。正因為我瞭解生命的寶貴，無論如何，都會把貝比生下來。即使被男人拋棄，我也會生下來。」

美保把茶杯用力放在桌上。

「如果妳要跟我說，身為母親的責任，那接下來妳就好好照顧我。妳之前都完全沒照顧我，這是理所當然的事。」

彩子姐皺起眉頭。

我到底該說什麼，又該如何表達。雖然我很想告訴美保，她想錯了，但不知道該如何精準表達，只覺得來了一個離譜的孩子。

但是，媽媽根本不吃她這一套。

「妳根本沒辦法為自己的行為負責，還自以為很行，跟人家上什麼床。」

隔天吃早餐時，彩子姐把美保介紹給媽媽。媽媽起初有點心不在焉，似乎沒有看見美保，但是當她聽完彩子姐說明的情況後，雙眼突然炯炯有神，然後她就對著美保說了上面這句話。

「咦？聖子，妳今天頭腦太清楚了。」

彩子姐驚訝地說，但媽媽繼續看著美保說：

「會拐未成年少女上床的人渣，和會被這種人渣吸引的笨女人，做愛生下來的孩子只會不幸，妳還想打造成自己勇敢生下孩子的佳話。如果妳想讓這件事成為佳話，就要為自己做的事擦屁股，笨女人。」

媽媽用力皺起眉頭。雖然媽媽看似恢復健康，但似乎有點太多話。仔細觀察後，發現媽媽的眼神不太對勁。

美保抓著站在旁邊的彩子姐肩膀，大聲叫著：「這個人是怎麼回事啊！好過分！我為什麼要聽第一次見面的人說這種話？媽咪，妳趕快說說她啊。」

「妳不是打算住在這個第一次見面的人的家裡嗎？而且，妳還真好意思叫『媽咪』，妳當初把她趕出來，現在竟然有臉向她撒嬌。」

「啊？」美保皺起眉頭，「她不是母親嗎？不行嗎？」

「當然不行，當初是妳拋棄了她！」

「我拋棄她？喔喔，原來變成這樣的故事，很好很好，太好笑了。」美保發出誇張的笑聲，皺著一張臉。「明明是母親，卻把自己說成是被害人。我的確一度覺得不需要媽咪，有什麼問題嗎？既然是母親，無論遇到任何事，都不能離開孩子，搞什麼啊！」

彩子姐咬著嘴唇，媽媽用力皺著眉頭。

「妳爸爸不是徹底拋棄了妳嗎？想必妳對妳爸爸也說了同樣的話吧？」

美保聽到媽媽的話，噗嗤一笑。

「說了也沒有意義，而且經過這次的事，我充分瞭解到，男人根本都很沒用。爸爸和爺爺從以前就很廢，什麼都聽奶奶的。話說回來，爸爸給了我不少錢，我還能夠原諒他。但是，媽咪就不一樣了，不是懷胎十月，才終於生下我這個孩子嗎？」

美保摸著自己的肚子。

「爸爸和媽媽不一樣，媽媽絕對不能離開孩子，無論發生任何狀況，都必須和小孩子一起生活。所以，媽咪之前逃避責任，現在就該照顧我，不是嗎？而且我因為媽咪的關係，吃了很多苦，現在不是該補償我嗎？」

我看著她很有自信的臉，覺得她太幼稚。她對自己的母親產生如此扭曲的感情。她視野太狹窄，才會產生這樣的成見，扭曲母親和自己的過去和距離感，她必須瞭解到，並不是只有母親的關係，才會讓她走偏。

想到這裡，我忍不住一驚。我自己的想法，是不是和她差不了多少？

「妳錯了。」

媽媽大聲叫著，突然被口水嗆到。她彎下身體，重重咳起來，我慌忙遞水給她。媽媽的情緒可能過於激動。

「美保，妳在這裡，聖子的情緒無法平靜，妳先去我的房間。」

彩子姐說。美保說著：「好啊，我的心情也很差」，立刻走出飯廳。媽媽似乎還想說什麼，對著美保的背影張著嘴，但彩子姐打斷她。

「聖子，對不起，一大早就和妳說這種不愉快的事。我已經很清楚妳的想法了，美保的態度是不好，但是，她現在需要別人幫忙，否則就無法活下去。這是我的錯，我當年不應該在她年紀那麼小的時候就離開她，所以拜託妳，讓她可以住在這裡。」

媽媽漲紅臉，肩膀起伏，用力喘著氣，抓住彩子姐的衣襟，然後氣勢洶洶地說：

「妳絕對不要在她面前說是妳的錯。她想要把她自己選擇的人生中的障礙，怪罪到妳的頭上。她的問題是她自己的，和妳沒有關係，妳千萬不要自以為是母親，就去承受這一切。必須由她自己承擔責任，這是為她著想。」

「等一下，妳怎麼可以說這種話？」

彩子姐甩開媽媽的手。

「她來求助，難道妳要我對她不理不睬嗎？我怎麼可能做這種事！？」

「我並沒有叫妳不理不睬，而是說，這本來就和妳沒有關係，在和她相處時，要搞清楚自己的立場。」

「沒有關係……而且怎麼可以說，對女兒搞清楚自己的立場這種話？！簡直難以相信。」

彩子姐搖著頭，繼續說道：

「對妳來說，的確就是這樣。妳絕對不會親近千鶴，不是一臉事不關己，就是冷冷地把她推開，但這是當然。因為妳是拋棄的一方，而我是被拋棄的一方。」

我第一次看到彩子姐情緒這麼激動。彩子姐漸漸紅了眼眶，媽媽的情緒反而平靜下來。

「妳真是好命，明明是妳拋棄了女兒，女兒還來投靠妳，妳當然能夠表現得很強勢。但是，我很希望和女兒親近，但是她不要我！我一直很想女兒，一直很希望可以重新和她建立母女關係，我現在很高興。我和妳在根本上就不一樣，我願意為女兒做任何事，會做出拋棄女兒這種殘酷行為的人，不可能明白我的心情！」

彩子姐激動地說完後，突然回過神。我曾經體會過這種知道自己說過頭的後悔。

媽媽靜靜地看著彩子姐的臉，嘆著氣說：

「看來每個人當母親的方式都不一樣，對不起，我剛才說了那番自以為是的意見。妳不用管我，趕快去陪女兒吧。啊，她住在這裡沒問題，請隨意。」

彩子姐似乎思考著該如何回話，但最後默默走出飯廳。

聽彩子姐說，她今天休假，要跑很多地方，辦理接下來和美保同住的各種手續。她說有很多事要處理，應該很想早點出門。今天由我負責把媽媽交給日照中心的人。

但是，不知道接下來會怎麼樣？她們兩個人第一次發生這麼激烈的衝突，尤其無法想像，彩子姐竟然情緒這麼激動地責備媽媽。

「……呃，要不要我去把早餐熱一下？」

我調整心情，詢問媽媽。媽媽現在幾乎不吃早餐，彩子姐做了一些容易入口的早餐，希望媽媽能夠盡量吃一些。今天早上準備的是雞蛋鹹粥，但已經冷掉了。

「不用了，日照中心的人快來了吧？」

媽媽眼神中的光消失，說話的語氣變得平靜。她的雙眼就像是激動漸漸平息，又像是寧靜的湖水。剛才可能只是短暫的清醒。

「那要不要先吃藥？」

媽媽同時吃好幾種藥。我從藥盒中拿出她早上要吃的藥，交到她的手上。媽媽一顆一顆吞下。

電車經過，整棟房子劇烈搖晃起來。媽媽看著發出嘎答嘎答聲響的窗戶玻璃，在電車遠離之前，她都一直維持相同的姿勢。

「……彩子剛才可能說得對，我當年殘忍地拋棄妳，我完全是為了自己這麼做。」

她突然幽幽地對著桌子吐出這句話，我花了一點時間，才終於理解這句話，然後全身起了雞皮疙瘩。為什麼？為什麼現在承認這件事？

媽媽目不轉睛地看著自己的雙手。

「我覺得自己無法和那一家認真善良的人一起生活，帶著和他們相同的表情過一輩子。在那個家裡的我，根本不是真正的我。要我當一個溫柔婉約，低調、沒有個性的家庭主婦真的是莫大的痛苦。我想要活出自我。不，我覺得必須為了我自己，活出自我。」

沒有比這更能夠讓人接受的理由了。

和爸爸很般配的媽媽，和我這次重新見到的媽媽判若兩人。原來媽媽當初是基於這樣的理由離家出走。原來她討厭那個家，討厭家人。但是，為什麼？

「妳為什麼沒有一開始就做自己？既然那不是妳真實的樣子，妳就不必那麼做啊，為什麼特地……」

我搞不懂。她一開始就可以活出自我，和適合自己的男人結婚，為什麼要做這種毫無意義的事？

長時間的沉默後，媽媽用好像小孩子的語氣說：

「因為，阿母會生氣。」

★

媽媽經常把「我懂」掛在嘴上。看電視劇時，會附和說「我懂」；和鄰居阿姨相互抱怨時，也會點著頭說「我懂」。媽媽有時候生氣地說「我懂」，有時候哭著說這句話，她很受眾人的歡迎。她有很多朋友，經常有人來找她。她們都是來找很有同理心的媽媽訴苦，大部分人都會帶著滿意的表情離開。

大家都說，「妳媽媽人真好」，甚至有同學說羨慕我有這麼通情達理的媽媽。但是，我很怕媽媽，因為媽媽只會對我一個人說「這不對吧？」這句話。

第一次是在我三歲那一年，參加幼兒園入園典禮的時候。我想要穿黑色天鵝絨的鞋子，媽媽對我說：『這不對吧？不是這一雙吧？』

我有兩雙鞋子，另一雙是印了我當時很喜歡的動畫人物的粉紅色鞋子。

『那雙很難看。』

我當時語彙量不足，所以這麼說，但其實我想表達的是穿起來很難受。長時間穿那雙鞋子時，小拇趾都會被擠得很痛。

媽媽聽到我這麼說，突然一把掐住我的大腿，指甲用力，毫不手軟。

『這不對吧？』

媽媽一臉凶相，把動畫人物的鞋子放在我面前，充滿由不得我拒絕的氣勢。她的指甲掐進我的大腿。我叫著『好痛、好痛』，快哭出來了，但是媽媽完全沒有聽到我的聲音。平時總是露出溫柔笑容的眼睛，變成人偶的眼睛——就像是玻璃珠子般空洞。

『這不對吧？』

我想要擺脫疼痛，慌忙脫下天鵝絨的鞋子，換上粉紅色鞋子。媽媽的眼睛恢復感情，彎成柔和的弧度。

『嗯，這樣才對。』

入園典禮時，有好幾個女生穿著和我相同的鞋子。媽媽和其他媽媽聊天，其中有一個媽媽說：『這種時候，小孩子都不願意穿媽媽為他們挑選的衣物。妳看看我女兒穿的鞋子，虧我咬牙花大錢為她買了一雙正式的鞋子，她堅持不肯穿。至少這種日子，不要穿什麼動畫人物的鞋子。』

『我懂，我女兒也一樣。』

聽到媽媽嘆著氣回答的話，我懷疑自己聽錯了。但是我說不出話，一直摸著自己的大腿。那天晚上，小拇趾被鞋子擠得發紅，到了隔天仍然很痛。

那次之後，不時從媽媽口中聽到「這不對吧？」這句話。媽媽說這句話時總是一臉嚴肅，然後掐住我身體的某個部分，簡直就像機器人。那是會不停重複「這不對吧？」這句話，一直掐我的機器人。我小時候對這樣的媽媽心生恐懼。比起身體的疼痛，媽媽翻臉像翻書的態度更令我害怕，所以我決定聽媽媽的話。媽媽的「這不對吧？」涉及各個方面，從芝麻小事，到幫我做各種決定。比方說，不選烤魷魚，而是要選棉花糖。不要穿牛仔褲，而是穿百褶裙。不要和恭子在一起，惠子比較好。在我挑選媽媽想要我選的東西之前，媽媽會一次又一次對我說「這不對吧？」她的眼睛會一次又一次變成玻璃珠子。媽媽每次都在只有我們兩個人的時候做這種事，因此從來沒有人阻止她。

我在恐懼中做出的選擇，在不久之後，就變成了媽媽口中的「我懂」。我懂，我女兒也一樣。我懂，真的就像妳說的這樣。每次看到媽媽感情豐富地附和其他媽媽，就覺得她只是為了這個目的，讓我承受那些遭遇。

我曾經試著在媽媽面前表現得順從，然後去向爸爸和祖父母告狀。這種時候，媽媽就會一把眼淚，一把鼻涕地責備我的反悔行為。妳為什麼不能理解阿母的苦心？阿母總是為妳著想，希望妳得到幸福，阿母只想著這件事，但大家都說阿母不對。

媽媽雖然一直把我視為她能夠和其他同學的媽媽產生共鳴的工具，但是從來不會對爸爸和比我大三歲的哥哥做同樣的事。尤其是哥哥，我覺得他的生活很自由自在。媽媽雖然會為哥哥的選擇擔心，但是從來不曾否定哥哥的決定。

我記得那是小學一年級的時候。我曾經問媽媽，為什麼哥哥什麼事都可以自己決定？媽媽一臉理所當然地對我說：

『他是男生啊。男生不一樣，但是妳是女生，是阿母的女兒。如果和阿母不一樣，不是很奇怪嗎？』

媽媽說這番話時的眼神堅定，沒有絲毫的疑問，我不寒而慄。

『我又不是阿母，我和哥哥一樣，我們是不同的人。』

我忍不住脫口這麼說，媽媽的眼睛立刻變成玻璃珠子。她用指甲掐著我的大腿，努牙突嘴地說：

『這不對吧？』

即使我又哭又叫，一個勁地求饒，媽媽都沒有鬆手。她變成了貫徹任務，使命必達的機器人。在沒有止境的酷刑後，我大叫著：『我和阿母一樣。我和阿母一樣，一模一樣。』我使勁地重複這句話，媽媽用力抱住我。

『妳終於「懂」了，妳必須知道，阿母的「理解」就是妳的「理解」，阿母太高興了。』

我在媽媽的臂腕中感到絕望。我知道，我必須一輩子都跟著媽媽的「理解」走，同時也心灰意冷，不再抵抗自己將漸漸被染上媽媽的色彩。那一天，我的大腿上留下兩道蛾眉月形狀的傷痕，但是在這兩個傷痕消失之前，在傷痕消失之後，我都無法把這件事告訴別人。

當我回過神時，發現別人稱我們母女是「同卵雙胞胎」，我變成和媽媽像同一個模子刻出來的。選擇迎合某些人，特別是阿母所期待的大多數的『理解』，其實是輕鬆的，很少會被否定，也很快能夠得到他人的理解。只要表現或是行為不突出，就不會受到批評和攻擊。這樣有點幸福，有點成就感，不會受傷，所以，我在不知不覺中，覺得這種在溫水中渾渾噩噩過日子還不錯。

而且，在我對媽媽的「理解」言聽計從之後，媽媽的眼睛不曾再變成玻璃珠子。媽媽非但不再掐我，反而經常撫摸我、把我緊緊抱在懷裡。但是，我無法忘記那雙感情會突然消失的眼睛，以及曾經刻在我大腿上的雙胞胎蛾眉月。無論做任何事，都覺得機器人會現身。我恐怕一輩子都無法擺脫這種感覺。這是唯一混入溫水中的毒汁。

我就讀媽媽理想中的高中，然後找到工作。和感覺媽媽會喜歡的、條件和爸爸相仿的對象相親，由於媽媽很滿意，所以就和對方結婚。當我生下女兒時，媽媽喜極而泣地說：『妳果然是我的分身。』我記得那時候，我和媽媽一起感到高興。

媽媽病倒之後，我們一起流淚，一起嘆息人生的無常。我對媽媽的哀傷和痛苦感同身受，希望她可以多活一天。但是，媽媽在生病數年後，離開人世。

在媽媽的葬禮時，我覺得失去人生的方向。始終注視我背影的媽媽已經離開了，即使媽媽已經離開，我能夠繼續過這種媽媽滿意的生活嗎？

當我在內心對抗這種無法向任何人啟齒的恐懼時，一名前來弔唁的賓客對我說：

『妳和妳媽媽是感情很好的同卵雙胞胎母女，但是，妳現在必須向媽媽告別，妳要獨立自主，繼續走自己的人生路。』

那應該是出於善意的激勵。那個人握住我的手，流著眼淚對我說：『妳要堅強，妳自己也是母親了。』

狂風暴雨向我襲來，一下子吹走籠罩我整個腦袋的迷霧，視野頓時變得清晰，就像是清晨剛醒來，不，就像是剛誕生在這個世界。

告別？我終於擺脫媽媽的那雙眼睛嗎？我不需要再害怕機器人了嗎？

有人用力拉我的衣服，我低頭一看，一個可愛的女生正抬頭看著我。

✧

「為什麼會生氣？」

媽媽的眼神飄忽，她在回想遙遠的往事嗎？

「我的阿母一直認為我是她的分身，只要我做的事不如她的意，她那雙眼睛就會變得像玻璃珠子，然後對我說『這不對吧？』她的手就像老虎鉗一樣掐我的大腿。道歉也沒用，她不會放過我。她會用指甲掐我，直到我願意聽她的話。當初我嫁給芳野，是因為阿母對他很滿意，就這麼簡單。我就是因為阿母很滿意，嫁給了一個我根本不喜歡的男人。是不是很傻？」

媽媽笑笑，她的雙眼凝望著遠方，根本沒有看我。

「直到阿母死了之後，我才發現自己很奇怪，只不過當時一切都太晚了，來不及了。『活出自我』這幾個字很遙遠，『像阿母一樣』這句話和我格外相襯。我已經徹底成為阿母的分身，失去除此以外的所有個性。」

我回想著遙遠記憶中的外婆。她們母女真的很像，看起來感情很好。

「同卵雙胞胎母女。」

我突然想起來。奶奶經常說，外婆和媽媽是同卵雙胞胎母女。

媽媽瞇起眼睛。

「這句話真討厭。」

媽媽突然起身。她的身體搖晃，我立刻扶住她，探頭看著她的臉，發現她沒什麼表情，看不出她內心的感情。

差一點昏倒的反而是我。我自以為「很瞭解」的媽媽原來並不是媽媽，而是在外婆的詛咒下行動的冒牌貨，如今的她，不只是變得和之前不一樣而已。

這是多麼殘酷的事實，同時覺得，她離家出走也是理所當然。

爸爸和祖母，以及媽媽周圍的人聽到這種理由，恐怕無法相信。他們一定會說，媽媽是因為失去彷彿同卵雙胞胎的母親，不知如何是好，才會採取那樣的行動。恐怕連我這個女兒都無法相信，要怎麼接受之前的她都是偽裝的這件事？

「我已經淪為阿母分身，我覺得與其改變阿母打造的世界，還不如跳脫那個世界……重新活一次，比較簡單。」

那一年夏天，媽媽每天都在改變。那是她擺脫外婆，找回真實自己的過程。那是媽媽獲得重生的夏天。

「那次妳為什麼帶我一起離家？」

媽媽的雙眼突然恢復光芒。

媽媽說，那並不是她想要的婚姻，她並不愛爸爸。既然這樣，我能夠理解她無法愛和這樣的男人一起生下的孩子。媽媽之前說，她討厭我的眼睛。

「只是心血來潮帶我同行嗎？」

我想起奶奶說的話。雖然我之前一次又一次否認，不可能有這種事，但是沒想到奶奶的話竟然一針見血，這實在太諷刺。我苦笑著。媽媽注視著我，我在她的眼眸中，看到我自己。

「妳新的人生，根本不需要成為外婆分身時生下的孩子。」

「因為、因為……」

媽媽的嘴巴動了動，但是突然停下。她的眼神飄忽起來，嘴巴想要編織話語，卻無法發出聲音。

「這樣啊，原來真的是這樣。」

我的聲音格外冷靜。也許是因為我注視著六神無主的媽媽的關係。

「……說、不出來。」

媽媽皺著整張臉，看起來很痛苦，好像無法呼吸，又好像無法動彈。那是瀕臨崩潰邊緣的臉。

「我想、說清楚，想要告訴妳。想要回答的話，就在這裡。」

媽媽敲著自己的頭，從咬緊的牙齒中，擠出一句話。「在這裡，就在這裡。記憶大海就在這裡，我知道只要輕輕掬起想要回想的內容。但是，我無法掬取，我不知道掬取的方法。為什麼？為什麼？明明剛才還那麼順，剛才還有辦法做到。」

「好了，好了，別再費勁了。」

咚、咚的聲音，好像敲在我的心上。

那一定是不回想起來比較好的記憶。對媽媽而言，我是不可愛的孩子，因此她拋棄了我。這是無法改變的事實。我不需要媽媽親口告訴我這個事實。

「不用想了，妳不需要勉強自己回想。」

但是，我希望她當年是基於我能夠接受的理由拋棄我。一旦覺得那是她無可奈何的選擇，也許在我內心，已經和我同化的悲傷，以及被這些悲傷侵蝕而變得扭曲的心可以昇華。就算無法完全昇華，哪怕只昇華一部分也好。

但是，這個願望恐怕永遠都無法實現。從今以後的人生，我仍然不知道如何處理內心輕視自己的感情。

「就在這裡啊！」

媽媽的聲音帶著哭腔。

我想像著媽媽說的記憶大海。那是一片很寬廣、很深的大海。那是媽媽人生五十二年的歷史。真希望我能夠潛入那片記憶大海，潛入媽媽的記憶中，看清所有的一切，就不需要媽媽說出痛苦的回憶深受折磨。而且，我無論得知任何事，都應該能夠接受。因為我只會尋找我能夠接受的記憶，牽強附會，讓那些記憶具有對我有幫助的意義。我只會掬取能夠拯救我的記憶，於是，就能夠認同和接受過去所有的一切。

雖然這種期望無法如願。

「夠了，就到此為止吧。」

媽媽痛苦的表情突然消失，她面無表情，小聲說：

「我要住進團體家屋，我已經神智不清了。」

她心灰意冷，茫然地嘀咕。咻。我聽到自己呼吸的聲音。

「是喔，妳要再次拋棄我。」

媽媽瞪大眼睛。我同樣雙目圓睜。

我後悔不已，覺得很可恥。為什麼我只會說這種話？我並不想這麼說，但是這句話就這樣從我口中冒出。

「我無法原諒被妳拋棄兩次，我絕對不能原諒妳這麼任性。」

媽媽眼中的光芒消失了。我看著她。

我們母女的重逢，真的有意義嗎？

5

永遠的距離感

五個人開始同住在一個屋簷下的生活。

我在觀察後發現，彩子姐忙得團團轉。為了讓美保風雨飄搖的生活安定下來，彩子姐從早到晚四處奔波。她前往公所，拜訪前婆家，因加納的事到警局去。她替美保申請孕婦健康手冊，去大學醫院的婦產科進行生產預約。美保懷的是女兒，而且檢查後發現，美保有嚴重的貧血，醫生開立鐵劑。彩子姐嘆著氣說：「幸好及時發現。」

雖然彩子姐很辛苦，但她忙得不亦樂乎。彩子姐一直為當年無法照顧女兒長大而遺憾，現在樂在其中。她原本就是追求完美的洄游魚，如今更是有過之而無不及。

但是，美保的心情一天比一天差。她總是板著臉不說話，整天躲在房間內不出來。彩子姐試了各種方法，試圖讓她走出房間，但是她除非有必要，否則絕不踏出房間。

「我能夠理解彩子姐的完美主義，但是我覺得家事差不多該實施分擔制了。」

晚餐時，惠真吃著乾燒蝦仁說道。

今天只有惠真、我，和坐在對面的媽媽和結城一起吃晚餐，美保堅持不願意和大家一起吃飯，彩子姐和美保在彩子姐的房間內吃晚餐。彩子姐不想和媽媽打照面，應該是前幾天的爭執，在她內心留下疙瘩。她說這一陣子要專心照顧美保，暫時無法照顧媽媽。我和惠真都瞭解美保目前進入重要階段，我們毫不猶豫地點頭同意。目前只有我和惠真兩個人照顧媽媽的生活起居。

「不能再讓她包辦所有的家事了，因為她女兒就像是嬰兒或是幼兒，照顧起來應該很辛苦。昨天晚上不是還大哭大鬧，說電車的聲音太吵睡不著嗎？我很想嗆她，她的哭聲把我吵醒了！」

「現在彩子姐終於願意讓我們分擔一些下廚的事，像是配菜之類的。」

我喝著自己做的海帶芽蛋花湯。我覺得有點不夠味，這才想起最後忘了淋上麻油。好久沒有下廚，手藝大不如前。我暗自覺得不妙，看著惠真，但惠真喝著湯，什麼都沒說。

「都已經老大不小了，竟然還像小孩子一樣大哭大鬧，完全沒有顧慮到同住在一個屋簷下的其他人。」

惠真仍然很討厭美保，正確地說，比之前更討厭她，刻意不想和她打照面。這不能怪惠真，因為前幾天，惠真早上像平時一樣準備出門時，美保沒有徵求她的意見，就拍下她的照片。

『沒想到一大早就這樣手忙腳亂，太有損形象了，好蠢。』

『喂，妳不要做這種事。我不喜歡。』

『要不要把照片上傳呢？』

惠真臉色大變地說：『妳別亂來。』美保只是笑笑說：『好可怕。』彩子姐慌忙上前勸阻，不停地向惠真鞠躬道歉。

『對不起，她真的很崇拜惠真，所以想方設法，希望可以和她當朋友。』

『她只是想利用我成為話題而已。反正請妳叫她把照片刪掉。』

『哇，這種言論實在太自我感覺良好了，妳覺得自己很有影響力嗎？』

『彩子姐，請妳叫她把照片刪掉。』

惠真似乎不想和美保說話。她看著彩子姐，彩子姐當著惠真的面，要求美保刪除照片。美保滿臉不悅地操作著手機，不停地說著『煩死了，煩死了』。

『美保，妳不可以這樣說話，妳這種態度，怎麼可能搞好關係。』

『彩子姐，請妳好好管一下妳女兒。如果再侵犯我的隱私，我無法和她一起生活。』

惠真冷冷地說，完全不像她平時說話的態度。

『對不起。』彩子姐鞠躬道歉，『我想應該是孕期憂鬱。』

『雖然我不想說這種話，但這根本是仗著自己是孕婦欺負人。』

我完全無法插嘴，媽媽沒有吭氣，不知道她沒有聽見，還是假裝沒聽到。我只覺得家裡的氣氛變得很差。

「孕期憂鬱會這麼情緒不穩定嗎?連常識都會失去嗎?」

惠真問結城。自從上次在我房間說話之後，我就沒有和結城見過面，所以很尷尬，沒想到結城主動向我鞠躬說:『之前我太失禮，竟然對痛苦的人說那麼過分的話。』看到他主動道歉，我也表達歉意，雖然我很想對他說，因為他的眼神和那番話，讓我深刻瞭解到自己的不成熟，但最後只是吞吞吐吐地說了『我才不好意思，讓你覺得很不舒服』這種很表面的話。我在待人處事方面太不成熟了。

結城吃著乾燒蝦仁，喝著啤酒——他住在走路就可以來這裡的地方——點點頭說:「我不是婦產科醫生，所以無法斷言，但有這種可能。我以前曾經聽人提過，有人覺得胎動很噁心。孕婦無法忍受有東西在自己肚子裡的感覺，希望可以不要感受到胎動。」

「這不可能吧?後來怎麼樣了?」

「在懷孕期間出現精神官能症，甚至發展到自戕行為，在進入分娩期之間，家屬整天都提心吊膽，但是孩子生下之後，那個母親就很疼愛孩子。這位母親顯然無法接受自己體內有另一個生命的狀況。」

「原來母親有各種不同的類型。我店裡的客人說，孩子在肚子裡的時候最幸福。

那位客人情緒超穩定，完全沒有攻擊性。」

「所以說，每個孕婦都不同，聖子，妳說對不對？」

結城問媽媽，媽媽動著嘴巴咀嚼著，點點頭。

「好的方面和壞的方面都不一樣。」

「媽咪，沒想到有結城在，妳的腦袋很清醒。果然是愛的力量。」

惠真笑著說，結城皺著眉頭說：

「惠真，我只是聖子的男性朋友之一。」

「為什麼說這種話？媽咪為了和你在一起，不惜和椋本工程行的老闆分手，你們當然就是男女朋友啊。」

我面對結城時仍然有點緊張，所以剛才都沒有說話。聽到惠真這麼說，忍不住「喔」了一聲。惠真轉頭看著我說：

「我告訴妳，之前請椋本工程行來家裡裝修後，媽咪就和他交往，差不多有五年的時間了。椋本老闆人很好，和媽咪的關係很好，但是媽咪最近甩了他，然後就對結城情有獨鍾。」

「我不瞭解聖子之前男友的情況，我只是男性朋友，聖子的朋友之一。」

「媽咪並沒有和其他人交往啊，她和其他人都斷絕了關係，只剩下你一個人。」

「不，這並不是因為我的關係。」
「媽咪是真心喜歡你。」
「我已經說了，不是妳想的這樣。」
結城很緊張地解釋，難以想像他之前教訓我時那麼冷靜。惠真似乎覺得很有趣，一改剛才生氣的態度，露出笑容。我看著他們聊天的樣子，發現結城喜歡惠真，惠真也並不討厭他。雖然惠真說，因為之前的心靈創傷，完全無法接受男人，但是和結城在一起時，完全沒有這種感覺。之前是結城救了惠真，和這樣的對象墜入愛河時有所聞。雖然我不知道媽媽為什麼會卡在他們兩個人中間，但我猜想媽媽用自己的方式，聲援他們的戀愛。
我欣慰地看著他們，但立刻發現自己的想法太天真了。
媽媽喝茶時差一點打翻，惠真和結城同時伸出手。當他們的手背碰到時，惠真就像被火燙到似地尖叫一聲，把手收回來。
「啊，惠真，對不起。」
「……不，是我太大意了。對不起。」
前一刻的溫馨氣氛消失不見了。惠真好像被撞痛似地摸摸剛才碰到結城的地方，輕輕嘆著氣。然後轉頭對我說話，試圖改變氣氛。

「話說回來，妳不覺得美保過分任性嗎？」

「啊？喔喔，我覺得她好像有點故意。」

我現在馬上就要吃速食店的薯條。我的腳都浮腫了，一直很痛，媽媽要在睡覺前幫我按摩。美保對彩子姐提出各種無理的要求，當彩子姐有些為難，她就大發雷霆，說什麼「妳以前離開我，這麼多年都不管我，現在就不能為我做點事嗎？」

「可能是試探行為。」

結城若無其事地插嘴說，好像剛才什麼事都沒發生。試探行為是藉由對方是否願意接受自己任性的要求，確認對方的愛。

「這樣啊，我覺得能夠理解。她的確有這種感覺。」

惠真再次低頭吃飯。氣氛很快就恢復正常，我現在知道了，他們之前多次承受過這樣的痛楚。他們知道一旦接觸就會受傷，但已經接受這種狀況。我思考著惠真曾經遭遇的傷痛，同時似乎也感受到，已經瞭解這些狀況，仍然持續陪伴在她身旁的結城內心的感情。

「但是當初是她不要彩子姐，現在卻要試探彩子姐愛不愛她，太自我中心了。」

「正因為這樣，所以才要試探啊。她內心不安。不知道母親是不是真心歡迎她的出現。」

「難道她感受不到彩子姐接受她的一切，努力守護她嗎？」

唉。惠真嘆著氣。

「她不惜從高中輟學，但孩子父親卻逃走了。她面對的問題是很沉重，可是她擅自偷拍妳的行為還是很不應該。」

「當然啊，如果她下次再敢拍我，我就要揍她。」

惠真可能想起這件事，又開始氣鼓鼓，然後問我：「她白天都在幹嘛？彩子姐不是要出門上班嗎？白天家裡只有妳們兩個人，她都在幹嘛？」

「她幾乎都在房間裡，很少會出來。偶爾會在廚房遇到她，但她都馬上躲回房間。」

即使我主動打招呼，她也很少回應，直接轉身離開。她總是皺著眉頭，無意向我敞開心房。

「這樣啊。看來她很倔強，聖子，妳有什麼看法？」

結城看向坐在他旁邊的媽媽。媽媽默默吃著飯。媽媽吃的內容和我們一樣，但是她的餐點做起來比較費工夫，食材會切得比較細，或是加芡汁勾芡。現在雖然能夠自行進食，但咀嚼和吞嚥能力都比以前退步，經常會嗆到噎到，因此她的海帶芽蛋花湯加了太白粉勾芡，她吃飯時不使用筷子，而是用湯匙。

「啊，媽咪，妳今天吃了不少。太好了，好吃嗎？」

「湯的味道有點淡。」

媽媽小聲說著，我愣了一下。

「有嗎？我覺得很好吃啊。啊，聖子，妳把頭轉過來。」

結城用面紙為媽媽擦去嘴角沾到的乾燒蝦仁醬汁。媽媽沒有反應，聽任結城為她擦拭嘴巴，之後突然問惠真：「團體家屋有空房間了嗎？有了嗎？」

惠真看著我，眼神中似乎帶著對於團體家屋的敵意。

「媽咪，還沒有啊。妳想去的地方都滿了！」

惠真語氣堅定地說，媽媽瞪著她問：「真的嗎？」惠真點點頭，我跟著點頭。我們並沒有說謊，雖然有些設施可以短期入住，但是惠真再三叮嚀，絕對不可以告訴媽媽。

自從上次那件事後，媽媽一直想搬去團體家屋。有時候會像小孩子耍脾氣一樣大聲地吵著：「我要去住那裡！」有時候去日照中心時，會不想回家。聽說她曾經央求日照中心的工作人員「讓我一直住在這裡」。

媽媽把湯匙丟向惠真。金屬湯匙打中惠真的額頭，惠真尖叫起來。

「好痛！幹嘛！」

「還不是因為妳們整我！」
「哪有？我們怎麼可能做這種事？」
「就是有！就是有！」
媽媽大叫起來。結城摸著媽媽的背，努力讓她平靜，但仍然無法讓她情緒穩定，一個勁地叫著：「我想去團體家屋！我想去！」惠真的額頭紅紅的，她聽到媽媽的叫聲，都快哭出來了。
「為什麼？在這裡不好嗎？妳就留在這裡繼續陪我們嘛。」
媽媽完全不理會惠真急迫的聲音，對著天花板不停地叫著：「我要去團體家屋！」
「心好累。」
結城回家，媽媽上床睡覺後，惠真忍不住脫口說道。我正在鋪被子準備睡覺，惠真看著媽媽發出均勻鼻息沉睡的臉說道。
「是不是因為少了彩子姐，妳睡眠不足的關係？」
為了減輕彩子姐的負擔，最近晚上沒有安排她值班。彩子姐要應付一下子說電車的聲音太吵，沒辦法睡覺，一下子又說肚子緊繃，整天吵不停的美保，恐怕無法好好睡覺。
「今天她折騰了半天，應該會好好睡覺。如果她半夜起床，我來照顧。惠真，妳可以安心睡覺，反正我白天可以補眠。」

「不，我不是這個意思。剛才吃晚餐的時候，有那麼一下子，我想要動手打媽咪。她用湯匙丟我的時候，我差一點對她動手。」

惠真說話的聲音格外冷靜。

「我太小看這種疾病了，我完全沒有想到，媽咪竟然會變得這麼不像媽咪。我超討厭她看我的眼神，就好像在看陌生人，討厭她完全不瞭解我的想法，更討厭沒辦法和她溝通。我剛才覺得她為什麼聽不懂人話，差一點動手。」

惠真背對著我，我無法看到她的表情。

「如果只有那一次，問題還不大，因為我最後忍住了，但是，我很害怕，之後不時……我覺得之後一定會不時出現這樣的衝動，到時候，我真的能夠忍住不對媽咪動手嗎？是不是會忍不住呢？」

「惠真，妳應該沒問題。」

我有一半出於真心。惠真比我更溫柔，倘若一再產生這樣的衝動，一定能夠忍住，只不過這樣的過程，會讓她的心很疲憊。她只因浮現對媽媽動粗的衝動，她的內心便已經受傷。

「我想，媽咪應該預料到會發生這種事。」惠真說，「妳還記得那封信嗎？她在信中提到，如果把她視為日薄西山的人，無法用平等的態度對待她，都是有損於她人格的行為。當時我還覺得，我們怎麼可能做這種事，但我相信媽咪就是在指這件事。她知道她最後會輸給疾病，我們無法再把她當成媽咪對待。」

「也許、吧。」

我以後可能會對媽媽產生這樣的衝動。如果是能夠治好的疾病，就不是太大的問題，但媽媽的疾病只會持續惡化。我應該會痛恨疾病，面對很多不合理，體認到自己的渺小，到時候，我一定會痛苦地覺得心很累。

明明是我想要綁住漸漸離我而去的媽媽，真是太一廂情願了。

「妳要不要陪我喝點酒？」

惠真轉過頭對我說：「最近在意媽咪，完全都沒有碰酒，但是之前我有時候會喝點小酒。我們來喝點酒，怎麼樣？」

我點點頭，惠真立刻說了句「等我一下」，就走出房間，很快抱了幾罐啤酒回來。

「要不要去隔壁我的房間喝？在這裡喝酒，可能會把媽咪吵醒，而且如果媽咪醒了，我們馬上就會聽到。」

聽到惠真這麼說，我點點頭。

喧囂公寓的所有房間都是三坪大的榻榻米房間，有一個壁櫥、一扇窗戶。媽媽的房間和我的房間一樣簡陋。她生病以後，除了衣櫥和床等必要的東西以外，其他東西都處理掉了。聽說以前一整面牆上都掛滿她喜歡的複製畫，都是知名畫家的風景畫，結城把那些畫送給他認識的咖啡店。我覺得至少應該留一幅下來。因為我很想知道，媽媽以前看到了什麼樣的風景。我對熱愛繪畫的媽媽一無所知。

惠真的房間內有很多可愛的東西。櫃子上有各種小東西——有鑲了像糖果般寶石的戒指，還有漂亮串珠的髮飾，和閃亮亮的玻璃瓶，到處都可以看到史努比或是小熊維尼的絨毛娃娃。牆上貼著好幾張打扮得像公主的外國美女海報，這些穿著嬰兒粉紅色和柔和的淺藍色，有滿滿緞帶和蕾絲禮服的美女像人偶般可愛。從惠真平時的樣子，難以想像她的房間這麼可愛。

「妳坐這裡，我記得還有之前客人送我的堅果。」

我在惠真指定的地方坐下後，打量她的房間，不禁感嘆。如果惠真在普通的家庭長大，如果她不曾受到那些傷害，她一定會成為用緞帶和蕾絲裝扮自己的女生。白白嫩嫩，綁起一頭濃密的頭髮，穿著飄逸的衣服，邁著輕盈的步伐，在街頭昂首闊步。

我看著她正在櫃子中找東西的背影。她的身材像少年般單薄，一頭理得很短的平頭。如果說她是正在讀高中的少年，絕對有人相信。

我為自己的膚淺感到羞愧。我之前並沒有充分瞭解女性基於自衛，把自己的頭髮剪短，在外表上偽裝自己性別的悲慘。惠真之前不是告訴我，她平時的裝扮是她的盔甲嗎？因為她容貌出眾，所以我並沒有多想這句話的涵義，但其實盔甲向來都笨重冰冷而沉悶。

「妳的房間真可愛。」我喃喃說著。

「是不是很奇怪？」惠真沒回頭。

「原來妳喜歡這些東西。」

「妳不要看啦，我會害羞。」

「為什麼？我覺得很不錯啊。」

「我在店裡的時候都走美女路線，謊稱自己不喜歡動畫角色。髮廊的同事看到我的房間，應該會嚇傻，我絕對不想被美保看到我的房間。啊，找到了，找到了。」

惠真的房間很像玩具箱，就像是小孩子的房間。她只有在這個房間內，才能夠沉浸在自己「喜歡」的世界。她邀請我進入這個空間。她這份心意讓我很高興。

我們面對面坐在小圓桌前，舉起啤酒罐輕輕乾杯。打開拉環後喝了一口，冰得很透的氣泡流過喉嚨。

惠真仰著纖細的脖子喝下幾口後說：「妳願意聽我說嗎？」

「當然，妳請說。」

我吃著惠真拿出來的夏威夷豆回答。

「謝謝，」惠真笑了笑，「有很多人都愛媽咪，上次我這麼告訴妳時，妳不是很驚訝嗎？」

「嗯，是啊，其實我現在仍然半信半疑，因為無論怎麼看，她就只是一個很普通的大嬸，只是衣著有點花俏而已。」

惠真聽了我的回答，噗嗤一笑。

「我不是告訴妳，媽咪以前做幫傭嗎？服務的對象都是獨居老人，在她生病之前，同時照顧好幾個老人。雖然妳覺得媽咪的行為像詐騙，但其實並不是這樣。大家都很喜歡媽咪，因為媽咪總是笑容可掬，個性開朗，而且很可靠。當別人陷入低潮，她就會努力激勵對方，一旦生氣，就會據理力爭。只要認為有必要，再魯莽的事照做不誤。我記得差不多四年前，有一位奶奶來日不多了，然後對媽咪說，很希望臨死之前，再和舊情人見一面。他們年輕的時候，因為家庭的因素不得不分手。媽咪鍥而不捨，找到了那個人，讓那個奶奶順利見到了舊情人。」

「啊？她又不是偵探，怎麼可能找到人。」

「對方是知名茶道宗師，所以才能順利完成使命。但是媽咪說：『這一定是命運的安排！』於是就自己開車，載著還在住院的奶奶，在高速公路上開了五個小時的車。由於是從醫院溜出去，後來被醫生狠狠罵了一頓，醫生說，這樣搞不好會鬧出人命！」

那位奶奶的舊情人對她說：『希望可以和妳一起共度四季』，最後那個奶奶真的比醫生宣告的餘命多活了一年。

「命運喔，妳第一次見到我時，也曾經說過這兩個字，原來是這麼一回事。」

我笑著說道，惠真害羞地抓抓臉頰。

「啊呀，那時候我覺得自己像媽咪一樣……這不是重點！我很喜歡媽咪像這樣奮不顧身幫助別人，我覺得她周圍的人應該一樣。」

惠真把玩著手上的啤酒罐。

「其中有人因為媽咪無法感受到他們的心意而發脾氣，有人和媽咪吵架，我曾經好幾次看到媽媽懊惱地流淚。但是，最後大家都很感謝媽咪，說和她在一起很快樂。因為媽咪總是全心全意地接納別人，我相信那些人都感受到了。」

我喝著帶著淡淡苦味的啤酒，氣泡在喉嚨深處彈跳。

「我之前曾經問媽咪，會不會有生氣的時候。畢竟有些人會提出一些無理要求，有的客人罹患失智症之後，在各方面都會漸漸失控。媽咪笑著說，既然有緣相識，就希望能夠好好珍惜對方，難得有這樣的機會，就努力陪伴，但是不會勉強和對方拉近距離。」

惠真說，媽媽當時告訴她，自認為能夠理解對方是一種傲慢，陪伴有時候會變成一種粗暴的行為。重要的是，必須同時保護自己和對方。如果拉近和對方的距離，會傷害對方，對方並不想要這種關係。如果靠近對方，會導致自己受到傷害，那就要遠離那樣的人。

「當刺蝟渾身豎起尖刺時，擁抱牠只會傷害自己。而且刺蝟並不想隨便亂刺人，所以也會痛苦。我覺得媽咪是希望自己變成刺蝟之前就離開我們。雖然我能夠瞭解媽咪的想法，但是有時候無法馬上點頭說『好啊』，輕易答應。」惠真用開玩笑的語氣說，「很多時候，都會覺得有媽咪在比較好，難免有難過的時候，但還是希望和她一起生活。」

我想起幾天之前，媽媽說的話，喝了一口啤酒，吃著堅果。

「……我也、這麼覺得，我還想繼續和她在一起。」

這是沒有絲毫虛假的真心話。我已經明白媽媽當年離家出走的理由，以及那年夏天，我只是她的旅伴而已，以及她並不愛我。我和她繼續一起生活沒有意義，但仍然希望有更多時間和她在一起。雖然我不知道其中的原因，但是現在還不想和她分離。

「千鶴，幸虧有妳在。」

惠真突然這麼說，我驚訝地問：

「為什麼突然說這種話？」

「我深刻體會到這一點，發自內心慶幸妳在這裡。」惠真靦腆地說，「妳在這裡，幫我壯膽。偷偷告訴妳，其實我在心裡都叫妳『姊姊』。妳一定覺得很困擾吧，但我只是在心裡這麼叫，請妳見諒。」

這麼難為情的告白讓我心跳加速，一下子羞紅了臉。

「妳是不是喝醉了？這才第一罐啤酒。惠真，妳的酒量很差欸。」

我故意這麼說，掩飾內心的害羞。惠真摸摸自己的頭。「嘿嘿，被妳發現了嗎？其實我的酒量真的很差，媽咪之前叮嚀我，只有和家人在一起的時候才能喝酒。」

惠真的這句話讓我再次驚訝。

她不認識她的家人，媽媽應該是她第一個家人，而且她正在努力表達，我也是她的家人。

我發現她的美麗常常讓我驚豔。她不會把自己承受的痛苦怪罪到別人身上，她從來不會說「如果我的父母還活著」、「如果阿姨和姨丈能夠好好保護我」、「如果我的表姊對我好一點」之類的話，她健全地守護自己的心，抬頭挺胸地活著。

相較之下，我真的太不堪了。我的心情黯然。

『我無法原諒被妳拋棄兩次，我絕對不能原諒妳這麼任性。』

那天，我說完這句話時，媽媽的眼中滑下一滴眼淚。這滴突如其來的眼淚太震撼，我內心的罪惡感迅速膨脹。

那一次，媽媽為了向我告解，努力和自己搏鬥，拚命想要潛入深海。最後因為無法如願而痛苦不已，十分自責，對自己失望，最後說出了『想要去團體家屋』這句話。媽媽對我誠意十足，我明明很清楚這件事，但仍然責怪她。

我為什麼會變成這樣？一直希望可以改變自己，覺得必須改變，但每次說出的話總是這麼自私、傷人。

「惠真，妳太善良了，」我努力放慢說話的速度，「我不想被像妳這樣的好人叫『姊姊』，這讓我覺得自己很不堪，請妳，絕對不要這麼叫我。」

惠真微微皺起眉頭。我的心隱隱作痛。

「所以……請妳、在心裡這麼叫我，這樣我就能夠接受。」

沒問題，我表達了我的想法。我鬆了口氣，但是我猜想這種微小的成就感，很快就會被巨大的嫌惡感淹沒。無論過多久，我都無法成長，每次都會剝開即將痊癒的結痂，讓傷口繼續流血，然後大聲叫痛。我只會做這種事，雖然我很討厭自己這麼沒出息。但是——

「太開心了。」

惠真輕輕碰觸我的手，然後略帶遲疑地握住我的手。

「我一直很希望有姊姊，我超開心。謝謝妳。」

惠真紅著雙眼，但是她還是很漂亮。雖然我努力想要回應她的笑容，但是我知道自己很醜陋。

她的酒量似乎真的很差，之後，她又喝了一罐半啤酒就醉倒了。我讓她留在自己房間睡覺，我獨自回去媽媽的房間。在我躺下一個小時後，媽媽起來上廁所。我牽著她的手，帶她走進廁所，等到媽媽走出來後，又牽她回到床上，然後又回去廁所打掃。當媽媽睡迷糊時，會把廁所弄得更髒。

我忍著睡意，擦拭著馬桶周圍的水漬，阿摩尼亞的味道很刺鼻。我至今仍然很不喜歡打掃廁所，尤其是這種深夜時間，忍不住想要哭。

壓倒性的現實呈現在眼前。往後的日子中，媽媽的情況一定會進一步惡化，到時候照顧她就沒有這麼簡單了。一旦媽媽臥床不起，就需要使用成人尿布，而且要幫她換尿布。我到時候有辦法幫她換嗎？能夠接受嗎？我無視媽媽自己的意願，把她綁在這個家裡，因為不想受傷，只想到自己的自私想法，和內心的不安交織在一起，讓我無所適從。

我這個人真是太膚淺，太愚蠢了。

我用力擦拭著地面，嘀咕著：「沒出息。」

隔天，惠真直到快中午時才終於醒來。一陣啪嗒啪嗒的腳步後，她衝進飯廳說：

「對不起，不敢相信我竟然睡到這麼晚！千鶴，對不起！」

「沒關係。無論是平時的工作，還是照顧媽媽都太累了。先不說這個。」

今天早上，媽媽的狀況非常好，把平時幾乎不吃的早餐全都吃完了，然後就躺在貴妃椅上看院子，等千萬道來接她。她突然聊起以前曾經在旅館當服務生的事。不知道是因為什麼契機，她從記憶大海中掬起某些東西。

「是喔，原來她在旅館當過服務生，我以前從來沒有聽說過。」

「是嗎？我猜想可能是和我共度的那個暑假不久之後的事。她說當時把一頭長髮剪成鮑伯頭，努力工作賺錢。」

『那份工作很開心，我遇見了很多人。我記得那次是某個商工會議所成員的慰問旅行，客人喝醉酒之後就開始跳舞，還說如果我一起跳，他們就給我小費，我當然就跳了。我第一次跳舞，只能跟著依樣畫葫蘆，但是大家都很開心，老闆娘很滿意，還給我紅包。不知道那位老闆娘現在好不好……。』媽媽在回憶這些往事時，瞇起眼睛，一臉懷念情。

我是在某個城市的小旅館和媽媽分開，也許媽媽送走我之後，就留在那裡工作。

「那不是很棒嗎？媽咪還能回想起這些記憶是好現象，代表她還有希望。」

「是啊，我也這麼覺得。」

這的確是一件開心的事，可以讓我暫時擺脫昨晚內心產生的糾葛，而且減輕我無視媽媽意願的罪惡感，覺得目前還不需要入住團體家屋。

「對了，妳是不是肚子餓了。彩子姐已經準備好午餐，要不要來熱一下？」

「好啊好啊，啊，對了，下午可不可以讓我幫妳剪頭髮？」

惠真說。我摸摸自己的頭，很久沒剪頭髮，已經長到背部中間，我平時都綁起來。

「媽咪說她那時候剪了頭髮，妳要不要也讓自己煥然一新？只要改變髮型，心情就會變得開朗。」

我打量自己的髮梢，發現頭髮很毛，都分岔了。

「那……可以麻煩妳嗎？」

只要能夠讓我的心情稍微變得正向，或許是好主意。

天氣很好，也很暖和，於是就把飯廳的椅子搬到院子內，請惠真在院子裡幫我剪頭髮。

「我對自己的技術很有自信，妳可以放心！」

「妳隨便剪一下，只要剪短就好。」

惠真為我披上剪髮圍布，我發現自己有點開心。我已經有多久沒有打扮自己了？

「我上了專科學校後，就開始在這裡幫媽咪剪頭髮。有一次剪壞了，剪得像我現在這麼短。我以為媽咪一定會生氣，沒想到她很開心，說自己『很像夢奇奇娃娃，很可愛啊』，只不過周圍人的評價……就有點微妙。」

「只要她自己滿意，不就沒問題嗎？」

惠真喀嚓喀嚓剪著我的頭髮，我看著在院子地上堆起的頭髮，覺得如果可以像這樣，輕鬆地剪掉討厭的自己，不知道有多好，即使會伴隨著些微的痛苦也無妨。

「千鶴，妳的髮質和媽咪很像。」

「是嗎？我不知道。」

「髮質很硬，感覺很頑固。」

「我不是頑固，應該只是死腦筋。」

我聽到鳥鳴聲。沿著晾衣架生長的雞爪槭變成鮮豔的紅色。我覺得很漂亮，隨即對自己有欣賞樹木的餘裕感到驚訝。我欣賞著院子內的風景，和惠真聊著閒話。那是心情保持平靜的美好時光。

惠真剪完後，我照照鏡子，看到清爽的自己。原本邋遢的頭髮剪到下巴的位置。

「我第一次剪這麼短的頭髮。」

「妳絕對很適合鮑伯頭，因為妳下巴的線條很俐落。」

頭髮飄動的感覺有點癢癢的，但是很輕盈，很舒服。媽媽剪完頭髮時，是不是有相同的感受？

「惠真，謝謝妳。」

「不，我才要謝謝妳下定決心讓我幫妳剪頭髮，我身為美髮師很滿足。對了，既然剪了新髮型，要不要和我一起出門散步？妳不覺得是好主意嗎？」

惠真露出興奮的表情。

「我並不會要求妳一個人出門，但是和我一起出門，應該沒問題吧？我們去妳上次去過的梓咖啡店，我們去那裡買蛋糕。」

我想了一下後，點點頭。如果兩個人一起，如果和惠真一起，我或許沒問題。

我們向關在彩子姐房間內的美保打了一聲招呼——她沒有回應——走出家門。外面吹著舒服的風，讓人想要挺直身體。對面那棟房子院子內的樹木，比我們家院子裡雞爪槭的紅葉更美。

「是不是照顧的方式不同？還是陽光的關係？既然難得出門，我們順便欣賞一下沿途的風景。那我們走吧。」
惠真率先走到大門外對我說。她在很短的時間內化完妝，黑色鮑伯頭的假髮很適合她。惠真已經穿上她所說的盔甲。有她陪我一起出門，一定沒問題。
雖然我這麼想，但是雙腳無法邁步。
我站在大門內側，無法踏出一步。
我把惠真借我的帽子壓得很低，戴上口罩。無論誰看到我，應該都認不出是我。雖然我知道，但還是無法動彈。之前的各種記憶——彌一的咆哮聲和岡崎訕笑的臉，以及梓咖啡店的樹籬都在我腦袋中旋轉。彼此沒有交集，帶著越來越激烈的聲音向我襲來。
「千鶴，妳沒事吧？」
我渾身冒著汗。上次不是已經去過了嗎？即使我這麼告訴自己，仍然沒有效果，反而清楚地回想起當時痛苦的感覺，以及喉嚨被胃液燒灼般的疼痛感覺。臉頰被樹籬刮傷的傷口——雖然早就消失，但仍然痛了起來。
我癱坐在地上，摀著嘴。我不知道自己是想嘔吐，還是回想起之前嘔吐的感覺。
「對不……我沒辦法……」
為什麼做不到？就只是去買蛋糕這麼簡單的事。剪了新髮型，整個人煥然一新，帶著這種輕鬆的心情出門不是很好嗎？為什麼無法做到？

「對不起，」惠真撫摸著我的背，「我給妳壓力了，沒關係，慢慢適應就好。」

要怎麼適應？我甚至無法踏出大門，該怎麼適應？

「我該怎麼辦才好？」

我從咬緊的牙縫中擠出這句話。我該怎麼辦？

「對不起，我太性急了。來，進來吧？」

我在惠真的攙扶下終於起身，走到玄關時，聽到身後傳來笑聲。回頭一看，兩個和媽媽年紀相仿的女人拎著購物袋走在路上。「啊呀，這棟房子的院子好美啊，雖然我也想有這樣的院子，可惜我不是綠手指。」她們輕鬆地走在我無論如何都沒辦法踏出去的路上，愉快地聊著天走遠了。

「對不起，我要回房間休息一下。」

我說完後，逃回自己房間。我拉下帽子和口罩，倒在折起的被子上，忍了很久的淚水終於流下。

我覺得自己無法再過正常的生活，可能一輩子都只能躲在這棟房子內，只不過根本不可能。要讓媽媽照顧我到什麼時候？直到媽媽離開人世嗎？那她去世之後呢？我不願思考這種沒出息的事。但是……

「我看不到未來……」

我把臉埋進被子嘆息著。我的未來就像被人粗暴地塗成黑色，什麼都看不見。我甚至不知道自己希望有什麼樣的未來。

電車經過，窗戶玻璃搖晃著。那是載著人們正常生活的聲音。平時都覺得電車的聲音很吵，但現在覺得那個聲音很了不起。

在傍晚之前，我都完全不想動。當我靠在折起的被子上看著天花板時，聽到敲門聲。

「千鶴，千鶴。」

是惠真的聲音。

「請進。」我應聲之後，她悄悄推開門。

「不好意思，打擾妳休息了。妳知不知道彩子姐的女兒去了哪裡？」

惠真說，她找遍家裡，都沒有看到人。

「我不知道，應該在家裡吧？」

我不想讓惠真看到我的糗樣，慌忙擦擦臉。我剛才就已停止哭泣，臉應該是乾的，但眼睛應該腫了起來。

「我找遍整棟房子，都沒有看到人。」惠真有點擔心，「我剛才經過彩子姐的房間，發現門敞開著，於是不經意地看了一眼，發現她不在，又不在廚房、飯廳和廁所，院子裡沒有人。」

「玄關的鞋子呢？」

「啊，對喔，我去看一下。」

惠真立刻走出去。我又擦擦臉，立刻下樓。

「鞋子不在，她好像出門了。」

惠真站在玄關說。美保來這裡時穿的那雙Nike球鞋不見了。

「她去哪裡了呢？」

「孕婦需要運動，她可能去散步。」

雖然她平時都不走出房間一步，但是她會和彩子姐一起出門，而且並沒有像我一樣抗拒外出。十幾歲的女生一直躲在三坪大的房間裡並不健康，也許她難得出門透透氣。

「這樣啊，妳說的有道理。但是既然出門，不是該向我們打聲招呼嗎？我剛才一直在飯廳，害我這麼擔心。」

惠真不滿地哼了一聲。

「已經傍晚，她差不多該回來了。我們來準備晚餐。」

媽媽就快回來，彩子姐會比媽媽更早回到家。美保可能有和彩子姐聯絡，因此我們暫時拋開美保的事，分別投入彩子姐分派給我們的家事。

沒想到美保並沒有和彩子姐聯絡，而且還拿走彩子姐放在房間衣櫃內，裝著十萬圓的信封——為了美保買分娩用品，特地放在那裡。彩子姐回家後，發現美保不在家，而且錢不翼而飛，連續打了好幾通電話，又傳了訊息，但都找不到人。

晚上八點多，我們都很擔心美保。

「上次她央求我幫她買的一件不知道是什麼牌子的孕婦裝也不見了，是不是出去玩了……」

彩子姐握著沒有收到任何訊息的手機，不知道嘆了第幾次的氣。

「最近她經常說肚子繃很緊，希望她不會太累。」

「彩子姐，她不是沒有跟妳說一聲，就拿走一大筆錢嗎？妳在幹嘛？現在不是應該訓斥她，叫她帶著錢馬上回家嗎？」

即便惠真無法忍受，但彩子姐仍然發出悲痛的聲音說道：

「如果我罵她，她離家出走怎麼辦？如果她回到我前婆家，他們根本不可能好好照顧她。她也沒什麼朋友，只有我能夠照顧她，而且她好不容易才在這裡靜下心來過日子。」

「不不不，她根本沒有靜下心過日子，她完全我行我素。彩子姐，妳要想清楚。」惠真無力地垂下肩膀說，「彩子姐，妳最近不太對勁，我知道妳很愛妳女兒，知道妳身為她的母親，為她做了很多事。但是，妳不覺得自己太寵她了嗎？她擅自拿走妳的錢，妳怎麼可以不罵她？如果是以前的妳，一定會這麼做。」

「妳在說什麼啊！現在是需要好好照顧她的時期！」彩子姐大聲反駁，「孕婦很辛苦，懷孕需要冒生命危險，我要盡最大的努力照顧她，就只是這樣而已。妳沒有生過孩子，當然不可能瞭解，但是只要發揮一下想像力，不是就該知道嗎？惠真，妳要發揮一下同理心，況且她出門的時候，妳們為什麼沒攔住她？」

「呃，彩子姐，對不起，我們沒有發現她出門了。但是，就算我發現，還叫她不要出門，仍然阻止不了她。而且我們更不可能知道她拿了妳的錢……」

我戰戰兢兢地表達自己的意見，沒想到彩子姐尖聲地說：

「千鶴，怎麼連妳都說這種話？如果妳們發現她出門，至少可以馬上通知我！我就可以更快找到她。家裡有兩個大人，竟然都沒有發現她出門，未免太莫名其妙了！妳們到底在幹嘛！？」

這根本是在找碴。我和惠真互看一眼，悄悄嘆著氣。

「媽咪，妳覺得呢？」

惠真向媽媽求助。媽媽吃完晚餐後，就躺在貴妃椅上，看著夜幕下的院子。

「媽咪，妳平時不是都會表達意見嗎？」

媽媽沒有吭氣，但是放了一個屁。惠真生氣地說：

「真是的！算了，這是彩子姐母女的事，和我沒有關係。既然妳這麼擔心妳女兒，以後可以把她的手機裝上GPS應用程式，隨時知道她在哪裡。我去洗澡了。」

惠真快步走出飯廳。彩子姐應該沒有發現自己太恐慌，她又開始操作手機。「至少請妳和媽媽聯絡，拜託了……」她在無意識中小聲說出所傳出的訊息內容。

原來彩子姐並不完美。我發現了這件理所當然的事。之前我帶著崇拜的眼神看她，覺得如果媽媽像彩子姐那樣，不知道該有多好。但是現在覺得她是一個視野狹窄的人，把過度的母愛強加在女兒身上，自己卻渾然不覺。

「人就像是水。」

媽媽突然嘀咕著。她像是在自言自語，彩子姐應該沒有聽到。

「會因為接觸的人，改變形狀和顏色，可以變成黃色或是綠色，會變成開水或是冰塊。雪白的剉冰和熱熱的草莓糖漿很不搭，必須保持距離，或是衡量時機，或是改變原來的樣子。」

不知道媽媽的腦袋是清醒還是不清醒，但我覺得好像在說我和媽媽之間的關係。媽媽和我以母女的關係接近距離時，就會有一方陷入痛苦，會產生齟齬。問題是該怎麼辦呢？

這時門鈴響起。

彩子姐丟下手機，衝去玄關。站在飯廳門口可以看到玄關的狀況，於是我在門口探頭張望。如果是美保，我打算馬上退回來，但是聽到彩子姐打開門後發出的叫聲，我嚇了一跳，愣在那裡不動。原本一頭黑髮的美保變成金髮，緩緩出現，雙手拎著紙袋，嘻皮笑臉地走進來。

「心情很煩，所以乾脆去染髮了。腰痛死了，肚子又一直緊繃著。」

美保推開驚訝地站在原地的彩子姐走進屋內，然後說著漂髮比她想像中更花時間，直到髮廊打烊，才終於染好頭髮。

「我去了惠真上班的髮廊，那家店不怎麼樣嘛。漂髮不順利，結果用了三次漂髮劑，而且因為我是孕婦，他們嚇死了。真想叫他們好好工作。啊，媽咪，妳打太多通電話了吧，真的被妳煩死了。」

「我說美保，妳沒有交代一聲就跑出去，還用這種態度說話。妳不知道媽咪很擔心妳嗎？」

「我又不是幼兒園的小孩，為什麼出門要交代？我順便買了之前就想要的東西，YSL的口紅，還有蘭蔻的妝前乳。我還想要一個媽媽包，就買了一個Kate Spade的托特包，心情超暢快。啊，這是剩下的錢，還給妳。」

美保隨手從皮包裡拿出信封，丟給彩子姐。彩子姐打開信封一看，驚慌地說：

「一千圓！？妳太會花錢了，這些錢是為了妳生產準備的。原本打算這次假日，要去買嬰兒床之類的東西，現在該怎麼辦？」

「既然是準備為我花的錢，那還有什麼問題？就像是給我的零用錢，而且媽媽包也是為貝比買的，不是很OK嗎？」

「零用錢這未免……必要的東西，我不是都已經買了嗎？妳想要的東西，我已經都盡可能買給妳。而且，妳接下來必須養育這個孩子，不能把錢浪費在買名牌化妝品或是皮包這種東西上。」

「煩欸！」美保惡狠狠地說，「這棟房子整天都在搖晃，搖得心都煩了，整天關在這棟房子裡，都快要發瘋了！而且妳知道自己有多囉唆嗎？！整天都高高在上地嘮嘮叨叨，快被妳煩死！」

美保用一個紙袋甩向彩子姐。

「別想趁我落難時支配我！」

「沒、沒有啊，我完全沒這個意思。」

「那妳是什麼意思？妳完全不瞭解我的想法，整天要我安分一點，務實一點！妳知道嗎？我的朋友都上傳了很多開心的照片和影片到IG上，和男朋友約會，或是大家一起分享很大的百匯！但是，我已經沒辦法做這種事了，這麼小的年紀，就要生孩子、養孩子，必須忍耐所有這些開心的事。趁現在買一些自己想要的東西，向大家炫耀一下有什麼關係！」

美保跺著腳繼續說道：「這都是媽咪的錯。如果妳一直留在我身旁，我就不會變成這樣了。我就會好好當學生，像大家一樣過正常的生活。全都是妳的錯！妳的錯！」

彩子姐面對美保的無理取鬧，完全不知所措。

「啊，啊啊，對不起，對不起，但是妳不是自己決定要生下肚子裡的孩子，養育長大嗎？妳說無論如何都要生下孩子，養育長大——」

「什麼？妳是在怪我嗎？怎麼可能是我的問題？歸根究柢，是因為妳離開的關係！如果妳留在家裡，爸爸就不會離開，爺爺奶奶只會疼愛我一個人！我也不會被那個男人欺騙！全部、所有的衰事，都、是、妳、的、錯！」

美保又把另一個紙袋甩向彩子姐。彩子姐慌忙閃躲，哭著說：「對不起，對不起。」

惠真從更衣室衝出來。她似乎是慌忙穿上衣服，運動服的下襬捲起來，頭上還滴著水。

「喂！妳這種自私的言論，實在讓人聽不下去！妳沒看到妳媽都被妳氣哭了嗎？」

「煩死了！不要妳管！突然在我面前擺出一副媽媽的嘴臉，只會讓我厭煩！」

「媽媽的嘴臉？我只是……」

「煩死了！」美保把紙袋甩向彩子姐，然後瞪著惠真說：「妳也很煩！妳根本不瞭解成為單親的痛苦，給我閉嘴啦！」

我聽到這句話，立刻採取行動。我衝過去，抓住美保甩著紙袋的那隻手手腕。不知道紙袋裡裝著什麼，堅硬的東西打到我的頭，但我用另一隻手捏著美保的臉頰。就像之前彩子姐對媽媽那樣，輕輕地捏住美保的臉頰。美保瞪大眼睛。

「不可以這樣。」

我不得不承認，我對媽媽的行為和美保一模一樣。我一直責怪媽媽，是她造成我的不幸。

但是，我的不幸來自哪裡？媽媽離開之後，還有爸爸和祖母，雖然生活有點不便，有明顯的寂寞，曾經因為和別人比較，痛恨自己的貧窮。但是，並不曾有過令人絕望的孤獨和痛苦，不曾有過無法忍耐的飢餓和難以克服的恐懼。爸爸雖然是個笨拙的爸爸，但是在他去世之前都很疼愛我。祖母雖然嚴厲，但她用自己的方式，用她的愛和責任感養育我長大。因為他們的養育，我此刻才能站在這裡。

「妳的痛苦並不是彩子姐造成的，是妳自己的責任。」

我看著美保的眼睛說。

「我的不幸，也不是我媽媽造成的。」

我的不幸並非源自媽媽拋棄我，不是別人，而是我自己造成的。

「很痛苦、很悲傷、很寂寞，把這些都歸咎於內心的傷痛的確很輕鬆，我也一樣。只要怪罪別人——怪罪於我媽，覺得自己很可憐，就能輕易原諒自己的脆弱。我很無奈，因為我小時候就被媽媽拋棄了。這種想法成為免死金牌。」

我強忍著快要流下的淚水。結城說得沒錯。應該在二十歲之前就放下這種可恥的想法，但我活到這把年紀，看到比我小很多歲的美保，才終於明白這件事。

「我把一切都怪罪給她，卻不願深入思考，這才是造成我不幸的原因。」

美保的眼眸不安定地飄忽起來，但立刻甩開我的手。「聽不懂妳在說什麼！」然後跺著腳，回到和彩子姐同住的房間。彩子姐追了上去。

「千鶴，妳沒事吧？」

惠真走過來，看著我的頭問道。

「我沒事，只是稍微撞到而已。」
我感受到視線，轉頭一看，發現媽媽站在飯廳門前。我們四目相對。
我倒吸一口氣，然後緩緩吐出來。
「對不起。」
我對媽媽說。來這裡之後，我不止一次要求她為我的不幸負責。
「還有，謝謝妳。」
這是我第一次向媽媽道歉。如果媽媽像彩子姐那樣，不，只要媽媽對我道歉過一次，我就會拿她的道歉作為擋箭牌，變得像美保一樣。既然妳覺得對不起我，那就要為我的不幸負責。因為是妳傷害了我，要一次又一次舔舐我的傷口，為這件事懺悔。
媽媽把頭轉到一旁說：
「妳這個傻孩子，別想當乖寶寶。」
我內心對媽媽的怨恨並沒有完全消失，傷痕也許一輩子都無法消除，但那只是『曾經發生過這樣的事』的痕跡。我很確定，我不會再去剝結痂，不會大聲高喊自己流血了。

我不知道那天之後，彩子姐和美保如何溝通，只知道美保又恢復之前足不出室的生活。

但是，不知道什麼時候又會發生什麼問題。五個人的生活就像在走鋼索，充滿緊張地持續著。

我向惠真借來筆電，開始找工作。我覺得自己既然無法外出，那就試著找一找有沒有什麼可以在家裡做的工作，只不過我想得太天真了。我只有高中畢業的學歷，沒有特別的證照，發現自己甚至不符合應徵資格。

而且，面試時，必須前往對方指定的地點。我無法踏出大門一步，根本不可能克服面試的問題。

「現實真殘酷……」

我趴倒在飯廳的桌子上，覺得自己太沒出息。

「我覺得這是很大的進步。」

我聞到咖啡的香氣，抬頭一看，今天休假的惠真把咖啡杯放在我面前。今天她用的是全自動咖啡機。

「妳不是努力在找工作嗎？我覺得很了不起。」

「哪有什麼了不起？這個不行，那個不行，只有精神上有一點『我有在做事』的滿足感。」

我道謝後，拿起杯子喝了起來。有點燙的咖啡滲進身體。

「而且，我找不到自己很想做的工作，雖然從以前就這樣。」

也許是因為自卑意識太強烈，我心目中完全沒有所謂「理想的樣子」。以前班上的同學都說長大之後要當空服員、護理師、作家或是繼承家業，有各種不同的夢想和理想，我總是用扭曲的角度認為，那是因為『大家的家庭都幸福圓滿』，他們才會有這些理想。如果非說不可，我唯一的希望，就是『有人好好愛我』，但這也很模糊不清，因此見到彌一時，才會輕易覺得『這一定就是愛』。我討厭膚淺的自己。

「惠真，妳是想要成為美髮師，才投入目前的工作嗎？」

「對，我從小就想當美髮師。」

惠真喝了一口咖啡說：「以前讀幼兒園時，阿姨經常幫表姊綁漂亮的頭髮，我超羨慕。有一天，班導師幫我綁了頭髮，雖然她三兩下就綁好了，但是綁得超可愛。那一天，我都一直忍不住照鏡子，覺得自己想要像老師一樣，覺得如果我也會幫別人綁頭髮就太棒了。」

「真好，妳實現了夢想，太了不起了。」

「雖然有人像我一樣，很快就實現夢想，但是這種事並不是比賽。妳或許也會慢慢慢找到自己的夢想，或是認為有意義的工作。」

「有意義嗎？」

我並不覺得自己能夠找到。如果開始找工作是一種進步，也許這份努力會有某種結果。

「對了，要不要問一下野瀨？」

惠真突然想到這個主意。

「他不是說，他的朋友在管理庇護中心嗎？也許他們知道一些能夠體諒員工，讓妳可以安心工作的職場。」

惠真的話很有道理。

我的手機一直處於關機狀態——雖然我很想乾脆把門號退租，但沒辦法出門去電信公司，所以就一直丟著不管——於是我用喧囂公寓的電話，撥打了野瀨的手機。雖然我有點猶豫，不知道提出請他幫忙介紹工作這樣的要求會不會太厚臉皮，但還是帶著要努力向前邁進的心情，撥打電話，野瀨很高興接到我的電話。

「喔喔，妳打算找工作嗎？太棒了，妳現在已經是這樣的心情了。」

「一點都不棒，我現在還是無法外出。」

我曾經試了好幾次，哪怕只走一步也好。雖然這麼想，但是兩隻腳就是無法邁開步伐。也許是給自己太大的壓力，現在只要走出玄關，就開始緊張，甚至想要嘔吐，情況可能比之前更嚴重了。

「意願很重要，但是請妳不要太勉強自己。至於工作，我會幫妳找一下。我最近可以去拜訪妳嗎？順便向妳報告找工作的情況。我很想參觀一下喧囂公寓，想見見聖子阿姨。」

他的好奇心還是這麼旺盛。野瀨加強語氣說：「我最近工作有點忙，但是我會盡快安排時間去看妳！」然後就掛上電話。

不一會兒，不知道什麼時候出門的惠真回來了，手上拿著梓咖啡店的蛋糕盒。

「喝了咖啡後，突然很想吃蛋糕，就趕快跑去買了。我們來一起吃！」

惠真咧嘴笑著說。她一定顧慮到我，才悄悄出門去買。她的貼心讓我很高興。

「那這次換我泡咖啡。惠真，妳等我一下。」

我正在準備兩人份的咖啡，飯廳又傳來「還要柳橙汁」的叫聲。我探頭向飯廳張望，問她是否改喝柳橙汁？惠真有點尷尬地說：「我也買了美保的份。只有我們兩個人吃，不是不太好意思嗎？」

惠真微微臉紅。她心地太善良了。

「好，那就這麼辦。」

我準備了三杯飲料，回到飯廳。準備去叫美保前，看了一眼桌子，發現有兩塊地瓜派，還有一個裝在透明容器中的可愛甜點。

「哇，這太可愛了吧。」

「這是梓咖啡最熱門的鯨魚水果百匯。她不是有玩IG嗎？我想她應該會喜歡。」用各種不同的水果均衡擺盤的水果百匯上，有一塊可愛的鯨魚糖霜餅乾作為裝飾。惠真告訴我，總共有五十二種不同形狀的鯨魚餅乾，購買時，店員會隨機挑選。在社群媒體上很受歡迎，甚至有人蒐集這種鯨魚餅乾。

「我喜歡時令蛋糕，而且之前和妳約好要一起吃，就買了地瓜派，可以嗎？」

「嗯，我也比較想吃地瓜派，但是，這種餅乾真的很受歡迎嗎？」

鯨魚雖然有一雙可愛的眼睛，但是嘴巴咬著人的腿，而且靠近嘴巴的地方是紅色，明顯是在吃人。鯨魚會吃人嗎？惠真有點困惑，「可能……有漂亮的，也有醜的？」

「既然是隨機，那也沒辦法。」

反正只要不是冒牌貨就好。我調整心情，走出飯廳去叫美保。我敲敲彩子姐的房門問：「要不要一起吃蛋糕？」我聽到電視的聲音，美保應該在房間內，但是沒有聽到回答。

「呃，惠真去梓咖啡店幫妳買來鯨魚水果百滙，要不要來飯廳一起吃？」

電視的聲音消失了。我正在猶豫該怎麼辦，門打開了，美保緩緩探出頭。我還不習慣她的一頭金髮，嚇了一跳。難道是因為我太老派，才覺得她染得很漂亮的頭髮不忍卒睹嗎？

「一起吃蛋糕？好不好？」

美保緩緩點點頭，跟著我來到飯廳。

「喔，妳來了啊，太好了，趕快吃吧。」

正在準備的惠真指指桌子。

美保坐在百滙前，一臉欣喜，立刻拿出手機。

「這不是超稀有款的夭壽鯨嗎！」

對美保來說，這款餅乾似乎是中了大獎。她從各種不同角度拍攝後，天真無邪地情說：「太厲害了，超棒的。」我實在無法理解年輕人的感覺。

美保拍了幾張照片後，拿起叉子，把水果放進嘴裡。吃了三口之後，把叉子用力叉進去。哈密瓜差點掉下來。

「我馬上來發文。」

比起水果百滙，她似乎覺得IG更重要。她開始專心玩手機。我們在她旁邊開始吃地瓜派。

地瓜派很好吃，地瓜甜而不膩，口感很豐富。奶油香氣和酥脆的派皮堪稱一絕，感覺可以重新燃起我對地瓜的喜愛。我把感想告訴惠真，她心滿意足地笑了起來。

我們在聊天時，美保不停地在手機螢幕上打字。

「妳只有玩IG嗎？」

惠真問，美保看著手機螢幕回答說：「還有TikTok。」

「這樣啊，千鶴，妳有玩這些嗎？」

「怎麼可能？我的手機根本沒有開機，而且我從學生時代開始，就很不擅長分享自己的事，完全不知道要寫什麼。」

「我也完全不行。」

「是嗎？但是，妳不是在IG上很紅嗎？」

「那不是我在經營，店長很擅長經營社群媒體，我完全不碰，每天只要讓店長拍我的穿著和化妝就好。」

我們說話時，美保默默操作著手機。她打字的速度很快，我不由得心生佩服。

「啊，反應很不錯，哇噢。」

她看著手機螢幕，拿起叉子，她剛才第一眼就愛上的夭壽鯨餅乾掉了下來。餅乾掉在桌子時摔成兩半，惠真發出「啊！」的尖叫聲。美保看著被摔碎的鯨魚餅乾愣了一下，然後立刻笑道：

「哇，慘了！竟然摔死，太好笑了。」

美保拍了摔碎餅乾的照片，隨手放進嘴裡。

「嗯，味道很普通嘛。」

她一臉無趣地說完，瞥了我們一眼。和我們對上眼之後，她嘆著氣，把叉子放回去。她起身，拿著原本裝百匯的塑膠杯子，準備走出飯廳。

「喂，等一下。」

惠真叫住她。

美保「嗯？」了一聲，轉頭看著她。「怎麼了？」

「妳這樣會不會對我們太失禮了？」

惠真生氣地說。美保的態度也讓我生氣。如果惠真沒有發聲，我恐怕會叫住她。因為她太輕視惠真的心意了。

「我們邀妳一起來吃蛋糕，妳自顧自地吃完後就拍拍屁股走人，這種行為太失禮了。」

「啊？是妳自己要買給我的，如果非要我表現出開心的樣子，說什麼『謝謝，我太高興了』之類的話，那我就不吃了。更何況我又沒拜託妳。」

美保把杯子放回桌上。

「而且妳竟然買甜食給孕婦吃，太搞不清楚狀況了，還一味地責備我，到底是想怎樣啊。」

美保突然拿起手機對著我們，聽到喀嚓的聲音後，美保看著手機螢幕笑起來。

「嗚哇，這根本雌雄莫辨，而且還自以為是網紅，簡直笑死人了。每次都修圖修很大吧。」

「喂！別拍我。」

「好、好，那我就閃人了，謝、謝、款、待。」

美保說完，走出飯廳。惠真拿著叉子的手顫抖著。

「千鶴，我真的很久沒有氣成這樣了，如果不是彩子姐的女兒，我才不管她是不是孕婦，一定會把她踹倒在地。」

「美保的這種態度，已經不是什麼現在的年輕人都這樣的程度了吧……」

之前一直覺得美保說的話，和我有幾分相似，總是帶有一絲善意看待她的行為。她才十幾歲，很希望她能夠趕快走出『母親離開了我』這種對自己的詛咒，但是，她未免太囂張了。

「孕婦真的那麼辛苦嗎？我無法體會肚子裡有一個孩子的壓力。」

「我們根本不需要瞭解這種壓力，我只知道所有的母親，都帶著各自的壓力生孩子！」

惠真把叉子重重地叉在自己的地瓜派上。

那天之後，美保比之前更少走出房間。彩子姐似乎對於她們的相處感到煩惱，有時候愁眉不展，而且經常重重嘆氣。如果她和我們商量，我們可以分擔她的煩惱，但不知道是否因為之前曾經發生衝突的關係，她從來不會在我們面前抱怨。

幾天之後，野瀨來到了喧囂公寓。

「哇，簡直認不出妳，太驚訝了。」

野瀨一見到在玄關迎接的我，立刻微笑著說。

「妳的表情變開朗了。」

「有、嗎？也許是因為惠真幫我剪了頭髮。」

雖然我無法當面對惠真說，如果我真的變開朗了，全都是她的功勞。惠真對我的幫助太大了。野瀨瞇起眼鏡後方的雙眼說：「這是非常好的發展。」

我帶著野瀨走進飯廳，倒茶給他，聊聊彼此的近況後，他好奇地打量室內。

「這棟房子太有味道了，我一直很嚮往能夠住在這種房子裡。有一個美女管理員，大家和樂融融地生活在一起。」

「喔喔，你是說那部漫畫嗎？我也看過，可惜我們家沒有那麼熱鬧，媽咪，對不對？」

媽媽身旁的惠真——今天戴著栗色的假髮，穿著一件寬鬆洋裝——問媽媽。

剛才告訴媽媽，野瀨協助我逃離前夫。媽媽雖然有點迷迷糊糊，但還是說「那我要見見他」，因此現在也坐在這裡。

「我才是美女管理員吧？」

媽媽難得精神抖擻，表情比平時開朗。惠真喜孜孜地回答說：

「對啊，美女、美女、美女。野瀨先生，媽咪以前很有異性緣。媽咪在生病之前，專門照顧獨居老人，有很多追求者。」

「是喔，這樣的經歷太有趣了，但是為什麼只照顧獨居老人呢？」

野瀨一如往常，滿臉好奇地問。

媽媽回答說：「那些老人家和重要的人斷絕關係，或是被重要的人斷絕關係，或是經歷了生離死別等無數經驗，最後選擇一個人生活，我對那些老人的人生產生興趣。」媽媽口若懸河，「有些人離婚，有些人和兒女斷絕往來，有些人甚至斷絕了所有的關係，離群索居……總之，有各式各樣的人。熟識之後，他們有時候會和我分享各自的人生。有人流著淚說很寂寞，有的人笑著說自己逍遙自在。也有人悄悄透露內心的後悔。我喜歡見識這種人生總結的階段，這些獨居老人教會我很多事。」

「是喔。」我忍不住說道。原來是基於這樣的理由。

「而且還可以看到人間百態，比電視劇精采多了。只要我拿到一丁點遺產，就會有不知道哪裡冒出來的親戚。那些所謂的親戚在老人活著的時候從來沒有露過臉，卻說我騙老人的錢。觀察這種貪婪的人很有意思。」

「人生總結的階段嗎？原來如此，的確令人好奇。」野瀨抱著雙臂，點著頭說：「嗯嗯，就好像是電影中最深奧的部分，真不錯，我很喜歡聽這些故事，可以感受這些老故事的餘韻。」

媽媽見狀，噗嗤一笑：

「我和你應該很合得來，我身體狀況不錯的時候，我們來約會。我可以說很多讓你著迷的老故事。」

野瀨挑起單側眉毛，開心地笑了。

「啊喲？第一次有人這樣約我，我終於知道為什麼有這麼多人追求妳了。」

「野瀨，這可不行，媽咪現在有男朋友。」惠真噗嗤一笑，然後半開玩笑說：

「媽咪，妳不能花心，不可以！」

媽媽嘟著嘴說：「啊喲，妳竟然破壞別人的好事。而且妳明明知道結城只是利用我來見妳。」

「什麼意思？」惠真皺著眉頭，「妳和結城不是對戀人遊戲樂在其中嗎？難道不是嗎？」

「我才沒有那種閒工夫，結城每次都是為妳而來。只要打著是我男朋友的幌子，就可以隨時來這裡——可以隨時見到妳。就只是這麼簡單，妳應該發現了吧？」

聽到媽媽這麼說，我覺得她太直白了。惠真應該隱約察覺到這件事，我發現她的臉越來越紅了。

「媽咪，妳別亂說，結城明明喜歡的是妳。」

「妳別這麼遲鈍。唉，結城雖然是聰明人，但是在關鍵的部分少根筋，真是受不了。既然要找理由來這裡，用醫生的身分就好了啊，而且為什麼不趕快告白。」

「等一下！我完全聽不懂妳在說什麼！」

「那就現在搞清楚，我不喜歡光說不練的男人，喜歡那種生存本能很強，就像熊一樣的男人。」

「那不就是椋本工程行的老闆嗎？」

「那已經是過去式了。」

「好像越聊越有趣了。」

野瀨笑道，我慌忙對他說：

「不好意思，完全變成在聊家務事了。雖然這是藉口，但媽媽已經很久沒有這麼清醒了。」

「很不錯啊，我覺得氣氛很好，讓人感覺很舒服。」

野瀨開心地看著媽媽和惠真你一言，我一語地拌著嘴，然後看著我。

「芳野小姐，妳目前的感覺也很棒，我可以感受到妳在慢慢進步。」

「……真的很謝謝你。」

我向野瀨深深鞠躬道謝。雖然很後悔當初出賣自己的回憶，但是我並沒有做錯。

「我希望這種氣氛可以一直維持下去，因此有件事要說。其實我今天來這裡，還有另一個原因。之前，有一個自稱是妳朋友的男人，跑去妳郵件轉寄的庇護中心。」

我知道自己臉上的笑容僵住。我產生了一種錯覺，好像溫馨的夢境突然變成做過好幾次的惡夢。

「那個人說自己姓澤村，受妳親戚的委託，在尋找妳的下落。」

「……根本沒有這種人，一定是我的前夫野野原。」

祖母當年的葬禮很冷清，芳野家的親戚中，沒有人會找我。那絕對就是彌一。

「但是，他為什麼會發現……」

「可能委託徵信社，那個叫野野原的人似乎不願意輕易放棄，但是沒想到他這麼執著。」

「啊！？這不就是跟蹤狂了嗎？這麼糾纏不清啊！？」

惠真臉色大變，我差一點嘔吐，喉嚨用力，才終於忍住。彌一還在找我，一旦被他找到……

「唉。」媽媽故意重重一嘆，「妳們太誇張了，又不是死到臨頭。」

媽媽的語氣慢條斯理，搞不清楚她是否明白目前的狀況，但是嘔吐的感覺稍微消退。沒錯，彌一並不會馬上出現在這裡。

「芳野小姐，妳可以繼續像之前一樣生活，但是為了以防萬一，請妳不要和以前認識的人聯絡，不知道誰會以什麼方式，把妳的消息傳出去。請妳保持警覺。」

「沒問題，我的手機已經關機很久了。啊，對了。」

我想起之前岡崎曾經打電話給我。野瀨聽後，皺起眉頭。

「他竟然還做這種事……這個人真危險。其實我認識的一家設計事務所，正在找幫忙整理資料的人，可以居家工作，原本想介紹給妳，妳願意接嗎？我覺得目前似乎不宜增加和外界接觸的機會，但是照這樣下去……」

「不，工作的事，還是暫時不考慮。」

僅有的工作意願完全消失了。我忍不住想像彌一的手伸向我的脖子，有朝一日，會用力掐住我的脖子。這種想像讓我恐懼不已。

「只要在家裡，就很安全吧？等安定之後，再考慮以後的事。」

惠真這麼說，我點頭表示同意，但是何年何月才能夠安定？我根本無法考慮以後的事。

深夜時，媽媽又開始說「想回去」。明明白天時的狀況那麼好，只能帶她在走廊上走來走去，彩子姐的房間傳來「吵死人了」的不滿叫聲，於是只好帶媽媽去院子。

「她以為自己是老大嗎！」

惠真抱怨著，但還是走向飯廳。也許是因為快年底了，夜晚的風很冷。刺骨的寒風咻咻地吹，我拿圍巾在媽媽脖子上繞了好幾圈。

「喘不過氣。」媽媽皺起眉頭，我又重新鬆鬆地圍在她的脖子上。媽媽可能對寒冷的感覺變得遲鈍，我和惠真都覺得冷，穿起外套，媽媽卻完全不在意。

「要『回去』哪裡呢？」

惠真問，媽媽只是默默地在院子裡打轉。今天恐怕會進入持久戰。我把三張餐桌旁的椅子搬到院子，惠真跟在媽媽身後，我坐在椅子上，拿手電筒照亮她們的腳下。

「每天都看著院子，果然不一樣。」

惠真佩服地說。媽媽在微弱的燈光中走得很順，完全沒有絆倒。惠真不時被樹枝刮到頭或是臉頰，發出「嗚啊」的叫聲。

三個人吐出的氣都是白色。我把手電筒交給惠真，走到廚房，燒水泡了焙茶。媽媽不會等茶涼了再喝，所以只有媽媽的那杯茶溫溫的，然後用托盤端著三個馬克杯，回到院子。

「好冷。啊，有茶可以喝。」

惠真看到我手上的茶，歡呼起來。

「媽咪，媽咪，我們來休息。休息一下喝杯茶，好不好？」

媽媽看著我的手，我舉起托盤，她用力點點頭，走了回來。

媽媽坐在中間，我們三個人一起坐在椅子上。

「啊，總算活過來了。」

「今晚很冷，搞不好會下雪。」

這是第一次和惠真、媽媽並排坐在一起，我感覺很新鮮。

比起可能躲在黑暗中的某些東西，我覺得活人更加可怕。靜悄悄的院子完全沒有人，但我一點都不覺得害怕，反而因為身旁只有熟悉的人，心情格外平靜。

現在很安全，彌一絕對不會在這裡出現。

媽媽喝了一口茶後，抬起頭說：

「天空真美，完全沒有雲。」

我跟著仰望天空，看到美麗的月空。朦朧的月亮很圓，有好幾顆星星在閃爍。

「真的欸。」

「明天看來會是晴天呢。」

惠真抬起頭，三個人看著同一片天空。

「對了，千鶴，明天早餐吃麵包吧，我想吃荷包蛋。」

「惠真，妳是不是看到月亮，想到荷包蛋？」

「被妳發現了，我不太會煎半熟的荷包蛋，妳幫我煎，我負責泡咖啡。」

「嗯，好啊。」

「美保的蛋我來煎，我會把蛋黃煎得硬邦邦。」

「什麼意思啊，妳想要整她嗎？」

「當然啊。」惠真笑道，我跟著笑了。我瞥了一眼媽媽，她似乎也露出了微笑。

我就是渴望這種時光。我如夢初醒般明確地感受著。即使只是一些芝麻小事，即使只是一些毫無意義的事都無妨，我希望和媽媽在平靜而溫馨的時間中一起歡笑。我一直渴望這種時光。

此時此刻，我的渴望成真，我和媽媽，還有其他人聊著明天的事，這件事讓我欣喜不已。

雖然無法消除彌一帶來的不安，但是，即使在這種不安之中，我終於找到能夠讓內心平靜的片刻。明天一定會有這樣的時光。

「媽咪是不是想睡覺了？她好像有點恍神。」

聽到惠真這麼說，我看著媽媽。她抬頭看著天空，但因為看太久了，我探頭看向她的臉。惠真看著媽媽的臉叫了一聲：「媽咪？」

接著聽到水聲。滴答滴答。我驚訝地察看，發現媽媽一臉呆滯，坐在椅子上尿了出來。椅子下方有一灘水。

「啊！？」

惠真猛然起身，椅子發出很大的聲響，但媽媽完全沒有聽到。她身體抖了一下，接著放了一個水屁。噁心的臭味撲鼻。媽媽可能同時大便失禁。

我和惠真互看一眼。不會吧？惠真應該有同感。

「呃，妳先帶媽咪去浴室，我去拿抹布。」

惠真立刻拿來抹布和浴巾，脫下媽媽穿著的拖鞋，把浴巾包在她的腰上。媽媽的連身睡衣的屁股周圍都染成褐色。她腹瀉了。

臭味讓我想吐，我拚命忍著，帶媽媽走進浴室。屎尿一路從飯廳滴到走廊和浴室。

「對不起，我要幫妳把衣服脫下來。」

我打開浴室的換氣扇，脫下媽媽身上那件前開的洋裝，把內褲也脫下來。臭味變得更加強烈，我皺起眉頭。

媽媽的背心式內衣也髒了，我脫下她身上所有的衣服。我無法正視媽媽在螢光燈下的裸體。乳房下垂，肚子突出，陰毛有好幾根白毛，鬆垮的大腿內側全都是糞便。媽媽似乎意識模糊，駝著背站在那裡的樣子完全不像五十二歲，看起來太蒼老了。

為什麼會變成這樣？為什麼這樣突然變老？我把頭轉到一旁，不忍直視。

「她是不是肚子痛？」

「很有可能，腹瀉很嚴重。」

不知道為什麼，我和惠真都不敢看對方。我打開窗戶。臭味實在太重了。沒想到再次傳來響亮的放屁聲，身後傳來惠真短促的驚叫聲。我知道媽媽又大便失禁了。

「先幫媽咪沖乾淨。」

「……嗯。」

「千鶴，請妳拿著蓮蓬頭，」惠真說，「我來幫媽咪洗身體。」

惠真用毛巾擦媽媽清洗身體。她的眼眶紅了，淚水滴落，但是惠真沒有擦眼淚，默默地為媽媽洗身體。

我不發一語，用熱水沖洗媽媽的身體。我沒有流眼淚，可能是內心深處拒絕接受眼前的狀況。不可能有這種事。我希望可以這麼想。浴室這麼臭，排水溝內積著渴色的水，媽媽的眼神如此空洞，但是我無法接受。

「啊喲，怎麼會這樣？」

聽到聲音，我吃了一驚。彩子姐起床了。

「原來是失禁，妳們辛苦了，我來幫忙。」

彩子姐立刻明白眼前的狀況，不慌不忙地向我們發出指示，俐落地為媽媽洗好身體。幸好有專業人士在場。我感到安心的同時也心生絕望。我們只靠自己有辦法好好照顧媽媽嗎？

從儲藏室拿出成人紙尿布——媽媽上次玩糞便時，彩子姐買回來備用——準備為媽媽穿上。彩子姐說，先讓媽媽坐在椅子上，然後分別從左右腳套進去。

「右腳可以抬起來嗎？」

媽媽就像傀儡一樣。雖然睜著眼睛，但完全沒有意識。她的身體僵硬，我想要把她的腿抱起來，但她的腳就像是釘在地上，根本抱不動。如果不趕快穿好，媽媽會著涼。我一籌莫展，聽到媽媽的嘀咕。

「啊？妳說什麼。」

「……我。」

抬頭一看，淚水從媽媽的眼中滑落。

「拜託妳，趕快拋棄我。不是我要拋棄妳，是妳要拋棄我。」

媽媽全身發抖。

「拜託妳拋棄我。我不想……讓女兒看到我這副德性。」

啊啊，我們母女果然無法拉近距離。好不容易覺得越靠越近，馬上又要遠離。

聽到嘎噹的聲音。回頭一看，原來是剛才在擦拭走廊的惠真。惠真不發一語，走到我們面前，蹲了下來。

「我來抱住媽咪的腿，準備好嘍。」

惠真說完，抱起媽媽的右腿。我立刻幫媽媽穿上尿布，惠真又抱起媽媽的左腿。我瞥了一眼惠真的側臉，發現她用力咬著嘴唇。紅紅的雙眼炯炯有神。

雖然目前是這種情況，但是我在這一刻，明確覺得惠真是我的妹妹。她是我的妹妹，和我擁有相同的痛苦……

「惠真。」

我情不自禁地叫著她。如果是現在，我可以發自內心接受妳叫我「姊姊」。

快天亮時，才終於幫媽媽換好衣服，把家裡收拾乾淨。雖然身心俱疲，但遲遲無法入眠。媽媽吃了安眠藥後沉沉睡去，我和惠真茫然地坐在她身旁，相對無言。

那天晚上，結城來到家裡。

我白天稍微補眠過，但腦袋昏昏沉沉。惠真雖然睡眠不足，但硬撐著去上班，氣色很差。媽媽從昨晚到現在，意識都一直模糊，聽說她在日照中心時，也都一直睡覺。

「結城，有什麼事嗎？如果你要找媽咪，她今天狀況很不好，可能沒辦法說話。」

惠真迎接結城後，指著媽媽說。媽媽躺在貴妃椅上。剛才媽媽在彩子姐和惠真的協助下，總算泡了澡，晚餐幾乎沒吃。聽說她在日照中心也沒吃。彩子姐說，明天要帶媽媽去醫院。

「我知道，她本人聯絡了我。」

「啊？」

惠真皺起眉頭。

「她打電話給我，是特別通知。她好像請一個姓百道的工作人員幫忙，之前就已經說好，如果有什麼狀況，要立刻通知我。」

結城走到媽媽身旁對她說：「我來了。」媽媽靜靜地閉上眼睛。

「我搞不太清楚，你說的特別通知是怎麼回事？」

「可不可以先請彩子姐過來?」

彩子姐和美保一起在房間內。我立刻去叫彩子姐,她歪著頭納悶,嘀咕著「特別通知?」然後走進飯廳。

結城確認美保以外全員到齊後開口。

「聖子要入住團體家屋。」

彩子姐最先做出反應。

「啊?啊?這是怎麼回事?我還沒有辦理申請手續。」

「我知道,因為惠真堅決拒絕,我猜想會是這樣。我之前和聖子決定,如果她的狀況無法再聽從惠真的任性要求,就會特別通知我,由我辦理所有的手續。」

「什麼任性要求!」惠真大叫著,結城仍然無動於衷。

「目前先暫時入住我朋友經營的安養院,等她之前中意的團體家屋有空房間後,再搬去那裡。我問過聖子的意見,她說希望儘快搬去那裡,因此就決定在下週一搬去。我那天剛好有空。」

下週一?我馬上看向掛在牆上的月曆。今天是星期二。

「結城,等一下!這太倉促了!再好好討論一下。」

雖然惠真這麼說,但結城搖搖頭。

「如果交給妳處理,就會一延再延。我在這裡的作用,就是在處理事情時避免陷入感傷，尊重聖子的意願。」
「不可以！絕對不可以！」
惠真說完，看到我愣在那裡，拉著我的袖子說：
「千鶴，妳趕快說點什麼啊。」
我在惠真央求的眼神注視下看向媽媽，媽媽緩緩睜開眼睛。
「真是兩個傻孩子。」媽媽說話時沒有移開視線，「妳們千萬不要以為親手照顧我就是美德，不要以為陪伴在我身邊是理所當然。每個人的人生道路各不相同，無論是媽媽還是女兒，都有不可侵犯的領域。」
我猜想媽媽想要表達不要干涉她的意思。但是，即使是這樣……
「我想和媽咪在一起！我可以做任何事，有辦法做得到。我想要有媽咪參與我的人生。」
即使惠真這麼說，媽媽仍然不悅地說：
「傻孩子，我的人生並不是為了妳而存在。」
「我、我……」
我的聲音發抖。我該說什麼？我還想繼續和媽媽在一起？說了又如何呢？之後還會發生像昨晚那樣的事，到時候，我有辦法承受嗎？仍然能夠像母女一樣相處嗎？
惠真央求媽媽：

「妳不要說這種話！我們不是一家人嗎？妳是媽咪，我們是女兒。無論多麼痛苦，都不能分開。家人就是要相互扶持，不能分開……」

「不要把家人或是父母這些字眼變成鎖鍊。」

媽媽用平靜而鎮定的聲音說。

「難道用鎖鍊綁在一起，大家在泥沼中抱在一起下沉，才是家人嗎？難道父母就必須拋開尊嚴，拋開所有的一切，到死都緊緊抱著孩子不放嗎？我接受不了這種事。」

媽媽把手伸向結城。結城牽著媽媽的手，扶著她站起來。媽媽看看惠真，然後又看著我。

「我要支配自己的人生到最後一刻，不會被任何人綁住。」

惠真雙手捂住臉。

「彩子姐，可以請妳看在妳們至今為止的緣分上，協助我辦理相關事宜嗎？我不太瞭解聖子需要哪些物品，想請妳幫忙收拾行李，我也想和妳討論手續的問題和後續事宜。」

「這……當然沒問題，明天我剛好休假，但這樣真的好嗎？」

彩子姐看看媽媽和結城，然後又看著我們。媽媽已經不再看我們。

媽媽走了出去。惠真對著她的背影大叫：「超討厭！」我什麼話都說不出來。

6

抬頭仰望，出現在前方

「好累喔，媽咪真煩。」
媽媽和結城、彩子姐三個人出門了。惠真似乎無力出門上班，一直關在自己的房間。我獨自坐在那裡發呆，美保邊嚷著「肚子繃好緊，好痛喔」，邊走出來，但是發現彩子姐不在家，立刻一臉不悅。
「我搞不懂搬不搬去安養院這種事，但為什麼要由媽咪來處理？真是超不爽。」
彩子姐沒有把她放在第一位，美保很不高興。我以為她會回房間，但不知道是否還沒有發洩完，她走去躺在飯廳的貴妃椅上。
「唉，好煩，煩死了，媽咪笨死了。」
美保一直看著手機螢幕抱怨著。我坐在美保的對面，茫然地看著院子，想著媽媽的事。
我昨晚該說什麼？希望可以多陪媽媽一段時間？不，我說不出口。我並沒有自信能夠照顧媽媽。我太不成熟，一定會渴望得到回報，渴望得到母愛之類的東西。
媽媽已經對我別無所求。媽媽已經自行決定好人生的終點，而且打算靠自己的力量往前走。
『不要把家人或是父母這些字眼變成鎖鍊。』
家人是什麼？媽媽又是什麼？我認為的家人，就是無論遇到任何困難，都不會分離。家人就是「血緣」，共同擁有「家」這個空間和「生活」的時間。痛苦的時候相互扶持，幸福的時候一起分享，共同累積回憶，認同彼此的存在。

但是，媽媽不一樣。比起家人的關係，她更重視「自己」和「自己的人生」。

『我要支配自己的人生到最後一刻。』

這句話帶有強大的力量。我無言以對。因為我無法用這種態度談論自己的人生。

「啊，有很多留言。雖然很不甘心，但她真的很受歡迎。」

前一刻還很不悅的美保開心地說道，我回過神，轉頭看著她。她在操作手機時，嘴裡唸唸有詞地說著：「但是孕婦以外的留言敬謝不敏。」

「IG到底是什麼？」我問她。

美保瞥了我一眼說：

「啊？妳真的連這個都不知道？只要使用少女媽媽之類的主題標籤，像我就是十七歲媽媽，然後把照片上傳，就可以認識其他相似的朋友，如果喜歡對方，就追蹤對方，如果對方也追蹤自己，就變成朋友了。」

「啊？」

我不是很瞭解，沒想到用這種方式輕鬆認識其他人。

「阿姨，妳可以搜尋一下家暴老公或是冷暴力老公之類的關鍵字，搞不好可以交到朋友。」

「……我、不需要。」

彩子姐可能把我的情況告訴美保。我並不在意這件事，只是她的說法讓我有點不舒服。而且，難道我使用最新的交友工具，仍只能結交到這種悲慘的朋友嗎？美保走到我身旁，把手機螢幕出示在我面前。

「妳看，就像這樣把照片上傳，大家就會留言。我就這樣認識了將在同一家醫院生貝比的人。」

我仔細一看，發現那是美保站在大學醫院門口之類的地方的自拍照，下方羅列了#少女媽媽、#十六歲懷孕、#〇〇醫科大學婦產科、#單親媽媽加油之類的句子，那似乎就是所謂的標籤。我第一次看到，發出「喔」、「是喔」之類的回應，美保笑著說：「妳可以試著用看看啊，我是認真的。妳不是才二十幾歲嗎？加把勁。」

「不用了，我不想讓別人知道我的事。」

我沒有想要和別人分享的事，更何況可能會被彌一看到。

「但是真的很厲害，咦？這是上次的……」

我看到鯨魚水果百匯的照片，忍不住點了一下。增加閃亮效果的百匯照片下方，有一整排標籤。我在其中看到 #同住的兩個姐姐、#漂亮又貼心、#其實有點喜歡等文字。

「咦？這個？」

「啊啊啊，不要看這個！不是啦！」

美保突然叫了起來，慌忙想要遮住螢幕。我忍不住問她：

「所以妳有點喜歡我們嗎？」

「……啊……呃，上次、對不、起。」

美保微微紅著臉頰，小聲地說：「因為我不知道那種時候該說什麼，不知道向別人道謝的時候該怎麼表達，和不是很熟的人一起吃飯會很緊張。之前曾經有人笑我說，我吃飯很沒吃相。」

「這樣啊，這樣啊。」

「雖然我覺得要多和妳們聊一聊，但是我不太聰明，沒辦法和比我年紀大的人聊天。」

「沒這回事。」

我覺得內心湧起一股暖流。我同樣經常在和別人吃飯時感到緊張，也為不知道該和別人聊什麼而不安。美保也許並不像我以為的那麼讓人討厭。

「還有、那個。妳上次說，我的痛苦並不是媽咪造成的。」

「喔喔。」

「其實我知道，我被響生欺騙，是我自己的錯。」

美保在和我隔了兩個座位的椅子上坐下，把頭轉到一旁，撫摸著肚子。

「爸爸再婚之後，我就開始變得有點奇怪。我想，是因為想吸引周圍人的注意力，所以我變得超任性，故意讓家人為難，還曾經離家出走，甚至援交，但是，我所做的一切都沒有意義，大人越來越討厭我。爸爸開始對我漠不關心，爺爺、奶奶對我做的一切都很不耐煩……我從那個時候開始就經常想，如果媽咪在我身邊，就會不一樣了。我超後悔。」

也許美保其實一直尋找和我聊天的機會，我默默點著頭。

「我知道自己漸漸失去立足之地，雖然這是我自作自受，但是我不知道該怎麼辦。我不可能突然改變人設，就只能繼續走下去，然後就遇到了響生……」

美保嘿嘿笑了。「他對我說，全世界只愛我一個人，讓我覺得超新鮮，也超開心，所以就被他唬弄得團團轉，我真的太輕浮了。」

「我完全理解妳說的話，我以前也是，只要有人肯定我，我就超開心。」

美保猛然轉頭看向我。

「對啊！第一次覺得自己是一個特別的人！但是……事實卻不是這樣。其實一開始，大家都很疼我，我很想回到那時候，卻再也回不去了，讓我超痛苦的。」

美保落寞一笑，摸著滿頭金髮。

「染髮也是。說白了，我就是想吸引媽咪的注意。因為我不知道該怎麼辦，我沒辦法再像以前一樣向媽咪撒嬌，又無法坦誠地道歉。我記得自己以前曾經說不需要媽咪了，記得媽咪當時受傷的表情，以及看到媽咪那樣，竟然有一種優越感的記憶。我的個性是不是很差？當初是我拋棄媽咪，做了這麼過分的事，現在竟然還有臉來投靠媽咪。」

原來拋棄人的一方會有這種想法。

「而且我知道媽咪拿我沒轍。她完全不會罵我，難道因為我是孕婦，她只是出於無奈，只好照顧我嗎？為了怕麻煩，所以避免和我發生衝突。」

「……妳可以把這些話告訴彩子姐，彩子姐只是不知道要怎麼和妳相處。寵溺妳、不責備妳，是她愛妳的方式，妳可以和她好好聊一聊。」

只要她們聊一聊，應該可以成為感情很好的母女。我希望如此。

我如果更早見到媽媽，也會有所改變嗎？如果在媽媽生病之前重逢，會和現在不一樣嗎？

「……千鶴姐姐，謝謝妳。」

「哇，沒想到妳記得我的名字。」

「嗯，是啊。」

美保靦腆地點點頭。沒想到她也有可愛的地方。我不禁莞爾，這時，玄關的門鈴響了。媽媽他們有帶鑰匙出門，這麼說，門外是訪客嗎？

「啊，千鶴姐姐，妳不是沒辦法嗎？我去應門。」

美保一改之前的態度，起身走出去，說著「來了，來了」，走去玄關。我跟著起身，在飯廳門口向玄關張望。

「請問是哪位？」

美保解開門鎖，打開了門。

「不好意思，我在找人。」

門外傳來一個男人的聲音。我聽過這個聲音，慌忙躲到門的內側。

「啊？我對這一帶並不熟。」

「啊，原來是孕婦。妳挺著大肚子，很辛苦吧？」

那個男人自來熟地和美保說話。這個聲音是誰？我想了一下，然後大吃一驚，差一點叫出來，慌忙用雙手捂住嘴巴。

是岡崎！

「請問妳是否認識一個叫芳野千鶴的女人？或是BROOM的惠真。」

「……我不知道，她們是誰啊？」

美保頓了一下，輕鬆地回答。

「啊？是這樣嗎？妳不認識她們？」

「如果想找人，要不要去派出所？國道旁不是就有派出所嗎？」美保說。

「這樣啊。」岡崎嘴上這麼回答，但似乎無意離開，非但不離開，而且還探頭向屋內張望，美保大聲說：「怎麼回事？你太可怕了。如果你還不離開，我就要報警了，可以請你離開嗎？」

美保似乎給岡崎看了什麼東西，岡崎笑笑。「啊，對不起，我只是覺得這棟房子很有味道，打擾了。」

關門的聲音後，又傳來鎖門的聲音。聽到喀答的粗礪聲音，我頓時渾身發軟。

岡崎在找我……

美保啪嗒啪嗒走回來。她臉色蒼白，顯然在和岡崎說話時，也心生恐懼。

「美保，謝、謝妳……」

「別這麼說，我聽媽咪說過妳的事。剛才那個人，就是妳的前夫嗎？」

「不是，但是……搞不好他和我前夫有聯繫。」

回想起來，岡崎上次打電話時就很奇怪，一直想要知道我的下落。彌一應該確實在工廠附近向很多人打聽我，他們是不是因此搭上線？岡崎很好色，又愛賭博，之前在休息時間，經常聊拉霸機的事，兩個人很可能一拍即合……

「美保，對不起，讓妳受驚了。但是，他怎麼會知道我在這裡？」

我從來不出門，根本沒辦法出門，他怎麼找到我的？

接下來該怎麼辦？先徵詢野瀨的意見？要先和惠真商量。我捂著臉，嘆了一口氣。

這時惠真剛好走進來。她剛才聽到門鈴聲，以為是媽媽他們回來了。一看到我癱坐在地上，美保站在我面前，立刻臉色大變。「她對妳做了什麼嗎！？喂，妳對千鶴……」

「不是，惠真，妳搞錯了，是以前工廠的同事找上門來。」

「啊……？」

惠真正準備撲向美保，聽到我這麼說便停下來。

「這是怎麼回事？為什麼？」

「他在找我，而且不知道為什麼，也同時在找妳。美保把他趕走了。」

我的心臟快停了，很想吐。惠真蹲下來，撫摸我的後背。

「不光是找妳，還同時找我嗎？為什麼？」

「不知道。」

恐懼讓我失去思考能力。到底發生了什麼事？

「……對、不起。」

美保突然顫抖地開口。

「啊？美保，妳為什麼突然道歉？」

美保從口袋裡拿出手機。可能剛才給岡崎看後沒有按掉，螢幕上仍然是報警的畫面。美保滑開那個畫面，操作著手機。

「剛才那個可怕的人，可能是因為我才會上門。」

美保把手機遞過來。螢幕上出現惠真和我，還同時拍到地瓜派，應該是那天拍的。和她剛才給我看的IG畫面一樣，照片下方有許多心形符號和標籤。

「啊……妳傳到網路上？」

「對不起，因為妳們兩個人都一臉驚訝，我覺得拍得很好……」

美保似乎連同百匯的照片一起發文，滑動畫面後，看到了其他人的留言。

『理平頭的女生真的就是BROOM的惠真欸。』

『我看到了惠真常戴的耳環，絕對就是她。她沒化妝吧？也太可愛了！』

『這根本就像外國的名媛！惠真假日時也超帥。』

照片下方有很多留言。

「啊？怎麼回事？妳擅自把我的照片上傳到網路上？」

惠真尖聲問道，從我手上搶過手機，生氣地說：「妳腦筋有問題嗎？不光是BROOM，妳還用我的名字當標籤？這樣當然會被人找到啊！妳怎麼可以做這種事？我不是已經提醒妳好幾次了嗎？」

「對、對不起。」

美保的臉皺成一團，就快哭出來了。「鯨魚餅乾收到很多讚，我很開心……朋友都很羨慕我……」

美保的聲音聽起來很遙遠。我從惠真手上把手機拿過來，再次確認留言的內容。

『惠真旁邊的是芳野小姐嗎？』

絕對沒錯，就是這張照片露了餡。

傍晚時，媽媽他們回來了。

「那個地方很不錯，風景很好，工作人員都很親切。」

「可惜只能短期入住。」

彩子姐和結城滿意地聊著天，媽媽還是神情呆滯。結城看到我們的表情，嘆著氣說：

「不要這樣嘛，別把氣氛弄得好像葬禮般沉悶，雖然我並不會要求妳們笑著送聖子離開。」

「不是你想的那樣，出事了。」惠真說，「對方可能已經查到千鶴的下落。」

「妳說對方，是指那個前夫嗎？為什麼！？」彩子姐臉色大變地問。

剛才查過在美保的貼文留言的那個人帳號，發現那個人在我以前工作的那家麵包工廠任職，但是最近已經離職。雖然那個人發了幾篇文，但都是連鎖牛丼店的限定牛丼照片，和玩拉霸機中獎的影片，還有柏青哥雜誌和罐裝咖啡的照片，沒有任何可以查明真實身分的內容，但是我認為那個人絕對就是岡崎。而且那個人追蹤很多寫真女郎和女明星，其中有惠真工作的那家BROOM髮廊的帳號。

岡崎一定是看到標記著惠真的發文，然後循線找到我。

惠真確認著美保的每一篇發文，但是中途就把筆丟掉了。她原本記下有可能會讓別人找到我們住家的危險內容，最後發現實在太多。結城迅速瀏覽惠真記下的內容，嘆了一口氣，把筆記內容捏成一團。

「不可以在網路上發表涉及隱私的內容，這是很基本的事，學校沒有教嗎？」

「對……不起……」

美保被結城狠狠罵了一頓之後，淚眼汪汪地坐在椅子上。彩子姐站在她身旁，撫摸著她的背。

「我沒有想到事情會這麼嚴重。」

「住在這棟房子的都是女人，萬一有心存不軌的人上門怎麼辦？」

「對不起，我沒想到美保會做這種事，都是我的錯，對不起。」

彩子姐頻頻鞠躬道歉，美保制止她。

「不用妳道歉，這是我的錯。我剛才和那個人講了幾句話，那個人超噁心，好可怕。是我闖了禍。」

「對啊，彩子姐，妳不必代替她道歉。但是接下來要思考自衛的方法，美保已經明確告訴那個姓岡崎的男人，這裡『沒有這個人』，希望對方會相信，只不過不知道對方接下來會怎麼出招。很可能會再次上門，而且下次上門時，可能會強行闖進來。」

彩子姐臉色大變，美保將手放在肚子上。

「目前不知道岡崎的目標是否只是千鶴，首先，可能是IG帳號主人的美保，這個世界上就是有些人會迷戀孕婦。其次，可能是惠真。因為他也追蹤了BROOM的帳號，既然循著標記找到這裡，八成是惠真的粉絲。可能想先搞定千鶴，之後再接近惠真。那些留言中，也有男人公開宣稱自己是惠真的粉絲。」

惠真大吃一驚。美保似乎不太舒服，臉色鐵青捂著嘴。

「如果岡崎的目標是千鶴，那絕對和千鶴的前夫有關。因為千鶴說，岡崎以前對她完全沒有興趣。」

「真的很對不起。」彩子姐說話的聲音發抖。

「我覺得剛好。」躺在貴妃椅上的媽媽突然開口，「大家各奔東西吧。」

媽媽坐了起來，「我去團體家屋，彩子母女可以找一間公寓。惠真差不多該獨立了，千鶴可以先去庇護中心。」

媽媽目光掃過所有人，露出微笑。「大家同住在一個屋簷下的生活到此為止。」

「我才不要。我才不要這麼快就分開！」

惠真放聲大哭。彩子姐走到惠真身旁，不停地向她道歉說「對不起、對不起」。

美保低著頭，不停地流著淚。我看著媽媽，媽媽也看著我。

「沒問題的。」媽媽對我說，「妳一定沒問題。」

妳憑什麼說這種話？妳根本不瞭解我。

而且，妳什麼都沒告訴我。我想要瞭解妳，想要瞭解妳拚了命守護的人生。

媽媽注視我良久。

和千鶴最初的回憶，應該就是分娩的時候。但那並不是太美好的回憶。因為千鶴呱呱墜地時，最先抱她的既不是我，也不是丈夫，而是阿母。阿母從我開始陣痛後，就一直陪在我身旁，和我一起進了產房。

千鶴是超過三千八百公克的巨嬰，雖然事先剪了會陰，但仍然造成了好幾處撕裂傷，一次分娩，讓我傷痕累累。當醫生正在縫合會陰時，聽到遠處傳來剛出生的千鶴發出的哭聲，接著是阿母的說話聲音。

『太不可思議了，和聖子一模一樣，簡直就像是我生出來的。』

原本在內心膨脹、只屬於我的成就感，和身為人母的喜悅一下子消失。我不太確定至今為止的痛苦和疼痛，以及所有的一切是否屬於我，難道我生下的，只是阿母的「我瞭解」嗎？

阿母以不至於引起芳野家討厭的程度，頻頻干涉我的育兒。七五三節的和服、學才藝、幼兒園。雖然不是強制，而是用「提議」或是「禮物」的方式，在所有的事上表達意見，每次都是採納阿母或是婆婆的意見。千鶴明明是我生的女兒，但我完全沒有決定權。也許是因為這個原因，雖然我覺得千鶴很可愛，是我的寶貝，但總有一種好像向別人借來的感覺，這個孩子並不屬於我。

幾年之後，阿母去世，我終於擺脫阿母的詛咒。雖然我已經忘了那位前來弔唁的賓客名字和長相，我很感謝那個人，只不過那個人並沒有告訴我，在解脫之後該怎麼做，只叫我身為母親，要好好生活。

想要好好生活，就必須逃離。雖然這種想法可能太武斷，但當時的我拚命想要逃。我每天晚上都夢見阿母，夢見她像機器人一樣對我說「不對吧？」，然後伸手掐我。阿母一定發現自己死後，我終於清醒了。我必須趕快逃離，在被怨念抓住之前，趕快逃離。

我很猶豫，要不要帶千鶴一起走。我認為必須把她留下。因為我早就對千鶴是我的女兒這件事失去自信。

千鶴是個乖巧的孩子。她明明可以像其他小孩子一樣自由奔放，但她總是溫柔地微笑，從來不會任性。她很有禮貌，有點膽小，而且天真無邪。無論是阿母還是婆婆，或是前夫，都對千鶴讚不絕口，說她是一個乖巧善良的孩子。我在感到驕傲的同時，也覺得很討厭。

雖然有諸多限制，但我盡可能讓千鶴自由成長，總是讓她自由選擇，讓她選擇她喜歡的事，內心期待她成為我心目中理想的孩子——自由隨性的孩子。但是，千鶴成為大家讚不絕口的乖孩子，成為我討厭的那種人見人愛的孩子。雖然我無法瞭解是因為千鶴在成長過程中，受到阿母和婆婆很大的影響，我些微的干涉根本無法改變任何事，或是她與生俱來的資質使然。

我怎麼可以帶她一起離開呢？我一定無法好好愛這個孩子，我會在她身上感受到阿母的影子、芳野家的血緣，以及和我完全的不同，在感受到這些之後，一定會看不順眼，甚至可能會憎恨她。在這種情況下，無法帶給她幸福。我無法成為她的母親。

但是，當初是我生下了她，她確確實實就是我的女兒。

猶豫之後，我對千鶴說，我們要出門旅行，要求她趕快收拾東西。

和千鶴在一起的那段日子很快樂。我這輩子從來沒有這麼開心過。我第一次穿了比基尼，開懷大喝啤酒，第一次知道炭烤魷魚頭很好吃，在車上過夜的刺激令我血脈賁張。我忘我地體驗之前只能遠觀的許多事，千鶴起初以驚訝的眼神看著我。原本以為她會輕視我，或是感到害怕，沒想到千鶴笑得很開心。她對我說，媽媽，妳好棒。我也喜歡這樣的媽媽。

她應該不知道，她對我說這句話，讓我多高興。那是第一次聽到別人肯定我的話，而且是出自女兒的口，更是讓我無比喜悅。啊啊，當時我很慶幸帶她一起出門。我覺得可以和她成為母女。

在我生日的那一天，我們去了一個當天舉辦煙火大會的城市。前一天，我和千鶴實地觀察，找到可以最清楚看到煙火的最佳位置。但是在第一發煙火升空之前，我們逛廟會逛得忘了時間。

『慘了！最佳位置會被人搶走！』

我拉著千鶴的手，一起拔腿狂奔起來。沿途看到很多廟會的燈籠，路邊攤香噴噴的味道撲鼻，隨即又消失了。穿著浴衣，綁著漂亮頭髮的女生看到我們一路奔跑，很是驚訝。等到千鶴像那個女生那樣的年紀，我要做浴衣給她，而且讓她挑選喜歡的圖案。無論是蘿莉塔可愛風格或是龐克風格都沒關係，無論什麼圖案，無論多長多短都無所謂。我要為她準備一件無人能及的浴衣。

回頭一看，發現千鶴跑得滿頭大汗，但笑得很開心。她頭髮亂了，汗流浹背，但是很可愛，是我最心愛的女兒。

我們終於跑到目的地，看到的煙火實在太美。很震撼，簡直無與倫比，好像在為我的生日祝福。這時，千鶴大叫起來。向來文靜乖巧的她，大聲說著：『媽媽生日快樂！』旁邊一對情侶中的男生可能聽到了，大聲對我說：『生日快樂！』坐在他旁邊的女生很驚訝，然後也笑著說：『Happy Birthday！』

我太高興了。所有的一切都在祝福我邁向新的人生。那一天，千鶴讓我在無數的祝福下重新誕生。

那是無可超越的幸福。那天之後，無論遇到任何事，無論多麼痛苦，只要回想起這段回憶，就一次又一次獲得救贖。至今為止，從今以後都是如此。那是我此生所有珍貴的回憶中，最美、最閃亮的一顆星。

✧

野瀨接到聯絡後，立刻開始奔走，找到可以收容我的庇護中心，說可以立刻帶我過去。

「我可以等到星期一再搬離這裡嗎？」

美保鎖住她的IG帳號，雖然岡崎和彌一可能狼狽為奸，但美保已經明確告訴岡崎，我們並不住在這裡，彌一喜歡在別人面前裝模作樣，保持形象，在無法確定我住在這裡的情況下，應該不至於亂來。

最重要的是，我希望可以有時間和媽媽道別。一旦進入庇護中心，我可能暫時無法出門。自從岡崎來這裡之後，我無法想像自己走在街上的樣子。也許以後再也沒有機會和媽媽好好聊天了。

和媽媽相處的時間所剩無幾，應該可以再等幾天。

彩子姐母女似乎正在考慮搬去彩子姐任職的安養中心名下的公寓。彩子姐很懊惱地說，其實她很希望美保能夠在這裡待產，但最後還是下定決心，認為女兒和孫子的安全最重要。今天她帶著美保一起去看房子、買家具。

惠真整個人萎靡不振，她沒有去髮廊上班，甚至沒有走出房間。無論誰叫她，她都回答：「不要管我。」我曾經去叫了她一次，也被她拒絕，我暗自慶幸。因為即使我們兩個人單獨聊天，又能夠說什麼呢？早知道我不應該來喧囂公寓，如果我沒有來這裡，媽媽和惠真就不需要這樣匆忙分開。我只能說出這種話，但這種話對惠真根本沒有任何幫助。

雖然我絞盡腦汁思考，是否可以做點什麼，改變目前的狀況，但是完全想不到任何方法。分離無可避免，只能接受。我茫然地得出這樣的結論。

我和惠真失魂落魄，媽媽還是像往常一樣去日照中心。媽媽嘀咕說，要入住結城的朋友經營的安養院，那就無法再繼續去目前的日照中心，所以要去向大家道別。我忍不住想大聲對她說，為什麼不把這些道別的時間留給我們？但是，這些話在說出口之前，內心的憤怒就變成羞愧，於是就閉上嘴巴。如果媽媽覺得有限的告別時間用在千萬道身上更值得，那也是無可奈何的事。

我在空無一人的飯廳內發呆，發現手凍僵了。抬頭看向窗外，發現窗外北風颯颯，冬天已經支配整個世界。我第一次走進這棟房子時，還聽到夏末的蟬鳴聲。我覺得在這裡生活了很久，但又同時覺得只是轉眼之間。

我緩緩起身，在房間角落的鑄鐵暖爐點上火，紅色和藍色的火光舞動。我坐在地上，看著暖爐中的火。

我感受著臉頰漸漸被烤熱，回想著至今為止發生的一切。和媽媽重逢。和媽媽共同的生活。並非都是快樂美好的事，甚至覺得幾乎都是痛恨的時間。

不能否認，仍然有快樂的時光，媽媽的動靜、氣味和笑聲，在折有媽媽味道的衣服時，聽到她說「我回來了」時，還有她說晚安時的呵欠，這些平淡無奇的事物曾經帶給我安慰。

現在，我終於可以說這句話。

我一直在渴求媽媽，一直很想念媽媽。我喜歡媽媽，所以我才一直恨她、怨她，同時扭曲自我。即使這樣，我仍然沒有放棄渴求媽媽。

好不容易見到媽媽，

但是媽媽又要離開我。

我接下來該怎麼辦？我要繼續思念媽媽的面容，撫摸著遭到拋棄的傷痕，一事無成，繼續苟活嗎？

和大家分開後，住進庇護中心，的確可以遠離造成我不安的原因，但是僅此而已，只是害怕彌一的影子和岡崎的出現，更加隱姓埋名地生活。如果有朝一日能夠離開庇護中心，那將是很久以後的事，到時候沒有誰會和我一起高興。

乾脆殺了彌一。從我做出這個決定的那一刻開始，也許我一直在原地踏步。只是改變了傷痛的樣貌，這樣可以稱之為前進嗎？我真是太沒出息了。

我坐在那裡發呆，時間在轉眼之間過去。玄關的門鈴聲響起，接著聽到千萬道的聲音。

明天是星期天，日照中心休息。到了星期一，媽媽和我就要離開這裡。這是最後一次迎接媽媽回家。

「妳好！『療癒森林』送聖子姐姐回來了！」

千萬道露出一如往常的笑容。媽媽當然和千萬道牽著手，但是看起來心不在焉。

「聖子姐姐今天一整天都這樣，雖然是最後一天，但是完全沒有笑容，我好寂寞。」

千萬道重重地嘆氣，然後雙手握住媽媽的手。

「聖子姐姐，妳要多保重。」

媽媽眼神空洞。千萬道難過地看著媽媽的臉。

「那麼，這是最後一次一手交一手。」

我從千萬道手上接過媽媽的手。媽媽沒有伸出手，我只能抓住她的手。媽媽用力握住我的手那一天變得很遙遠，好像是很久很久以前的事。

「謝謝你這些日子以來的照顧，媽媽似乎很喜歡你。」

我對千萬道深深鞠躬，千萬道搖著雙手說：

「妳太客氣了，其實剛好相反，我很喜歡聖子姐姐。聖子姐姐很善解人意，在我還是新手的時候，她總是安慰我。」

千萬道說，他還是新手時，無法很快適應工作，整天都挨罵，媽媽每次都袒護他。

「聖子姐姐總是對我說，別擔心，你可以做到。我每次聽了都很高興。」

「啊，媽媽以前也對我說過這句話。」

我從小就笨手笨腳，幼兒園的時候，無論賽跑、跳舞或是寫字都比別人差了一大截，完全沒有任何一件事比別人厲害，祖母和爸爸都因此嘆息，只有媽媽不一樣，她好像在唸咒語般一次又一次對我說：『別擔心，千鶴，妳可以做到。』

「原來這是聖子姐姐的口頭禪。但是沒關係，那句話帶給我很大的力量。」

千萬道探頭看著媽媽的臉說：

「別擔心我，因為我可以做到。」

媽媽沒有反應，千萬道露出親切的笑容後，轉身離開了。

「別擔心，你可以做到。」

我目送著千萬道離去的背影，媽媽緩緩轉頭看著我。

「妳以前常對我說這句話，雖然我和千萬道不一樣，最後還是無法做到，哈哈。」

媽媽聽到我的笑聲，移開視線。我把媽媽帶去飯廳。

今天的晚餐將由彩子姐大顯身手，所以我今天不用準備晚餐。彩子姐也邀請結城來家裡吃飯，不知道美保是否有辦法和大家一起吃飯，還有惠真也是。

「我來泡茶。」

我讓媽媽坐在貴妃椅上，轉身準備泡茶。我們會把水壺放在鑄鐵暖爐上，讓冒出的蒸氣發揮加濕器的作用。正好水壺正吐著熱氣，我決定用來泡茶。

之前彩子姐告訴我，媽媽喝茶時，不喜歡茶葉泡太久，我一直沒機會實踐。之後每次喝淺泡的茶，我可能都會想起媽媽。

惠真就像生了重病的人一樣無精打采，用僵硬的聲音對媽媽說：「妳回來了。」

媽媽聽後沒有反應，只是看著天花板。

「別擔心，千鶴可以做到。」

媽媽突然開口說了這句話。我正準備伸手拿茶葉罐，不禁停了下來，和惠真互看一眼。

「千鶴真的是個乖孩子，阿母，對不對？」

媽媽為什麼突然說這種話？難道是因為剛才我和千萬道聊天的內容，讓她想起了往事嗎？我正想對媽媽說話，惠真阻止我，用眼神示意，聽媽媽說下去。

「但是，我並不是好媽媽。我和她在一起，只會造成她的痛苦。千鶴是我無法生存的世界中的『乖孩子』，我和她不是同一個世界的人。」

「妳為什麼這麼認為？」

惠真巧妙地在媽媽獨白時問道。媽媽凝望著遠方回答說：「千鶴和我在一起會很不幸，我只能和她分開。」

這是怎麼回事？

「我覺得快樂的生活，對她而言是痛苦。那麼如夢似幻，那麼快樂，但是她說不想過這樣的生活。她無法在我覺得舒服自在的世界中生存，但是，當年我覺得她錯了，所以伸手掐她的臉頰。」

媽媽不停地掐著自己的臉頰。我看到這一幕，突然想起來了。之前做的那個夏日的夢，臉頰感受到疼痛的記憶。沒錯，我說『我們回家吧』之後，媽媽掐了我的臉頰。

當時，我已經想回家了。雖然每天都很開心，但也感受到同等程度的疲累，不，疲累的程度超過開心。我已經對每天像在坐雲霄飛車的生活膩了，開始眷戀起伏和緩的平靜日常，我想回到和祖母、爸爸和媽媽一起的平靜生活，所以我對媽媽說，我想要回家。

沒錯，那年夏天並非只有開心的事。閃電雷鳴中，在車上過夜很可怕。去海邊游泳時，當地小孩遠遠地看著我們，讓我緊張得無法樂在其中。比起周圍都是陌生人的溫泉，我更喜歡家裡的浴缸。比起烤肉，我覺得祖母用平底鍋煎的漢堡排更好吃。

我討厭媽媽沒有察覺我已經厭倦了這樣的生活。

當爸爸他們來接我們時，我太高興了。

『媽媽，太好了，我們終於可以回家了。』

啊啊，我當時的確這麼對媽媽說。

等一下。

所以，是我美化了那年夏天嗎？

我把那段日子，變成美好的回憶嗎？

「我明明不想變成阿母，明明不想把自己的想法強加在千鶴身上，但是，繼續這樣下去——如果繼續和千鶴在一起，我遲早會變成阿母。」

那時候，媽媽用力掐我的臉頰，然後對我說，不對吧，不對吧。我一直以為是發燒時做的惡夢，沒錯，我以為是因為發燒才會做這麼可怕、這麼討厭的夢。

但是，如果這些記憶並不是惡夢，我隱約記得一些往事。由於我對媽媽心生畏懼，所以改口說：「……比較好。」只是我想不起當時說的地名，只是隨口說了一個地名，然後媽媽終於放開我的臉頰。

「千鶴和我不一樣，如果要求她過和我一樣的生活，只會讓她痛苦。只要我和她在一起，我就會一再變成阿母。因為我只知道這種方法。如果千鶴和我在一起，就會扭曲她的人生，我不想這樣。」

我閉上眼睛，吐出一口氣。我和媽媽無法像母女一樣生活在一起，媽媽無法在我渴望的世界生活，我也無法在媽媽想要的世界中生存。

啊啊。

所以妳拋棄我。妳為了我而拋棄了我。

淚水流下。

就在這時，門鈴響起。媽媽嚇了一跳。

為什麼門鈴偏偏在這種時候響起！

「這個時間，應該是結城。我去開門。」

惠真嘆著氣，走出飯廳。媽媽的視線茫然地飄忽著，我再也無法聽到那段往事了嗎？難道已經沉入媽媽心海的深處，再也無法掬起了嗎？

好不容易才有機會聽這這段往事。

「媽媽。」

「哇，是惠真！！」

玄關響起岡崎的聲音。

「哇啊，我就知道妳住在這裡。我終於找到妳了。咦？妳沒有化妝？即使妳不化妝，也超可愛嘛。」

「喂！你是誰啊？」

惠真尖叫起來。岡崎為什麼又出現了？

「啊？妳不記得我了嗎？我去過BROOM好幾次，每次都指名妳，結果被妳拒絕了，還禁止我再去店裡。」

「啊！我記得你在店裡大吵大鬧——」

「我好不容易去店裡找妳，妳竟然連頭也不幫我洗，這不是太奇怪了嗎？我還付了指定費啊。」

「啊！你不要碰我！」

所以岡崎是為了惠真上門？不，現在沒時間管這種事。我用拳頭拚命捶著顫抖不己的雙腿，然後又拍著自己的臉頰，想要激發內心的勇氣。現在只有我能夠救惠真。

「外面很危險，妳留在這裡不要動。」

我對一臉茫然的媽媽說，然後拿起電話子機走向玄關。

我看到岡崎抓住惠真的手腕。

「你、你在幹什麼？」

我從腹部擠出聲音，但是聲音很沒出息地分岔。

「你、你擅闖民宅，我要報警了！」我舉起子機大叫著，「請你趕快離開。」

但是，岡崎一看到我，立刻露出得意的笑容，轉頭看向身後。

「阿彌，找到了。」

「啊！」我忍不住倒吸了一口氣。虛掩的門被用力推開，一個人影出現在眼前。

「嗨，千鶴。」

「怎、麼……」

我的喉嚨凍結！怎麼可能？不可能有這種事。但是，出現在眼前的正是彌一。

「放、放開我！幹嘛？住手！」

「哇，惠真近看好漂亮，好像洋娃娃……啊，芳野小姐，妳好，找到妳真是太好了。上次吃了閉門羹，於是我就去找阿彌商量，接下來該怎麼辦。阿彌就說，先上門看看，到時候見機行事。」

岡崎若無其事地說。

「為、為什麼要這麼……」

「惠真，我們去喝酒，我順便為上次在店裡鬧事向妳道歉，好不好？」

岡崎把臉湊到惠真面前，惠真臉色發白，幾乎當場癱坐在地上，但是岡崎硬是拉著她說：「外面謠傳妳討厭男人該不會是真的？妳為什麼不早說嘛，我來治好妳。」

「岡崎先生，你別這樣！你放開她！」

必須把他從惠真身邊拉開。我正準備跑過去，彌一擋在我面前。

「我不是早就告訴過妳，妳逃不出我的手掌心嗎？岡崎，沒錯，她就是我的笨老婆。這是酬謝。」

彌一遞給岡崎一個牛皮紙信封。岡崎鬆開惠真的手腕，用熟絡的語氣說：「不好意思啊。」

「芳野小姐，妳聽我說。我最近過得很不順，首先，我被工廠開除了。我只是和幾個打工的女生交往，就說我玩弄她們，結果還真給我玩出人命，所以我就跑路了。我正在苦惱接下來該怎麼辦，結果就認識了阿彌，他說如果我可以找到他的老婆，就會給我錢，於是我就開始四處找人，做夢都沒有想到會因為惠真的關係找到妳，我真是他媽的太幸運了。」

岡崎打開信封，確認信封裡有幾張萬圓紙鈔後，無恥一笑。

「很好很好，真是謝謝啦，幫了大忙。」

「就當作你找工作期間的生活費，那就先這樣，這件事就先到此為止。」

彌一露出他擅長的業務員笑容，伸出一根手指放在嘴唇上。岡崎回以相同動作，豎起手指說：「當然，那我可以帶她回家嗎？」惠真可能嚇得腿軟，一屁股癱坐在地上動彈不得。我想叫她快逃，但是說不出口。

「岡崎，原來你喜歡這種類型。我對這種看起來腦袋不靈光的女人敬謝不敏。」

「是喔，芳野小姐這種類型我也不太行，惠真，那我們就拿這些錢去喝酒。等一下他們要上演夫妻感動重逢，我們在這裡當電燈泡不是很那個嗎？」

岡崎露出黃板牙笑著說，然後再次抓起了惠真的手腕。惠真「啊！」地驚叫了一聲後退，岡崎誇張地扭著身體說：「竟然會尖叫。這種清純的反應，我快受不了了。」

「岡崎先生，請你住手！」

「王八蛋，住手妳個頭啦！」

我想要擋在岡崎面前保護惠真，但彌一抓住我的衣服。他用力一拉，把我推倒在地。我的肩膀重重地撞到地上，彌一踹向我的肩膀。他的鞋尖卡進我的肉裡，我幾乎無法呼吸。

「我說千鶴啊，妳別管他們了，妳看著我。妳剛才有沒有看到？我為了找到妳，還特地花了一筆錢？我還為了妳花錢！」

我拚命咳嗽，他又踹了我一腳，我的肩胛骨周圍發出骨頭擠壓的聲音。我聽到站在遠處的岡崎笑著說：「原來如此，果然毫不手軟，難怪會鼻青臉腫。惠真，我不會做這種事，不用怕，妳可以放心。」

「妳知道我花了多少錢？但是，就算必須做這種丟人現眼的事，我仍然下決心找到妳，絕對不會讓妳逃出我的手掌心。無論妳逃走幾次，即使追到天涯海角，我也一定會找到妳。」

他抓住我的頭髮，然後讓我的臉朝上，他湊到我臉前看著我，然後用力打了我一記耳光。

最後一次見到他距今已經有相當一段時間，當時他就已經很落魄，我以為不可能更糟了，沒想到人的墮落沒有止境。他面如土色，雙眼混濁，當他把臉湊近時，聞到一股腐臭味。太可怕了……

「你、你不要再、糾纏我……」

恐懼讓我說話的聲音發抖。我的嘴巴似乎破了，陣陣刺痛。但是，我腹部用力，費力地擠出聲音。

「為什麼纏著我不放？天下女人多的是，你根本不缺……」

他以前是能幹的業務員，甚至有些女性客人看到他就臉紅。他以前也曾經是我嚮往的對象，像他那樣的人，何必對我這種人執著？

「這和我缺不缺女人沒關係。」

彌一把臉湊得更近，他的鼻尖幾乎快碰到我了。我看到他的眼角黏著黃色的眼屎。

「我不是說過很多次嗎？一旦成為我的女人，我就不准她離開我。」

他的眼中充滿憤怒，他的憤怒就像是黑色的火焰，無情地灼燒我的心靈。我面對他的這種憤怒動彈不得。但是——

「我、我已經、不是你的妻子，我們、不是離婚了嗎？」

我的話無法說到最後，他用盡全身的力氣打了我一巴掌。臉被他打飛時，被他抓住的頭髮拉扯得更緊，我聽到頭頂發出嗶嘰嗶嘰的聲音。

「妳以為自己是誰啊，竟然敢用這種語氣和我說話！」

彌一在我的耳邊咆哮。「不管我們在法律上是不是夫妻，妳屬於我這個事實永遠不會改變。妳一輩子都屬於我，必須聽命於我！」

「你不要這樣對待千鶴！請你住手！」惠真用顫抖的聲音叫著，彌一怒吼一聲：

「吵死了！如果妳再敢插嘴，小心我也把妳痛打一頓，我一樣可以把妳打得鼻青臉腫。」

我的眼淚奪眶而出。我不行了。雖然我試圖抵抗，但還是無能為力。被彌一折磨多年的身心都在叫我趕快放棄，告訴我即使反抗彌一也是白費力氣。

如果是這樣，那也沒關係，但是至少……

「彌一，拜託你，至少……」

我會聽你的話，就算你氣得殺了我也沒關係，反正我是條爛命，無法創造任何東西，也無法前進。多年來，一直為媽媽拋棄我而哀怨，扭曲自我，是一個沒出息的人。只要你滿意，你可以盡情地蹂躪我、踐踏我。

但是，請你不要傷害媽媽和惠真。

我正想說這些話，聽到一個聲音。

「你在幹嘛！」

隨著一聲怒吼，又聽到哐噹的巨大聲響，很燙的水沫濺到我身上。彌一的臉搖晃一下，隨即發出慘叫聲。彌一發出了好像喉嚨快被撕裂般的慘叫，然後整個人彈開，鬆開我，倒在地上。

有什麼新狀況發生了。

我打算坐起來，剛才放在鑄鐵暖爐上的水壺發出嘎噹嘎噹的清脆聲音，滾落在我旁邊。水壺的角落沾到鮮血。我看到這個可怕的畫面大吃一驚，這時，有人用雙手捧著我的臉問：

「千鶴，妳沒事吧！？」

媽媽看著我的臉。

「熱水有沒有濺到妳身上？啊啊，妳流血了。」

「媽、媽……」

媽媽用衣服袖子擦拭著我的嘴角，然後撿起掉在地上的水壺，揮著水壺對岡崎說：「別想動我的女兒！」

「怎、怎麼回事？這個老太婆太可怕了，我根本什麼都還沒做。」

「放手！你馬上放手！我不准你玷污我的女兒！」

岡崎看到媽媽手上沾血的水壺，臉色大變，慌忙放開惠真。他看了一眼抱頭蜷縮在地上的彌一，但是看到水壺用力甩到他面前，輕輕咂著嘴說：

「死老太婆，我根本什麼都沒做，過分的人只有他。」

岡崎說完之後就逃走了。媽媽原本想追上去，但立刻回到我身旁，又為我擦拭嘴巴，然後眼淚不停地流下來。

「妳可以不原諒，妳不原諒我也沒有關係，但是妳聽我說，對不起，媽媽對不起妳。」

我搞不清楚狀況。眼前的媽媽看起來就像是以前的媽媽，過去記憶中的媽媽和現在的媽媽重疊在一起。

對不起，對不起。媽媽一次又一次向我道歉。

「媽……媽。」

我想要抱住媽媽，這時，聽到沉悶的聲音。媽媽發出短促的尖叫聲。彌一摸著額頭，搖搖晃晃起身，另一隻手抓住媽媽的頭髮。彌一鬆開放在額頭的手，他的皮膚很紅，而且破了皮，太陽穴有一道血跡。我倒吸了一口氣。

「喂！老太婆，小心我宰了妳！」

彌一的眼睛氣得發紅，他的手用力一拉，媽媽發出尖叫。

「彌一，住手！」

「妳給我閉嘴！妳知道自己在和誰說話嗎？」

彌一用通紅的雙眼瞪著我。

「我等一下會讓妳知道，妳從我身邊逃走的罪孽有多深重，我要讓妳生不如死。這個死老太婆竟然把我打傷了，我要殺了她！」

彌一咬牙切齒地說，媽媽扭動身體，試圖掙脫，但發現彌一沒有鬆手，就整個人撞上去。彌一重心不穩，重重地跌倒。

彌一發出呻吟，慢慢活動身體，似乎想要站起來。

要趕快逃離這裡，要和媽媽、惠真三個人一起逃離這裡。雖然我這麼想，但渾身發軟，無法動彈。我全身顫抖，冒著冷汗。

如果不趕快逃走，留在這裡的人都會死在彌一的手裡。

「惠、惠真，妳趕快帶著媽媽，趕、趕快逃。」

我說話的聲音在發抖。惠真拚命想要爬過來，滿臉是淚水，宛若悲鳴般說：「沒辦法，我沒辦法。」

彌一雙手撐在地上喘著粗氣。他緩緩轉頭看過來，他面無表情，我知道他即將爆炸。我嚇得毛骨悚然。完了，死定了。

「對、對不起，我已經……」

媽媽、惠真，對不起，我連累了妳們。

我正準備用力閉上眼睛。

就在這時，有人用力拍我的背。

啪的聲音和巨大的衝擊讓我嚇了一跳。

「傻孩子！妳愣在這裡幹什麼！快走！」

媽媽對著我大叫。媽媽看到惠真在哭泣，同樣用力拍向她的背。媽媽巨大的力量讓我震驚，於是努力起身。惠真也搖晃著站起來。

「媽、媽……」

必須帶媽媽一起逃走。我伸出手，媽媽抓住我的手，然後用力把我推向門外，又拍了一下我的背。

「快走！兩個人都快走！」

媽媽聲嘶力竭的叫聲，和背後巨大的衝擊，讓我握住渾身發抖、勉強站起來的惠真的手。惠真用力回握。我們握著彼此的手，牽著對方一起衝出玄關。雖然兩隻腳快絆倒了，但還是跨出大步。

清澈的天空很美，星星在天空中閃爍，月光溫柔地照在我們身上，電車經過。只要稍微鬆懈，整個人就會癱坐在地上。我奔跑著，努力不讓自己跌倒，然後用比電車更大的聲音叫道：

「救命！救命啊！」

惠真也和我一起大叫。必須趕快求救，必須趕快去救媽媽。

幾個穿著漂亮衣服的菲律賓女生剛好出門，她們可能準備去上班，看到我們跌跌撞撞的樣子，驚叫起來。

「救命！媽媽快被人打死了！」

我不顧一切大叫，惠真甩開我的手。

「結城！」

那幾個菲律賓人抱住我，我看著惠真的背影，看到結城正從遠處走來。他一看到惠真，立刻跑向我們。惠真搖搖晃晃跑向結城，最後抱住他。

「救命！媽媽、媽媽她……會被打死！」

惠真哭倒在結城懷裡，驚訝的結城臉色大變。結城用力抱了惠真一下，讓她安心後，說聲「趕快打電話報警！」經過我的身旁，衝向喧囂公寓。抱著我的那個女生問我：「媽媽、危險嗎？」我無法發出聲音，連續點了好幾次頭，她們用力撫摸我的後背。

「別擔心、別擔心，媽媽、超級強。」

旁邊另一個女生正在打電話。「有女人、被攻擊，受傷，請趕快過來。」我聽到她的聲音，稍微鬆口氣，敲打著顫抖不已的大腿。我敲了一次又一次，然後，輕輕推開她，努力擠出聲音對她說聲：「謝謝妳，我想她還沒辦法走路，請妳去幫她，然後，請妳幫我叫救護車。」

我跑回喧囂公寓。玄關到處都是血，結城正在制止大喊大叫的彌一。媽媽倒在門口。

「怎麼會這樣！？媽媽！」

我準備衝過去，結城大叫著說：

「不行！她昏迷了，妳不要動她！趕快叫救護車！」

「已經請人叫了！」

我看著媽媽的臉，發現她的臉腫了起來，而且有瘀青。不知道是彌一用拳頭打，還是用腳踹留下的狠跡。太殘忍了。我的眼淚不停流下。萬一媽媽有什麼三長兩短，我該怎麼辦？我和媽媽重逢，我和媽媽在一起並不是為了讓她承受這樣的暴力。

「媽媽，對不起，對不起。」

「你有病嗎！？是那個老太婆先動手打我，當然是她有問題。要不要我再揍她一拳？千鶴，妳給我過來，我也要把妳揍飛！」

聽到彌一大罵的聲音，我瑟縮起來。剛才挨打的臉頰還很痛。我咬著嘴唇，想起媽媽剛才對我說的話。

『快去。』

媽媽腫起的臉變得模糊。

我這種人，有資格活在世上嗎？我之前一直憎恨媽媽，看周圍不順眼，活得很坎坷，不知道以後是否能夠活得像樣一點。但是，媽媽用生命送我離開，發自內心為我的人生祈禱。

我抬起頭，起身，用力擦拭眼淚，走向被結城反手架住的彌一。

「妳這個表情是什麼意思？妳以為妳有資格對我擺出這種臉嗎？喂！小心我會宰了妳！」

彌一的雙眼佈滿血絲，嘴唇氣得發抖。我直視他的臉。那是我曾經愛過的男人，這個男人持續蹂躪我，甚至讓我做好想死的心理準備。這個男人讓我痛苦，但是，是我允許他這麼對待我，我必須為此負責。

我注視著他的臉，然後用力打了他一巴掌。

「你不要再和我的人生有任何瓜葛！我會一次又一次拒絕你，我才不會逃走！我才不會輸給你！我絕不會再讓你對我動手動腳！絕不會讓你再蹂躪我！」

我在他的臉前大叫，彌一倒吸一口氣，臉往後縮。我一把抓住他的胸口，把他拉過來。

「我的人生屬於我自己！」

遠處傳來嗚笛聲。好幾個嗚笛聲交錯在一起越來越近，我祈禱著他們趕快來到這裡，趕快來救媽媽。我心裡這麼想著，狠狠瞪著露出膽怯眼神的彌一。

★

當醫生告知我得了年輕型失智症時，我很冷靜地接受了。

『不可能！媽咪，妳還不到五十歲！』

惠真似乎大受打擊。她連續哭了好幾天，然後建議我去諮詢第二意見。如果這樣能夠讓惠真接受，那就這麼做。於是我聽從她的建議，去了第二家醫院，聽到了相同的診斷。我仍然很冷靜。

這些年來，一直隨心所欲過日子，上天終於要我付出代價。

我的人生從三十歲開始。由於比別人晚了很多年才開始，因此我忙著體會各種經驗，過著快樂的生活。無論是好事還是壞事，只要覺得既然是自己的選擇，就要負起責任，所以無論好壞都能夠接受，而且甚至很開心。我也知道這個世界上，有所謂失敗的喜悅。

但是，越是享受人生，每天的生活越是光輝燦爛，某些部分的陰影也越來越深。

那就是當年拋棄的女兒——千鶴。我的幸福建立在拋棄女兒這種殘酷行為的基礎上。

我曾經無數次回想起離別的那一天。千鶴牽著婆婆的手，頻頻回頭看著我，她的眼神中充滿了希望我叫她『過來』的期待，但是，我無法開口。她的幸福和我的幸福無法同時成立，有朝一日，我將會因為追求自己的幸福，扭曲這個孩子。我的骨子裡就是阿母，總有一天，我會把我的「瞭解」加諸在千鶴身上。我不希望發生這種事，我不想扭曲她的人生。

只要我放棄一切，就可以解決。只要我像之前一樣，和丈夫、婆婆和千鶴一起生活，就平安無事了。但是，既然已經明白真正的自由，我就無法回到以前的生活。我最愛的終究還是自己，我是個愚蠢的女人，把心愛的女兒和自己的人生放在天秤上，最後決定放棄女兒。

雖然我拋棄千鶴，但是她在芳野家，一定過著幸福快樂的生活。丈夫和婆婆都是善良的人，周遭的人都是好人，所以，千鶴一定很幸福。雖然我知道這成為我消除內心罪惡感的咒語，但是仍然無法不一次又一次這麼告訴自己。千鶴絕對比和我一起生活時更幸福。

我曾經想當面向千鶴道歉，我要用盡千言萬語道歉。我不止一次產生這樣的衝動。但是我忘了是誰告訴我，我當幫傭時認識的那些人中，有一個老人——他太太的情人不僅搶走他的財產和孩子，也搶走了他的太太，導致他成為獨居老人，對了，是相良先生。相良先生對我說：

『加害人不能尋求解脫，更不能因為一己之私去向對方道歉，如果被害人並不想原諒加害人，但加害人乞求被害人的原諒，那就是一種暴力。』

我不知道事情的來龍去脈，只知道在他晚年時，前妻和兒女曾經多次希望和他見面，但他始終沒有點頭，最後只有我為他送終。他在臨死前，握著我的手說：『聖子，我死到臨頭，還是痛恨他們。雖然我花了幾年的時間消除心靈的怨毒，但他們仍然持續毒害我。他們根本不瞭解我的痛苦，妳千萬別做這麼殘忍的事。』

相良先生讓我明白，我必須有帶著後悔活下去的決心。相良先生的前妻和兒女的痛哭，讓我瞭解到拋棄這種行為的罪孽有多深重。

有朝一日，我必須為當年的罪行付出代價。懲罰到底會以什麼方式出現呢？我之前不時思考這個問題。原來如此，是讓我得到這種會遺忘的疾病，失去我不惜拋棄女兒蒐集的『回憶』，失去我守護多年的『自我』，完全無法討價還價。這個世界上，似乎真的有神明，否則不可能給予我如此恰如其分的懲罰。我就是以這種方式，接受了我的疾病。

沒想到神明比我想像中更加嚴厲。原本以為此生無緣相見的千鶴，竟然出現在我眼前，而且看起來慘不忍睹，簡直就像背負著世界上所有的不幸。數十年不見的女兒非但沒有幸福，而且傷痕累累，根本看不到明天。

老天爺會不會太過分了？既然是我犯下的罪，懲罰我一個人就好。還是說，我有責任讓這種狀態的千鶴找回健全的生活？問題是我已經漸漸失去原本明確的自我，每天就像在懸崖邊生活。我甚至漸漸不知道自己失去了什麼，整個世界都變得渾沌不清。

這會不會太殘酷了？

接著，就開始了讓我不知如何是好的日子。有時候不耐煩，也有時候判斷錯誤，傷害了千鶴。我內心焦急不已，希望在我不再是我之前做一些事，卻又對行為舉止無法自如的自己生氣，有時候甚至想乾脆放棄自己的心。

即使如此，我仍然很高興能夠和千鶴重逢。因為太幸福，有時候會覺得也許是神明送我的最後禮物。

看到千鶴用黯然的眼神眺望未來，我向殘酷而溫柔的神明祈求，如果可以用我即將毀滅的心和靈魂，和我所有的一切交換，我想要照亮她的生存之路。不，也許我沒有能力做這麼偉大的事，但是，我希望能夠推她邁向幸福。請給我這樣的力量，拜託了。

★

那天，彌一被帶去警局，我和惠真也去警局做了筆錄。在結城和得知事件後趕來的野瀨協助下，我們處理好了那起事件。事件當時的記憶很模糊，我不太記得了，只記得很痛苦。

相隔多年後，又見到了彌一的父母。我原本以為他們是冷酷的人，對兒子漠不關心，但他們深深向我鞠躬，說身為父母，他們會努力不讓彌一繼續錯下去，向我保證，不會讓彌一再來糾纏我。

『之前我們一直覺得，已經把他養育成人，我們身為父母的責任結束了，但現在才知道，其實我們只是不夠關心孩子。對不起，造成了妳的困擾。』

前婆婆對我說，她會協助彌一走上正道。

一度陷入昏迷的媽媽在出院之後，住進安養院，但恢復的狀況比龜速更龜速。雖然能夠在他人的攙扶下起身，但是無法走路。她無法自行用餐，咀嚼功能嚴重衰退，只能由他人餵食半流質食物，勉強攝取營養。她一天之中，有一大半的時間都在睡覺，即使醒著的時候，也無法順利溝通。平時都坐在床上看著天花板，有時候會嘀嘀咕咕，不知道在說什麼，但是完全聽不清楚。八成是媽媽心靈深處蕩漾的記憶之海所浮現的泡沫，雖然我很希望瞭解其中的內容，哪怕是再小的泡沫也無妨。

事件發生一個月後的某一天，我帶著媽媽的換洗衣服前往她入住的安養院，看到惠真也在。她坐在媽媽床邊。

「咦？妳今天這麼早就下班了。」

之前因為要照顧媽媽，惠真都不參加下班後的練習會，最近才開始積極參加，每天都很晚才回家。惠真嘟著嘴說：「我偶爾也想來看媽咪啊，而且送換洗衣服之類的事，都一直交給妳處理。」

那件事發生後，我竟然輕而易舉地踏出家門，難以想像之前為什麼覺得如此艱難。雖然起初幾天都用帽子和口罩保護自己，但現在已經完全沒問題了。我能夠抬頭挺胸，看著前方走路。難得買了各種化妝品化妝後，甚至產生隱約的自信。當我為自己擦上以前曾經買過的粉紅色口紅時，看到整張臉都亮起來，不禁喜不自勝。

「我也是媽咪的女兒啊，其實我希望自己可以更常來看媽咪。」

惠真看著在床上睡覺的媽媽，瞇起眼睛。「媽媽可以感受到妳的心意。」我輕輕拍拍她的肩膀，看著她身後的媽媽。

「媽媽今天也睡得很熟。」

「我來之前，她就在睡覺。安養院的人說，她最近一直都在睡覺。」

「是啊，我來的時候，她幾乎都在睡覺。」

惠真把她身旁的椅子推到我面前，我坐下了。熟睡的媽媽一臉平靜。

「妳來得正好，剛好我有話要在這裡說。」惠真說。

「非在這裡說不可嗎？」我問她，她緩緩點點頭，看著媽媽。「我希望媽咪也可以聽到。不知道媽咪會不會醒來。媽咪，趕快醒一醒，我們很久沒見面了啊。」

惠真輕輕搖著媽媽。「這樣怎麼可能把媽媽搖醒？」我笑著說，沒想到媽媽慢慢睜開眼睛，然後眨了幾下。明明是惠真把媽媽搖醒，但她看到媽媽真的醒了，嚇了一跳：「沒想到真的醒了。」

「啊呀呀，媽媽真的醒了。」

我好久沒有見到媽媽醒來的樣子，探頭看著她的臉。

「早安，睡醒了嗎？」

我向媽媽微笑，媽媽的眼珠子骨碌碌地轉動，看到我之後，又將視線停在我身旁的惠真臉上。她動動嘴巴，但是沒有發出聲音。

「啊，媽咪是不是覺得很難得？我很久沒來這裡了。」

惠真開心地說。媽媽露出好像小孩子般的眼神，輪流看著我們兩個人。

「那我馬上來報告。首先，結城打算搬離喧囂公寓。」

「啊？」我驚呼一聲。

我相信彌一的父母對我的保證，既然彌一不會再來糾纏我，我就決定不去庇護中心了，和之前一樣，繼續住在喧囂公寓。目前已經沒有人威脅我的生命安全，而且已經有了出門的勇氣，沒必要再去庇護中心。彩子姐母女沒有找到理想的公寓，再加上之前的麻煩已經解決，她們決定繼續住在喧囂公寓。惠真覺得一個人住很可怕，不想搬家。最後，大家都繼續住在那裡。

但是我們的生活還是有了一些變化。由於仍然無法排除岡崎再次上門的可能性，所以結城暫時搬來喧囂公寓同住。雖然原本很擔心和男人在同一個屋簷下的生活，但是五個人的生活很順利。前幾天，美保和結城一起看恐怖片，結城嚇得魂飛魄散的樣子很好笑，美保忍不住驚訝地說：『啊?你也太弱了。』

我原本還希望結城可以一直住下去。

「因為岡崎不是被抓了嗎？」

惠真說。我緩緩點點頭。

岡崎因另一起案子遭到警方逮捕。他向女高中生買春後，揚言要告訴對方的家人，脅迫對方答應他白嫖。女高中生苦惱不已，最後自殺未遂，整起事件才終於曝光。由於案件內容太惡劣，媒體大肆報導，還揭露他以前在麵包工廠任職時，利用職務之便，專門對個性怯弱的女生下手，帶她們去摩鐵的惡劣行徑。
於是我們認為，發生這種事之後，岡崎當然不可能再繼續上門找麻煩，加重自己的罪行。
「岡崎的確不可能再上門……」
我覺得惠真和結城的相處漸入佳境。我每天早上目送他們一起出門上班，發現兩個人之間的距離越來越近，現在兩個人走在路上時，幾乎快碰到了。我帶著欣慰的心情，看著惠真和結城越走越近。
「嗯，還有另一個原因……我無論如何都要同時告訴妳們這件事。我跟妳們說，因為我那個……決定和結城交往。」
惠真緩緩告訴我們這件事，我差一點發出「哇噢」的驚叫聲，慌忙捂著嘴，看著惠真。惠真滿臉通紅地說：
「和他在一起很開心，很安心，結城一直守護我，而且我一直無法忘記媽媽最後對我們說的話。」
「最後對我們說的話？」
「在被岡崎他們攻擊時，媽媽不是叫我們快走嗎？我知道那是叫我們快逃的意思，但是我同時也覺得是叫我們趕快邁向未來的意思，希望我們克服內心的創傷，好好走未來的人生路。」

惠真看著媽媽，我非常能夠瞭解惠真的想法。因為媽媽的那一句話，我才能夠對抗彌一。

惠真的解釋應該沒有錯。

「我終於理解媽媽經常說的話。我的人生屬於我自己，不能對別人的惡意耿耿於懷，導致討厭自己的人生。」

聽了惠真的話，我恍然大悟。我在那時候也對彌一大聲這麼說，這同時也是遙遠的過去，媽媽曾經對爸爸說過的話。

雖然我曾經討厭那時候的媽媽，但是現在能夠坦誠地接受。媽媽並不是隨便說這句話，而是為了自己，藉由說出這句話，激勵自己，那是為了讓她自己前進的話。

「恭喜妳。」

我握著惠真的手說。我高興得想要跳起來。惠真努力克服自己的創傷，努力追求幸福。

「我覺得很棒，結城真的是好人。咦？既然這樣，你們一起生活不就好了嗎？」

「不，結城說，可能會讓妳們不自在。」

「怎麼可能嘛？我完全不在意，美保和彩子姐應該也一樣。即使你們在我面前曬恩愛，我也完全無所謂。」

「哪會啦，我才不會做這種事！妳在說什麼啦。」

看到惠真滿臉通紅，我笑了起來。雖然有些事已經解決，但也有些事前途未卜。在目前這種希望和不安的狀態中，能夠聽到如此幸福的消息，實在太令人高興了。

「媽媽，妳有沒有聽到？惠真要和結城交往了，真是令人高興的消息，對不對？」

我看著媽媽，媽媽微微張著嘴，目不轉睛地注視著惠真。從媽媽的眼中，難以解讀她內心的感情，但是她的眼角流下一滴眼淚。滴答、滴答，好幾滴眼淚滲進枕頭。

「媽咪，妳為我高興嗎？謝謝妳。」

惠真露出幸福的笑容，然後用臉貼著媽媽的臉頰。媽媽的臉被惠真用力擠壓著，看起來好像在微笑。

◇

院子裡的櫻花樹含苞待放時，美保生下兩千七百五十四公克的女兒。她歷經二十一個小時的分娩，而且從原本的自然分娩緊急改成剖腹產，生產過程很辛苦。除了彩子姐以外，我和惠真也一起趕去美保待產的醫院，一心祈禱她能夠順利生下孩子。我至今仍然無法忘記聽到嬰兒第一聲啼哭時的喜悅。

媽媽並沒有太大的變化。雖然醒著的時間增加，但還是整天躺在床上看著天花板。醫生說她應該有辦法走路，在有人攙扶的情況下，已經可以走幾步了。吃飯時，感覺她食不知味，有時候會說一兩句簡短的話，目前還無法交談。

「媽媽，妳今天的情況還好嗎？啊，千萬道，你好。」

我每週都會來這家安養院好幾次。因為各種原因——和之前住的安養院發生問題，所以媽媽目前住在之前每天去的那家日照中心關係企業的安養院。我們還是希望媽媽能夠入住瞭解她情況的地方，而且更令人高興的是，剛好由之前調來這家安養院的千萬道照顧媽媽。我們還是覺得媽媽獨自住在陌生的地方太寂寞了。

千萬道剛好在確認媽媽飯後的健康狀況，他用體溫計在媽媽額頭測量之後，在表單上填寫數字時說：「聖子姐姐，千鶴小姐來了。」

「咦？怎麼會有這些？」

媽媽床邊的床頭櫃上放了一個花瓶，裡面插著五顏六色的非洲菊。下面有一隻黑貓的絨毛娃娃。

「這些花是很漂亮的外國小姐送來的，色彩繽紛的感覺很不錯。」

「喔，是住在我們斜對面的小姐。」

原來她們特地來這裡探望媽媽，真是太感謝了。那天因為她們幫忙，媽媽才很快坐上救護車，送去醫院。

我也和那幾位菲律賓女生混熟了，她們很愛笑，是很有活力的人。

「那這個娃娃呢？還有其他人來看媽媽嗎？」

「這是美保小姐帶來的。洸華妹妹太可愛了。」

千萬道搖晃著身體說。

美保生下女兒——洸華之後，整個人變了。以前倔強任性的她，變得圓融可親，簡直判若兩人。

美保為了生這個孩子真是拚命，生完孩子後，必須休養一段時間。她根本無法照顧孩子，甚至無法照顧自己，彩子姐二十四小時陪在她們母女身旁。彩子姐認為己所不欲，勿施於人，所以在照顧她們母女時，都會確認美保的意見，努力避免美保不安。美保可能也感受到彩子姐的心意，她哭著向彩子姐道歉，為她太缺乏同理心道歉，為她一直責怪彩子姐道歉，還說很愛彩子姐。彩子姐告訴我這件事後，面帶微笑對我說，她覺得自己得到救贖。

之後，美保恢復健康，洸華成為我們家的偶像。每次看到結城叫著「洸洸，洸洸」，一副整個人都快融化的樣子，都忍不住驚訝。

「聖子姐姐一定很懊惱，如果現在回到家裡，就可以享受超快樂的生活，根本沒時間生病。唉，真是的。」

千萬道跺著腳說。

「謝謝你代替媽媽懊惱。主治醫生說，媽媽應該還可以進一步改善，我決定懷抱希望。」

「是啊！對了對了，我上次看新聞報導，美國開發對失智症療效非常好的新藥，聖子姐姐或許有機會使用這種藥，到時候就會有奇蹟發生。」

我也看到了那個新聞，我曾想像，如果真的可以使用該藥物，媽媽或許就可以恢復。至少恢復到我們重逢那天的狀態，我們就可以聊更多事。如果是在當時，我應該可以問媽媽很多問題，但是，時光無法倒流，不可能輕易發生奇蹟。媽媽的病情持續惡化，絕對不可能治癒。媽媽的記憶漸漸流失，我永遠都無法知道媽媽的很多事。雖然很難過，卻也是不得不接受的事實。

即使如此，我和媽媽之間的緣分仍沒有斷絕。媽媽就在我面前，只要伸出手，就可以碰到，這樣就足夠了。至少我必須這麼想。

「我要回辦公室，不打擾妳們母女了。」

千萬道走出去，我在媽媽床邊的椅子坐下。千萬道讓媽媽坐在床上，而且上午可能洗了澡，整個人很清爽，穿著我昨天剛帶來的衣服。媽媽微微睜著眼睛，手上握著一張紙片，手不停地動著，發出窸窸窣窣的聲音。

「啊，這是重要的東西。」

我從媽媽手上拿走那張照片。

「為什麼老是要拿出來呢？」

我把這張相片裝在相框裡，媽媽只要一有空，就會把照片拿出來。我把被她握得皺巴巴的照片撫平，呵呵笑著。

那是那年夏天的照片，小時候的我和年輕的媽媽貼著臉，對著鏡頭露出笑容。就是我一直珍藏，用膠帶黏起來的照片。但是這張照片沒有撕破，我在媽媽的行李中，發現了這張一模一樣的照片。媽媽把照片珍藏在皮革盒子裡，背面寫著『福岡　末廣旅館』幾個字。媽媽一定曾經充滿懷念地回想那年夏天的事，光是這麼想，就讓我倍感滿足。

「媽媽，妳在幹什麼？」

我把相片裝回相框時問。雖然手上沒有照片，但媽媽的手仍然動不停。聽到我的問題，簡短地回答說：「洋裝。」

「洋裝？妳在做洋裝嗎？」

媽媽點點頭，繼續動著手。聽她這麼一說，才發現她的手勢的確像在用針縫衣服。

「這樣啊，妳很喜歡穿洋裝。」

「踢木疊。」

我聽不懂媽媽在說什麼，但是她開心地揚起嘴角。

媽媽最近經常微笑，惠真說，好像喜怒哀樂的感情中只剩下喜和樂。媽媽溫和平靜，喜孜孜的，看起來心情很好。雖然很希望媽媽能夠像以前一樣豪爽地大笑，希望她生氣罵人，但是既然媽媽看起來沒有痛苦，感覺也不錯。

看著媽媽現在的樣子，再次覺得惠真言之有理。

失智症是一種記憶和感情會沉入內心深處的海洋，就連當事人都無法輕易掬起的病症。我不知道媽媽現在能夠掬起多少感情和記憶，既然這樣，至少希望她手心掬起的，是像星星般綻放美麗光芒的事物。悲傷和痛苦之類的東西可以放棄，可以遺忘，希望她的世界只有閃亮的星星，希望她可以沉浸在彷彿眺望星空般的幸福之中。如果其中一顆星星是和我之間的記憶，我就心滿意足。

「芭比比較好吧。」

媽媽突然開口。我微微側著頭，然後恍然大悟。在上幼兒園之前，祖母買給我的娃娃不是我很想要的芭比娃娃，我還為這件事傷心地哭了。沒錯，祖母買給我的是蒂沐蝶娃娃。

「媽媽，妳還記得嗎？」

我急忙問。媽媽不可能記得，那是很久以前的事，連我自己都忘了。媽媽微微收起下巴。她在點頭。

「我做一件向日葵圖案的洋裝給妳，保證做得很可愛。」

我全身起了雞皮疙瘩。沒錯，當我哭著說，我要的不是這個娃娃時，媽媽做了一件洋裝給我。

『我幫妳做一件和蒂沐蝶娃娃一樣的洋裝，妳就會愛上這個娃娃，妳看，很可愛吧。』

對，我想起來了。鮮豔的黃色洋裝穿在蒂沐蝶娃娃身上很好看，但作為我平時穿的衣服太過於花俏，祖母和爸爸都不高興。我也覺得那麼花的洋裝穿在身上很丟臉，一次都沒穿過。

那件洋裝的圖案，一定是媽媽……

「謝謝，我會穿。對了，媽媽，妳自己也做一件，妳穿一定很好看。」

媽媽聽到我這麼說，猛然抬頭看著我，臉頰緋紅，露出笑容。

「我正這麼想呢。」

我差一點哭出來。

媽媽現在掬起的往事星星留在我的手上。啊啊，奇蹟真的會發生，就這樣輕易發生了。

我忍著淚水，對著一臉柔和表情的媽媽說：

「媽媽，妳以後也會在記憶之海中掬起不同的東西，到時候一定要告訴我，妳掬起了什麼。」

有時候可能不是星星，而是掬起悲傷的、痛苦的記憶。即使如此，我也想知道，但如果媽媽不想提，我不會強人所難。只要能夠像此刻一樣，一起眺望美麗的星星，一起分享，我就滿足了。

「我覺得我們現在終於成為不會相互傷害的母女了，所以，請妳讓我繼續陪伴在妳身旁。我不會碰觸妳重要的部分，不會踐踏妳的尊嚴，妳放心吧。」

不知道我是否說太多話了，媽媽有些納悶，但還是點點頭。然後低下頭，雙手繼續動作。

「啊啊，對了，今天我過來，是有事要告訴妳。要不要換妳聽我說重要的事？我跟妳說，我要上廣播節目了。」

有人希望我以過來人的身分，在節目上和深受家暴之苦的女性朋友分享『庇護中心』的存在，以及可以協助遠離家暴的法律手段。邀請我主持節目的人當然就是野瀨，我原本很猶豫，不知道自己是否能夠勝任，但是最後決定接受。

「我終於能夠外出後，決定開始找工作時，認真思考自己接下來想做什麼。我希望做有意義的工作。剛好在這個時候，接到野瀨的邀請，我覺得這或許就是我想做的工作。我之前的經驗可以幫助別人，可以成為別人向前邁進的契機，這不是一件很棒的事嗎？」

我曾經厭惡自己，持續憎恨媽媽，曾經輕視自己，任憑別人影響我的人生。我因此痛苦不已，如果這些痛苦能夠對別人有所幫助，那我人生走過的這些路就沒有白費。於是，我就可以抬頭挺胸地說，無論悲傷還是痛苦，所有的一切都值得。

「我想要幫助那些和我以前一樣，覺得自己毫無價值的人，鼓勵她們，要保護自己的人生，不要讓別人踐踏自己的人生。沒問題，妳一定可以做到。我想要這樣告訴她們，我想要成為接住她們的那雙手。」

我相信這個過程，可以拯救以前的自己。

「雖然我有這樣的雄心，但還是很不安，不知道自己是否能夠勝任。媽媽，妳應該知道，我從小就很怕生，很容易緊張。而且我兩個月前，還不敢踏出家門一步。自從接了這份工作之後，我經常做搞砸廣播節目的惡夢。」

媽媽突然停下手，眼神飄忽起來。她看著天花板，又從敞開的門看向走廊，接著注視著我。媽媽難得注視我，我納悶地歪著頭。媽媽輕輕張開嘴巴，似乎要說什麼重要的事。

「別擔心，妳可以做到。」

我大吃一驚，隨即笑了起來。我沒想到能夠再次從媽媽口中聽到這句話。

「媽媽，我喜歡以前的妳，也喜歡現在的妳。」

之前聽說美保坦誠地對彩子姐說『我喜歡媽媽』之後，我就在想，希望自己有一天，也可以把這句話說出口。現在應該就是最佳時機。

「媽媽，我喜歡妳真實的樣子。」

雖然曾經厭惡，也曾經憎恨媽媽。但是，妳永遠都是我可愛的媽媽，因為有妳，我才能夠抬頭挺胸，在被自己扭曲的人生道路上繼續走下去。因為妳的一句話，我勇敢地踏出第一步。

媽媽瞪大眼睛，然後就像鮮花綻放般笑了起來。媽媽的笑容很美。

「媽媽，改天我們繼續那一次的夏日旅行。」

有朝一日，我要去租一輛大車子，然後載很多東西，出門隨興旅行，想去哪裡，就去哪裡。我們可以去上次去過的地方，如果媽媽的身體狀況理想，我們可以睡在車上，我還想去住那家旅館，然後問旅館的人，是否還記得當年開著一輛紅色車子，看起來一對像逃家的母女？現在的我，一定能夠樂在其中。

還可以帶惠真一起去。這趟旅行一定很開心。我們三個人要去很多地方觀光，一起歡笑，然後三個人一起眺望夜空，牽著手，聊一些無關緊要的事，聊一聊未來的夢想。

有朝一日，我們會上路。

春日
ハルヒブンコ
文庫

158

掬星

星を掬う

掬星 / 町田苑香作 ; 王蘊潔譯. -- 初版. -- 臺北市 : 春天出版國際文化有限公司, 2024.12
面 ; 公分. -- (春日文庫 ; 158)
譯自 : 星を掬う
ISBN 978-957-741-975-0(平裝)

861.57 113016252

ISBN 978-957-741-975-0
Printed in Taiwan

作　　者　町田苑香
封面繪者　金子幸代
譯　　者　王蘊潔
總 編 輯　莊宜勳
主　　編　鍾靈

出 版 者　春天出版國際文化有限公司
地　　址　台北市大安區忠孝東路4段303號4樓之1
電　　話　02-7733-4070
傳　　真　02-7733-4069
E－mail　bookspring@bookspring.com.tw
網　　址　http://www.bookspring.com.tw
部 落 格　http://blog.pixnet.net/bookspring
郵政帳號　19705538
戶　　名　春天出版國際文化有限公司
法律顧問　蕭顯忠律師事務所
出版日期　二〇二四年十二月初版

定　　價　440元

總 經 銷　楨德圖書事業有限公司
地　　址　新北市新店區中興路二段196號8樓
電　　話　02-8919-3186
傳　　真　02-8914-5524
香港總代理　一代匯集
地　　址　九龍旺角塘尾道64號 龍駒企業大廈10 B&D室
電　　話　852-2783-8102
傳　　真　852-2396-0050